INTRUSOS

TRES NOVELAS CORTAS METALITERARIAS

IDEA Y EDICIÓN DE TONI MONTESINOS

TONI MONTESINOS
RODRIGO SOTO
MIGUEL ALBERO

artepoética press

NUEVA YORK, 2018

Title: Intrusos - Tres novelas cortas metaliterarias
ISBN-10:1-940075-52-1
ISBN-13: 978-1-940075-52-5

Design: © Ana Paola González
Cover & Image: © Jhon Aguasaco
Editor in chief: Carlos Aguasaco
E-mail: carlos@artepoetica.com
Mail: 38-38 215 Place, Bayside, NY 11361, USA.

ÍNDICE

EL FANTASMA DE LA VERDAD

Toni Montesinos

Toni Montesinos (Barcelona, 1972) es autor de las novelas *Solos en los bares de la noche* (2002), *Hildur* (2009 y 2015) y *La soledad del tirador* (2017), y del libro misceláneo *El gran impaciente. Suicidio literario y filosófico* (2005). Ha recogido sus siete poemarios en *Alma en las palabras. Poesía reunida 1990-2010* (2015), más la apócrifa *Antología poética del suicidio (siglo XX)* (2015). Asimismo, ha seleccionado sus ensayos de poesía y narrativa universales, respectivamente, en *Experiencia y memoria* (2006) y *Desarticulación* (2009), y sus poemas y crónicas sobre Nueva York en *Escenas de la catástrofe* (2010). También ha publicado los ensayos *La pasión incontenible. Éxito y rabia en la narrativa norteamericana* (XI Premio Internacional de Crítica Literaria Amado Alonso, 2013), *La resistencia del ideal. Ensayos literarios 1993-2013* (Escribana Books, Nueva York, 2014), *Melancolía y suicidios literarios. De Aristóteles a Alejandra Pizarnik* (2014) y los libros de viajes *La suerte del escritor viajero. Crónicas literarias de Europa y América* (2015) y *Los tres dioses chinos. Un viaje a Pekín, Xian y Shanghái, desde Nueva York y hasta Hong Kong* (2015); a lo que se añade *Que todo en la vida es cine. Escritos autobiográficos sobre películas* (2016), y los ensayos biográficos *El triunfo de los principios. Cómo vivir con Thoreau* (2017) y *Escribir, leer, vivir: Goethe, Tolstói, Mann, Zweig y Kafka* (2017).

He muerto muchas veces,
Muchas veces he vuelto a renacer.

W. B. Yeats

Qué patético es el que intenta mirar con amor
las cenizas del amor.

Luis Rogelio Nogueras

I

Antes que la soledad me aplastara y me hiciera añicos, sabía perfectamente que mi matrimonio se había desgastado lo suficiente como para predecir un fin brusco. Desconocía cuándo iba a suceder lo inevitable, aun habiéndolo imaginado de mil formas con escenas de impotencia y de una tristeza torpemente infinita, un sentimiento de vacío atroz, algo liberador, vale decirlo, pero vacío casi insoportable en definitiva: la confirmación de no ser mirado con ojos amantes, de no ser cuidado con un toque de sensual vigilancia, de no ser acariciado o agarrado con la fruición de lo pasional en el territorio del sexo hacía tiempo que eran cosas que se habían convertido en sombras cotidianas. Y en esa cotidianidad residía la predicción: si no hoy, mañana llegarán de sus labios las nefastas palabras, el titular de la jornada entrante contendrá el término *abandono*, la frase circunspecta, el tono lánguido pero irrebatible de aquel dotado para afirmar o negar algo sin pizca de duda.

Pero las palabras no arribaron al puerto, no llegaron a desembarcar, se insinuaron en la orilla y se fueron mar adentro de nuevo hasta perderse, y fue entonces cuando la soledad, en medio de la incertidumbre, se hizo aplastante en un sentido casi literal: sentía sobre mi cabeza un peso indeterminado, sobre mi corazón y mis pulmones una cámara de aire que hinchaba el pecho con palpitaciones parecidas a las cosquillas. Me entraba hambre a la vez que me flaqueaban las piernas. Tenía tantas ganas de llorar y de morirme de forma estúpidamente trágica como de sentarme con tranquilidad a tomar una taza de café viendo una serie televisiva de humor. Hubiera salido a la calle de tener la certeza de que alguien me iría a recoger cual malherido de guerra.

Mi peor enemigo, el miedo materializado en secuencias donde yo y siempre yo era apartado, denigrado, alejado del camino, había hecho acto de presencia mucho antes de los días en que Carolina, sin palabras pero con gestos y hechos y sensaciones, no me dijo lo que me temía oír casi con la ansiedad del condenado a ser ejecutado un día indeterminado. El terror fue encontrar en el hipotético amor de toda la vida un alma que, con su mirada y su cuerpo, hablaba con el pragmatismo de un oficinista al que sólo le interesa solucionar un problema ajeno lo antes posible y con la máxima economía de medios.

No encontré vías para el reproche o la justificación, pues la ausencia de palabras conduce a respuestas sin demasiado sentido. Me quedé mudo, distante, sin saber qué hacer. De repente me estorbaba a mí mismo, me preguntaba qué hacía allí yo en ese momento, para qué no escuchaba esas frases que reunían de forma antológica las advertencias e insinuaciones que Carolina había ido soltando durante los últimos años, de modo ascendente, repetitivo, agrio, sin toques de diálogo reparador, de esfuerzo ya por la reconducción de las emociones.

Lo muerto no puede resucitar. O puede renacer con el ensueño de las ganas por mentirse a uno mismo, como ocurre cada día, como de continuo todos los seres que hormiguean por el mundo hacen para seguir asidos a la breve existencia. A Carolina también le debía dar miedo someterse a un salto vertiginoso, a ciegas y sin red debajo, que corroborara el tesón por decirse que una etapa había concluido. A mí me entraba pánico por lo desconocido, que no brotaba del estricto presente sino que conectaba con mil caminos anteriores: otros abandonos y otras penas que me habían hundido en el prejuicio de que yo mismo iba a acabar mal con esos antecedentes, que la apuesta por una vida mejor en realidad era un sueño mal interpretado, que la pesadilla no tardaría en venir, que lo malo acabaría por manifestarse.

La noche de aquel día había sido un poco dura: mi hijo mayor me había llamado varias veces para que acudiera a su cama para taparlo, y en la última ocasión, medio sonámbulo por la casa a oscuras, buscando a tientas el cuarto de baño sin encender las luces para no acabar desvelado del todo por la luz que encendía todas las miserias que encharcaban mi mente, choqué con el marco de una puerta, haciéndome un corte en la sien y un considerable chichón. Pasé un instante de aturdimiento en el que el tiempo no sé si se detuvo o se aceleró: era más bien una sensación de estar fuera de él, y al fin regresé a la cama para quedarme en duerme-vela un rato más.

Fue horas después, ya solo en casa, con Carolina en el trabajo y los niños en el colegio, metido entre las cuatro paredes de un futuro que me asfixiaba, cuando recibí la llamada de Hildur. Era una mañana de invierno gris, pesada, como de resaca tras una noche de lluvia, sin viento ni frío:

—¿Hola…? ¿Sí…?

—Por mi voz, no me conocerás, pero sabrás enseguida quién soy… —La voz, en efecto, no me era familiar, o tal vez la de una amiga de la juventud.

—Lo siento, no caigo ahora…

—He venido a Barcelona a verte, sé que lo estás pasando mal.

—De acuerdo, dime por favor quién eres. —Me estaba empezando a poner nervioso, y en aquellas fechas me costaba muy poco sentir el corazón acelerado.

—Mi nombre es Hildur y tú me creaste.

Después vino el silencio. El suyo y el mío. Uno de esos silencios terroríficos con los que Carolina había conseguido ponerme nervioso, titubeante, entregado al destino que ella marcara…

Inmediatamente me senté en la confortable silla giratoria donde me ponía a trabajar delante del ordenador —en los días en que escribir significaba trabajar y no como ahora, una simple terapia para deprimirme dentro de la melancolía— y permanecí unos segundos callado, a la espera de que aquella voz completara lo que tenía que decir. Sólo había habido una Hildur en mi vida, pero era de tinta y papel.

—He salido de donde me dejaste, y he venido a verte. Ahora estoy en el aeropuerto. Imagino que estarás sorprendido. —El tono de su voz resultaba infantil, como si jugara conmigo a las adivinanzas y disfrutara al notar mi nerviosismo.

—Si es una broma, has acertado; me has pillado —contesté ya con un timbre de voz bajo e inseguro que pretendía sin lograrlo pasar por irónico.

—No es ninguna broma; mira a tu derecha, en el cajón donde guardas lo que escribiste sobre mí. Me dejaste en una aldea, en una cabaña con el resucitado Hans. Tú me ayudaste en aquel momento a recuperarlo, y ahora yo voy a hacer contigo lo mismo con Carolina. Si quieres... Lo muerto sí puede renacer, parece mentira que teniendo tanta imaginación para los dramas no tengas espacio para las cosas positivas.

Colgué de inmediato y sentí que me faltaba el aire. Abrí bruscamente la ventana y tomé el oxígeno que parecía faltarme en medio del pecho, hacia arriba en la garganta, en el aliento de la boca abierta de asombro y ahogo. El cielo continuaba monótono, una capa sucia sin nubes, y llegaba hasta mí algún sonido lejano, alguna obra en algún edificio, algún grito de un niño en el colegio cercano al que iban mis propios hijos. (Mis hijos risueños y maravillosamente inocentes que no sabían lo que les iba a ocurrir porque yo mismo lo desconocía.) Apoyé las manos sobre las rodillas y respiré hondo, dándome tiempo a que los latidos se fueran apaciguando.

Será producto de mi estado de miedo, de turbación, me dije al ponerme derecho, y volví dentro de casa con las piernas temblorosas, palpando las paredes del estudio donde me sentaba cada día a escribir como si una brisa de arena hubiera chocado con mis ojos.

Pero el teléfono volvió a sonar.

La curiosidad, esa curiosidad malsana que últimamente había desarrollado por saber qué sentía y pensaba Carolina de nuestra situación, las ganas por discernir enseguida que esa llamada era falsa, que solo había acontecido en mi imaginación, me llevó a descolgar violentamente. Era de nuevo ella, aquella que se hacía llamar Hildur porque un día yo la bauticé así.

—Estoy en el aeropuerto. ¿Vienes a buscarme o cojo un taxi?

II

Con la ansiedad de no desear saber la verdad de un fatídico misterio y a la vez necesitar desenmascararlo, me decidí a ponerme la chaqueta y salir a la calle. El coche estaba aparcado bastante lejos, y cada paso me llevaba al siguiente con un ritmo desproporcionado, mayor del que mis pies podían aceptar. Acostumbrado aquella temporada a sentir el irrefrenable impulso de irme a dar una vuelta para tapar los accesos de angustia con el ruido de la ciudad, resolví que tenía que ir a buscar a aquella mujer aun sin haberla avisado de que iba a ir a recogerla. El trayecto en coche me ayudaría a pensar, y siempre estaría a tiempo de dar marcha atrás hacia casa. Me estoy volviendo definitivamente loco, pensé sin creer demasiado en mis propias palabras, y conduje concentrado hacia el aeropuerto. Solamente tardé veinte minutos en llegar.

En el área de las llegadas, entré por la puerta giratoria como quien acude tarde a recoger a alguien y empieza a mirar alrededor en busca de distinguir su objetivo entre la multitud: un cúmulo de gente se movía por la gran sala, se apelotonaba en colas, se arremolinaba frente a la puerta donde salían los viajeros. Entonces retrocedí y anduve hacia fuera. Me sentía idiota, pero estaba acostumbrado a perdonarme sensaciones y pensamientos muy poco maduros en aquel tiempo, así que me obligué a esbozar una ligera sonrisa y me encaminé de nuevo al aparcamiento donde había dejado el coche dispuesto a aceptar que una alucinación en forma de charla había raptado mi raciocinio unos minutos antes.

A los pocos pasos, Hildur me llamó por mi nombre y luego dijo algo en islandés, tal vez una especie de saludo que repitió en español. Me di la vuelta y la miré, a unos cinco metros de mí, con un abrigo largo con cuello peludo, dos maletas, una cayendo de cada mano, la imagen estándar de cualquier turista, en aquel caso una mujer nórdica de piel blanca y pelo corto, ojos azules y cuello largo, alta y esbelta, más atractiva que hermosa, más mayor de lo que yo la había imaginado al escribir sobre ella.

Nos miramos un instante, ella quedándose quieta, yo aproximándome sin pestañear, sin dar crédito a algo tan absurdo, suponiendo que aquello era una visión descerebrada, un espejismo impulsado por mi mente enferma de hombre preocupado veinticuatro horas al día. La culpa es del insomnio y la tristeza, la culpa es de la incertidumbre, del miedo a estar solo, me he vuelto loco y veo a alguien que me hará compañía, me he vuelto loco... Me lo repetía sin palabras, sólo con la sensación de estar viviendo algo inverosímil.

Ella siguió mirándome fijamente, de manera escrutadora aunque su expresión fuera cálida y relajada.

—¿Nos vamos? —dijo al fin, poniéndose a mi lado para caminar hacia el aparcamiento. Su voz era igual a la que había oído por teléfono, con ese mismo ánimo de joven despreocupada. Su perfil, ahora que la tenía a mi lado, era suave pese a sus formas rígidas, algo masculinas, y el pelo tan corto le estilizaba el rostro casi de forma desmesurada. Por simple instinto de ayuda, sin pensarlo, tomé una de sus maletas. Apenas pesaba.

—Lo que me has dicho por teléfono... —dije entre balbuceos.

—Habrá tiempo para explicaciones, ahora quiero saber cómo estás.

—No te conozco de nada, no voy a decirte cómo estoy.

—¿Por qué has venido, pues?

—No lo sé, no sé por qué he venido, pero me vas a contar quién eres, de qué me conoces y por qué me has llamado. —Paré en seco para decir esto de forma visiblemente indignada.

—Sabes perfectamente quién soy, tú mismo me describiste, me pusiste un nombre y me lanzaste a sufrir una experiencia terrible.

Terrible y extraña... Bueno, también interesante, lo reconozco —y aquí esbozó una sonrisa que en otras circunstancias no me hubiera importado reconocer como encantadora—. En cualquier caso, no vengo para pedirte justicia: mataste a mi bebé en la última página, le dejaste sin respiración, como a veces te pasa a ti en estas últimas semanas, pero me hiciste recuperar a Hans. Él me espera en Islandia, ha vuelto a tocar el piano, yo estaré aquí lo indispensable.

—¿Cómo sabes todo eso? Hablas de una novela que no he conseguido publicar. Ya no publico nada desde hace mucho tiempo.

—¡No te hagas el inocente! —Que elevara su tono de voz me cogió desprevenido; su rictus de repente era severo y duro y únicamente se me ocurrió que estaba delante de una mujer que había perdido el juicio—. Eres el responsable de mi vida, del suicidio de Hans, de tantas cosas. Tendrás que aceptar que estoy aquí, caminando a tu lado en el aeropuerto, preparada para ayudarte.

—Escucha, no entiendo nada, si ha sido idea de algún otro amigo mío, yo...

—No mezcles las cosas —y pronunció mi nombre con firmeza, lo que me hizo estremecer por un momento, pensar que en efecto el disparate que estaba viviendo era cierto, como cuando Carolina me dijo entre silencios que había llegado al límite de sus fuerzas conmigo—. Soy tan real como tú o como tus hijos. Eso no puedes negarlo, o si no eres un escritor de pacotilla.

—No hay necesidad de insultar —repliqué absurdamente, pues seguía sin encontrar las palabras adecuadas para afrontar el extraño diálogo.

—Haremos lo siguiente. Me llevarás a la ciudad, me contarás cómo es tu vida, sin literatura, sin mentiras, y te diré lo que pienso. Creo que te conozco yo mejor a ti que tú a mí. Mientras escribías mi historia, notaba cómo todo tu ser se afanaba por poner los cinco sentidos en cada movimiento, en cada escena, en cada conversación, cómo elegías las palabras con cuidado. Ah, y no estoy enfadada por verme a tus ojos como una violinista del montón. Hans es el que tiene verdadero talento, me doy cuenta por mí misma, pero tal vez podías haberme hecho más sugerente como persona, menos complaciente con él, más convencida de mis posibilidades.

—Hice de ti... —Me interrumpí al instante. Aquello no llegaba ni a la categoría de locura: hablar con uno de mis personajes. Tendría que acudir ya a la consulta de un psiquiatra y por fin afrontar mi crisis con Carolina, tratar de buscar el equilibrio perdido para reanudar mi vida sin caer en depresiones o traumas irreparables.

—No necesitas un psiquiatra —dijo Hildur, leyéndome el pensamiento, y de repente la magia de este hecho la encontré tan natural que ni me impresionó—. Necesitas a Carolina, porque es la madre de tus hijos, has de alcanzarla antes de que en su huida sea demasiado tarde, y sentarte a escribir cada día con tranquilidad. Has de estar bien para sacar tu novela del cajón y publicarla. Y entonces desapareceré de tu mente y tus visiones.

—No es tan fácil. Lo intenté pero... —estábamos ya junto al coche, parados, de frente, ella mirándome con el rostro estático, de cera, yo con la cabeza agachada, como un niño triste que recibe un castigo que reconoce merecer.

—Habrá que ponerle empeño —dijo con un irritante toque optimista que me hizo reaccionar: estaba con alguien inventado que me conocía a la perfección, yo mismo me estaba dejando llevar por su charla enigmática, y todo era tan atrayente como aterrador. De hecho, para mí la vida se estaba reduciendo a una atracción abismal... La calma, que tantos años me había costado conquistar, constituía un asunto perdido y olvidado.

—Sube, seguiremos hablando dentro —dije sin ganas, como inconsciente, cogiendo aire antes de sentarme frente al volante como si me sumergiera en el mar unos segundos.

III

—¿Por qué escribes, por qué elegiste eso para tu vida? —me preguntó a bocajarro Hildur antes de que acabara de ajustarme el cinturón de seguridad.

—¿Para qué quieres saberlo? Oye, estoy sentado en mi coche con una mujer que no existe, así que ahora me iré a cualquier clínica para que me ingresen por enajenación mental...

—Mataste a mi bebé porque tenías miedo de que muriera alguno de tus hijos, ¿no es cierto? ¿No hacéis ese tipo de cosas los escritores? Tecleáis historias que querríais vivir u os desahogáis escribiendo sobre los temores, los malos recuerdos, ese tipo de cosas. Estoy segura de que eres un buen padre, de que vives pendiente de cómo están ellos dos, de que les lees cuentos cada noche, etcétera, etcétera, etcétera. Yo también soy madre, o fui madre, del pequeño Hamnet. —Ahora el tono de Hildur era apesadumbrado, como de actriz que sabe con maestría pasar de la risa al llanto.

—¿Cómo sabes eso? —Ya me daba igual si se trataba de una pesadilla de la que me iba a despertar o si mi desesperación se había vuelto demencia. Quería seguir escuchando, atado con el cinturón, con la llave del vehículo aún en la mano derecha.

—Mientras me escribías, había un canal de ida y vuelta: tú me inventabas a mí y yo me adentraba en tu *alma*... Sí, podríamos decirlo así, queda mejor que *mente*, tú siendo poeta preferirás esa palabra por ti tan querida, ¿verdad? Era como hacer una transfusión, pero de ideas, de lenguaje... —Hildur se quedó un instante en silencio, mirándome directa e implacablemente; era una mirada que no podía ser mentira; eran dos ojos que me atravesaban, intimidándome—. Mataste a Hamnet de esa forma en la que mueren los bebés, que paran de respirar mientras duermen, así de sencillo, así de absurdo y trágico. Tu inconsciente lo tenía archivado, ese temor se hizo demasiado pesado y decidiste darle un cauce en la novela, en mi novela.

Toni Montesinos

—¿Cómo has llegado aquí? —dije por decir algo, absorto como estaba en digerir lo que acababa de escuchar.

—Ya lo has visto, en avión desde Islandia: ¿acaso no me hiciste caminar, tocar el violín, enamorarme de Hans en calles y casas reales de Reikiavik? ¿No recuerdas tu estudio de campo con libros, guías de viajes y mapas? ¿No podría yo existir de verdad, allá en la isla, por encima de que tu invención coincidiese con la persona que soy?

—No eres una persona... Quiero decir que no puedes.... —Clavé los ojos en el centro del volante, y seguí hablando, pero tal vez solamente para mí—: Escribo porque tengo que decirme muchas cosas que no comprendo. Escribo porque no sirvo, o no quiero servir, para lo que hacen los demás, para el resto de trabajos. Escribo porque, estando solo, luego puedo dar hojas escritas para compartir con los demás y así dejar de estar solo por dentro. Escribo por todo eso y muchas otras cosas. Y también escribo porque me gano la vida con ello.

—¿Te refieres a esas críticas que publicas en los diarios?

—¿Qué le pasan a mis críticas? ¿Por qué lo dices de esa manera?

—Por nada, seguro que no están mal.

—Seguro.

—Pero tu labor ha de ser otra: crear. Crear historias que el día de mañana puedan leer tus hijos. Aunque la prioridad es Carol, ahora tienes que volver a conquistarla.

—Dios mío, de qué estamos hablando, qué quieres...

—Ya te lo he dicho, ayudarte. Después me iré.

—Está bien, sé que la gente sufre apariciones de personas que no existen, de muertos y cosas así. A mí me está pasando eso, así que sigamos jugando, Hildur. Sigamos hablando de lo que quieras; cuando mire a mi izquierda mientras conduzco y vuelva a girar la cabeza te habrás esfumado, habrás salido del coche y yo me pondré a reír y jamás le diré a nadie lo que me acaba de pasar.

—De acuerdo. Pero entonces, dime: de qué tienes miedo. Desde que te levantas hasta que te acuestas, algo te corroe y te impide vivir, pero sigues casado, en tu casa y con tus hijos, escribiendo y leyendo. ¿De qué puedes quejarte?

—En primer lugar, ahora mismo, siento miedo de ti, de todo lo que dices. En segundo lugar, de mí mismo. En tercer lugar, de lo que pueda pensar, sentir y hacer Carolina. ¿He sido suficientemente claro y preciso?

—Sí, has contestado de forma excelente. Gracias.

—No hay de qué, Hildur —y al volver a decir su nombre entonces sentí que realmente era mi Hildur, el personaje que un día nació como nacen los seres de ficción, entre lo visto en la vida y lo intuido en la imaginación, entre lo que se desea y lo que se teme. Hildur, encerrada en el cajón desde hacía años, estaba a mi lado, como si mi subconsciente hubiera cobrado la forma de un individuo y me hablara desde fuera.

No me quedó otra que seguir conduciendo. Miraba el retrovisor de mi izquierda pero a la derecha seguía Hildur, ahora callada, mirando de lado por la ventanilla, como enfadada, de la misma manera en que iba Carolina las últimas veces que íbamos en coche juntos, en pleno silencio y con la mirada lejos de mí. Era un silencio que me estremecía y que yo intentaba llenar con comentarios banales acerca de cualquier cosa: alguna ocurrencia de los niños, una observación literaria a partir del último libro que había reseñado en el periódico, la alusión fugaz a un recado doméstico. El silencio de Hildur, sin embargo, tenía algo de extraña templanza, un halo de placidez, una aureola de paz que llegó a mí como si me hubiera tomado una dosis excesiva de los tranquilizantes que el médico me había recetado para controlar la ansiedad.

Al cabo de unos minutos, saliendo de su ensimismamiento de forma espontánea, volvió la retahíla de preguntas.

—Tú que eres escritor, conocerás el mito de Casandra.

—¿Pero a qué viene eso ahora? No, no me acuerdo de quién es Casandra en la mitología griega, no es mi fuerte, pero intuyo que me lo explicarás enseguida, ¿verdad?

—Claro. Casandra es la princesa troyana que tiene un don: la adivinación. ¿Sabes de lo que te estoy hablando ya?

—No tengo ni idea, y además la carretera tiene un tráfico horrible, así que tienes todo el tiempo del mundo para tu clase.

—Apolo se enamoró de ella y le hizo este regalo fabuloso de predecir las cosas, pero como Casandra acabó desdeñándolo para inclinarse por una vida casta y aislada, el dios optó por castigarla: nadie creería sus predicciones, ni siquiera aun cuando todo se fuera cumpliendo a medida que los vaticinios se confirmaban. ¿Lo del Caballo de Troya sí te sonará al menos, no?

—No soy tan ignorante, y llevé a mi sobrina a ver la película —dije con ironía pero sin gracia alguna.

—Tampoco nadie confió en ella ante su advertencia de que no dejaran pasar el Caballo. Ella conoce su destino trágico y el de su ciudad, pero no sirve de nada adelantarse a los acontecimientos: ver, o desear ver el futuro con el ansia de averiguar lo que nos espera, no evita los males, e incluso tal vez los provoca. Es del todo estéril y sólo te conduce a un miedo irracional, propio de alguien maduro y negativo.

—Como moraleja no está mal, pero ya dejé la etapa infantil hace tiempo, mi querido personaje. Como animadora no vales mucho poniendo como ejemplo destinos aciagos y catastrofistas. No sé adónde quieres llegar a parar.

—Sí sabes dónde.

—¿Perdón? —El tráfico había mejorado un poco, el coche de nuevo con la quinta marcha por el carril central de la autopista.

—Adonde te duele.

—Ahora me duele estar vivo, si quieres que te lo diga de forma presuntuosamente solemne, y me está empezando a dolerme, por no decir otra cosa, que estés aquí en forma de sueño extraño, así que si eres tan amable de desintegrarte, me podré despertar.

—Pobre iluso... Aunque te despiertes, nada de lo que te preocupa habrá desaparecido.

IV

Salíamos de la autopista, ya en el carril de incorporación para entrar en la ciudad, directos a mi barrio, cuando la conversación continuó por los mismos derroteros. El día seguía encapotado y el dolor del chichón en la frente había remitido. Hildur seguía a mi lado y ni me planteaba que fuera imposible algo así: nada en aquel tiempo sin Carolina pero a la vez con Carolina a la mesa, en el sofá, en la cama, en el ruido de la ducha con ella dentro, acababa de ser real, como cuando uno recibe la noticia de la muerte de alguien y no entiende que ese mismo cuerpo que andaba y respiraba hace unos minutos sea materia para la descomposición y el silencio perpetuo, que esa persona no esté ya propiamente en ningún lugar, que se haya transformado en nada como una burbuja de agua estallando en el aire.

Hildur retomó sus impertinentes preguntas. No había en su estilo de hablar, de moverse, ninguna falla, ningún titubeo. Viéndola sin abrigo dentro del coche, se me aparecía como una mujer robotizada, de carne y hueso pese a ser de ficción, de cuerpo compacto y fuerte, poseedora de una sensualidad que abrumaba, la típica presencia que intimida al hombre y lo enamora de forma sumisa y dócil.

—¿Recuerdas cómo acariciabas el cuerpo de Carolina, sus pequeños y separados pechos, sus piernas que tanto te gustaban, cómo hundías la mano en su entrepierna, cómo buscabas su lengua con tu lengua? —Lo dijo con parsimonia, deteniéndose en cada palabra, inyectando veneno en mis venas enfermas de hipocondría.

—¿Qué dices? —grité—: ¿Por qué me preguntas tal cosa? No te hice tan cruel. Te hice buena, entregada, abnegada... ¿Por qué me torturas de esta manera?

—No me has contestado.

—Cómo no voy a recordar eso. No paro de pensar en Carolina,

supongo que a estas alturas ya lo sabes. No volver a tocarla, a hacerle el amor, me destruye hasta lo indecible. Quisiera suplicárselo, decirle que me dé una última oportunidad para…, de amarla unos minutos, de despedirme de ella.

—Te comprendo. Yo sentí lo mismo, pero en mi caso era peor: Hans, según tú, se tiró por un acantilado la mañana en que íbamos a casarnos; ni siquiera encontraron el cadáver. Carolina aún está a tu lado, bajo un mismo techo, puedes tocarla, aún lleva dentro sangre caliente. ¿Eres tan cobarde que sólo te atreves a pasarle la mano por la cintura mientras dormís?

—Me rechaza constantemente de mil maneras. Sería absurdo invitarla a reír y a… Lo nuestro se ha acabado, aunque yo no me haga a la idea y no pueda plantearme una vida sin ella sin que se me pare el corazón.

—Eso es muy bonito, pero demasiado cursi. Cada día se rompen mil matrimonios, y el tuyo no ha de tener nada de especial en comparación con el resto. ¿De qué te ha servido leer tanto si luego no pones en práctica nada de lo aprendido? Hiciste de Hans un lector de clásicos griegos, y por eso conozco el mito de Casandra, porque leí muchos de sus libros tras su muerte en busca de alguna señal hacia mí, tal como tú quisiste: ¿ya has olvidado los tópicos del *carpe diem*? Ah, el Carpe Diem, qué bien te vino que un local de Reikiavik se llamara así para llevarnos dentro a Hans y a mí, para encontrar en ese símbolo un modo de vida, una vida de pareja que empieza, como la tuya hace diez años con Carolina… Sé que aquellas salidas nocturnas nuestras eran una prolongación de las que habías hecho con tu mujer. Sé que yo misma tengo cosas de Carolina, de ti mismo.

—Eso pasa siempre, un personaje surge de cosas relativas a muchas personas reales —dije sin fuerza alguna, intentando concentrarme en buscar aparcamiento en el barrio.

—Ahora me soltarás eso de «yo soy porque tú eres» tan sentimental.

—Sí, me gusta esa frase, y el poeta que la dijo. ¿Algún problema? ¿Tienes previsto seguir burlándote de mí mucho más rato? Reconozco que soy cursi y sentimental, y…

—Si no lo fueras no amarías tanto a Carolina. Algún día comprenderás que ella jamás mereció esa pasión poética un tanto artificial.

—Si no lo fuera, la amaría de otra manera, pero con igual intensidad, no soy tan estúpido como puedes creer y me conozco bien.

—¿Y si ya no la quieres y únicamente temes quedarte solo?

—Sí la quiero, y sí, también temo quedarme solo.

—Eso no va a ocurrir aunque quisieras: tus hijos te necesitan, y cada día más, lo sabes de sobra. Lo estás haciendo bien y eso dará tus frutos a pesar de que ahora sólo veas las cosas negras.

—¿Tú qué sabrás de criar hijos? Ya te has encargado de recordarme que te quité a Hamnet.

—Sí, pero también insinuaste en la última línea que Hans y yo podíamos ir a buscarlo al Averno, como yo misma había hecho con él, hasta que surgió entre el hielo y le ayudé a recordar quién era.

—Quién era... —y lancé una sonrisa sarcástica. Hay veces en que uno se mira pero desconoce quién es: sin Carolina, yo estaba dejando de ser yo. Sin Carolina, sería un superviviente, un amargado que se arrastraría en busca de compasión y que no sabría reconducirse, que terminaría desequilibrado, tirando mi oficio de escritor a la basura.

—Sí, a menudo es necesario que alguien te diga, te recuerde, quién eres, qué haces en este mundo, hacia dónde vas, para qué personas eres importante.

—Ya. Importante.

—Sí, lo eres, incluso para Carolina aún, y para tus hijos, y esos lectores que seguro te seguirán en el periódico.

—Basta ya, Hildur, no sé qué tratas con esto —aparcaba el coche a un par de manzanas de mi calle mientras hablaba, mareado de súbito, de nuevo sumergido en un charco de incertidumbre—; ahora entraremos en casa, tú te perderás mientras yo me acuesto unos minutos y esta visión desaparece. Sólo he sentido demasiado miedo durante demasiado tiempo, eso es todo, y al final una cosa así pasa factura a los nervios. Se me ha ido la cabeza y cuando descanse seguirás estando en el cajón, inédita y encerrada sin más.

VI

Aún no eran las doce cuando entramos en casa. Todo había ido muy rápido; volvía al lugar donde una voz me había llamado por teléfono y ahora tenía el cuerpo de esa voz a mi lado, paseándose por mi casa con las manos entrelazadas a la espalda, cual visitante de museo, mirando las reproducciones de cuadros que adornaban el pasillo a un lado, los miles de libros que llenaban la larga y alta biblioteca al otro, fijándose en las fotos donde aparecían los niños o Carolina y yo juntos, sonrientes, hombro con hombro, viajeros estáticos de un pasado que yo añoraba cada día más.

—Adónde me tienes escondida —dijo Hildur sin énfasis alguno; ya me había demostrado que sabía que la novela se encontraba dentro de un pequeño mueble debajo de mi mesa.

—Aquí *te* tienes —respondí rápidamente, abriendo el cajón y sacando para ella doscientas cincuenta páginas encuadernadas que llevaban por título *Hildur*.

Hildur miró atentamente la primera página, con su nombre en mayúsculas unos espacios más arriba que mi nombre y mi primer apellido, y hasta creí verla emocionada cuando, sin parpadear, sus ojos brillaron unos instantes antes de sentarse en mi silla, abrir el grueso de papeles y leer la cita inicial de Tolstói que me había servido de inspiración para lo que luego sucedería en la historia.

—Siempre me sentí satisfecha con el comienzo de la novela —afirmó con suficiencia, como si en realidad fuera el personaje de ficción el que exigiera al autor la manera de aparecer y ser descrito.

—Cuánto me alegro —dije, sentándome en otra silla a su lado; por lo visto, se trataba de una mujer que no consideraba el sarcasmo al hablar—. Siempre que me visita un personaje que he inventado yo mismo me hace el mismo cumplido.

Sin reparar en lo que le estaba diciendo, Hildur se puso a leer la novela —en su caso, tal vez se diría revivir, más que leer o releer— y hasta cogió un bolígrafo para anotar o tachar algo. La dejé en paz, aprovechando el momento para concentrarme en su aspecto: piel blanquísima, nariz recta en forma de flecha, amplia frente, labios ni gruesos ni finos, mandíbula prominente.

—Se me ocurre que la leeré esta noche, cuando estés durmiendo.

—¿Cómo? ¿Pretendes quedarte aquí, en mi casa?

—Si no, no veo la manera de ayudarte con Carolina. ¿A qué hora llega?

—Cada día más tarde, apenas la veo. Y además están los niños...

—Será un placer conocerles.

—De placer nada, tú te vas inmediatamente. Ya me has confundido bastante. Me resistía a pensar que mis problemas personales llegaran a trastornarme de tal modo, pero está claro que necesito medicación. —Ahora ya no actuaba metido en el juego de un sueño; me estaba hablando a mí mismo en serio aunque me dirigiera a un ente ficticio—. Necesito un médico.

—Necesitas volver a sonreír con Carolina, sólo es eso, que ella vuelva a abrazarte, a quererte, como hace apenas unos pocos meses. Antes de que todo estallara y perdierais la cabeza los dos. ¿Ya le has preguntado qué quiere hacer con su vida, con tu vida, con la vida de los niños? ¿Quién es más miserable: ella por no tener el valor de hablarte a la cara o tú, aterrorizado por preguntar lo que de ningún modo quieres oír?

—¡Dios míos, déjame! ¡Eres solamente una voz interior, no existes, vete! —Cerré los ojos mientras pronunciaba estas palabras a modo de rezo. En vano.

—¡Espabila! Sigo aquí, ya te he dicho que no me iré hasta que te haya ayudado.

—¿Ayudado a qué? —vociferé, furioso—. Me siento en la cuerda floja, pendiente del bloqueo mental de mi mujer, expuesto a su decisión. Nadie me puede ayudar, ni yo mismo. Haga lo que haga, no sirve de nada. Ella ahora es el centro, la que ve la vida actual, la vida que construimos juntos, como un problema. No hay más que hablar. ¡Lárgate!

Hildur se acercó y me acarició el rostro. Yo era un niño y ella era mi madre, que me consolaba; yo el animal salvaje, ella la domadora.

Me puse a llorar, compungida, amarga, ridículamente. Uno de esos lloros entrecortados por la respiración, infantiles y desacompasados. El lloro de alguien que apenas había podido desahogarse en varios meses.

—No hagas que te lo vuelva a repetir: me quedaré lo suficiente para echarte una mano a salir de esta, y una vez lo haya conseguido, me iré y sólo volverás a verme aquí —dijo, señalando la novela, que descansaba abierta en la mesa—. Sigamos hablando, o llorando, como quieras. Cuando hiciste que me recluyera en el piso que compartí con Hans cuando murió... Eso sí fue tortuoso: me obligaste a leer la partitura de la canción que compuso para mí el último día, a leer sus libros y su diario en el ordenador portátil, a observar y limpiar su piano, cerrado para siempre. ¿Cómo quieres que no entienda tu sufrimiento aquí, entre cuatro paredes, intentando escribir y leer, pero sin poder dejar de pensar en Carol, en lo que sienta y haga Carol...? Desengáñate: no sirve de nada que te adelantes al futuro. Es sólo un síntoma de un miedo antiguo que no has acabado de curar.

—Para eso los médicos tienen tecnicismos —repuse, aún lloriqueando como un mocoso—. No me vengas con psicologías baratas.

—Muy propia de ti esa frase —y enmarcó la respuesta de nuevo con mi nombre; cada vez que salía de su boca de repente surgía la sensación de que ese encuentro era más real que el tiempo anterior a la llamada telefónica.

—Me repito mucho.

—Te repites porque crees en varias cosas firmemente, y las llevas a la práctica por principios.

—Eso díselo a Carol; según ella, mi amor ha sido más teórico que práctico.

—Que ella lo vea así no significa que sea cierto.

—La verdad de las cosas no importa; importa quién las dice y lo que representa para el que la escucha. Las mentiras de Carol pueden ser verdad para mí, y al revés.

—¿Eso os ha llevado hasta donde estáis ahora?

—Tal vez, ya no sé qué pensar. De hecho, he pensado demasiado.

—Eso seguro, pero no te culpes. ¿Quién hace bien las cosas en ese tipo de situaciones? —Hildur buscó mis ojos, mi mirada descendente, mientras me hablaba pasándome un brazo por la espalda. Pero mis ojos eran dos lagunas, y el cerebro parecía que iba a estallarme.

—Sólo quiero recuperar mi vida —dije dándome cuenta de lo boba y manida que era semejante idea.

—Si yo la recuperé, tú también puedes.

—¡Maté a Hans y luego hice que resucitara! Fue una fantasía, ¿de acuerdo? Después, o antes, ya qué más da, te embaracé, pero te volviste loca, veías visiones, o eso al menos quería yo insinuar, así que tu hijo podía ser del pescador que conociste en aquel pueblo costero del este, o ser producto de tu imaginación... Qué estoy diciendo: mi imaginación dentro de la imaginación de un personaje de novela. Lo muerto, muerto está.

—Esto se pone interesante. —Hildur hizo una mueca extraña, medio sonrió y entornó los ojos, no sé si gozando del dolor ajeno o con la voluntad de quitarle hierro a mi drama—. Entonces, querido poeta —y aquí es cuando dejé de lloriquear como a veces hacían mis hijos—, ¿por qué a menudo te acuerdas más de tus muertos, de los muertos de tu familia que te dejaron solo, que de los vivos que tienes alrededor?

VII

Estuvimos un largo rato callados, yo esperando que Hildur siguiera hablando, Hildur leyéndome el pensamiento. La trasfusión continuaba, pero en vivo y en directo. Luego, se cansó de mirarme y siguió merodeando por la casa. Yo me eché las manos a la cara, tapándome el rostro mientras sentía cómo las palpitaciones aumentaban de intensidad. Me levanté casi sin fuerzas y volví a salir al patio a tomar aire: de nuevo el cielo se movía como una manta gris llena de algodonosas sábanas blancas; soplaba aire frío y el mundo era silencioso y desapacible.

Hildur me llamó desde dentro, en el otro lado del piso.

—Has de saber una cosa —dijo—; esta tarde Carol por fin se sentará contigo a hablar. Tendrás que ser fuerte.

—¿Cómo sabes tú eso?

—Lo sé, simplemente, de la misma manera que tú lo sabes. Las mentes de los que van de la vida juntos al final crean un mismo ritmo de pensamiento, la elección de un mismo instante para decidirse a algo. Tú mismo querías proponerle algo hoy o mañana, ¿no es cierto?

—Sí, aunque no fuera a servir de nada.

—Nada de lo que hagas servirá excepto para ti, para sentir que lo estás intentando, que estás luchando, que estás a la altura.

—No estoy a ninguna altura, estoy en el fondo del pozo, absolutamente desesperado.

—¿Y la escritura?

—¿Qué pasa con eso?

—Deberías escribir una novela con todo lo que te está ocurriendo; todas estas sensaciones extremas, todos estos miedos irracionales. Esta angustia —Hildur parecía regodearse en las palabras en una especie de juego macabro y cruel— la podrías volcar en una historia. Te ahorrarías la terapia con un psicólogo.

—Sí, el viejo tópico... Pero te aseguro que hay momentos en que escribir no ayuda, incluso te daña más, te hace poner en palabras, en frases coherentes lo que es un hecho abstracto. Es darse más cuenta del problema, y sufrir más.

—Sufres porque quieres.

—No me jodas; nadie sufre porque quiere. Mi matrimonio se hunde y yo estoy hundido, sin nada que ganar y todo que perder, ¿entiendes? ¿Es así como pretendes ayudarme? Ya te puedes ir por donde has venido.

—No creo que esta sea la mejor manera de afrontar los conflictos.

—¡Aquí no hay ningún conflicto! Ella no me quiere y se acabó.

Yo podré hacer todo, pero Carolina nunca volverá conmigo, lo hemos estropeado demasiado...

—¿Tú qué has estropeado?

—La parte que me toca, pero... Lo único que sé es que la he seguido queriendo. Supongo...

—Eso no es estropear nada.

—Sólo la he seguido queriendo, mientras ella se alejaba de mí, se angustiaba y deseaba desaparecer.

—Entonces no has estropeado nada.

—Bueno, la vida, las circunstancias, qué se yo, se han encargado de ello. Yo tampoco debo de ser un santo.

—Eso está mejor. De nada te sirve lamentarte, aquí no se ha muerto nadie, la vida sigue... La gente dice continuamente esas frases hechas.

—Estoy relacionado con ellas, ahora suenan mucho a mi alrededor. El mundo no se acaba es mi preferida.

—En cierta medida, sí se acaba, tu visión de un mundo concreto, con los elementos que ves y sientes a diario. Pronto tendrás que acostumbrarte a mirar otra página. ¿Te he dicho que al ver resucitado a Hans fui más feliz que cuando estaba vivo? Qué locura.

—Eso es, te enloquecí, como yo lo estoy ahora. Vete de una vez, ha sido un placer conocer a un fantasma. —Hablaba y a la vez no era consciente de las palabras que salían de mi boca; el corazón funcionaba sin las revoluciones habituales y el cansancio se había convertido en una suerte de relax.

—¿A que te sientes mejor? En fin, manos a la obra, no tenemos mucho tiempo. Desnúdate.

—¿Qué dices? ¿A qué viene eso?

Pero aún no había empezado la tercera frase cuando Hildur ya se estaba quitando la ropa, enseñándome su ropa interior, su tatuaje en un costado de la cintura —una llave de sol que yo mismo había descrito— y sus piernas largas y torneadas. Su expresión era de estar esperando una reacción por mi parte, el seguimiento lógico de una escena que carecía de toda lógica. Pero no podía mover un músculo. Hildur se acercó al aparato de música y apretó el botón de encendido. El sonido de la emisora de música clásica que perpetuamente tenía sintonizada se abrió paso en el amplio despacho; ella hizo una mueca de aprobación, susurrando el nombre de la pieza que había reconocido de inmediato, y volvió a encararse conmigo, dispuesta a continuar algo que intuía y a la vez me parecía imposible.

—Sé que ni te sientes los genitales, que eres —y aquí se le escapó un gesto de burla que enseguida cortó— un tipo de hermafrodita, de ser andrógino. ¿No es verdad? —Hildur sabía que mi cuerpo se había reducido en kilos, sensaciones físicas, apetencias. Yo era una estatua sólo con corazón, ojos y mente, rodeada de brazos que cogían cosas y piernas que me transportaban a donde tenía que ir. A eso se reducía mi cuerpo—. Vamos a ver qué podemos hacer por ellos...

Y me cogió de la mano, hacia el dormitorio.

VIII

No sé si se puede llamar amor lo que aconteció en aquella cama, o quizá sería mejor decir en aquella plataforma de mi imaginación. Lo cierto es que tampoco fue sexo. Sólo retuve de todo ello una placentera sensación de que había estado con el cuerpo de Hildur, que eso me había sentado bien, por dentro y por fuera, y al mismo tiempo no recordaba nada salvo minúsculos destellos que bien podrían ser fotos inventadas por mi precaria sexualidad, inconscientemente ávida de ponerse en marcha de nuevo. En todo caso, mi viaje alucinatorio llegaba a su fin, pensé en cuanto acerté a abrir los ojos, tras lo que creí una pequeña cabezada, para comprobar que ninguna mujer que no fuera Carol había estado a mi lado en aquel rato. Tal vez durante una duermevela extraña en efecto había estado amando a mi esposa, antes de amanecer, con los niños todavía durmiendo y el reloj despreocupándose de su alarma. Pero allí estaba Hildur, muy despeinada, tumbada de lado hacia mi derecha, con su codo apoyado en la almohada y mirada sexi.

Prácticamente era imperceptible el tarareo de su voz, pero llegó a mis oídos poco a poco, metiéndome en una realidad llena de irrealidades. Canturreaba con la bella voz de una sirena que informa a los navegantes de lo que va a ocurrir. ¿Cómo podía saber que, a modo de nana, les susurraba a los niños una pequeña balada tradicional islandesa que había aprendido en un cedé de Björk? Y sin embargo, ni me molesté en señalárselo. Ella sabía que un marino sin brújula como era yo en ese momento era presa fácil, y que el deseo de saber qué iba a pasarme en el futuro inmediato me llevaría a prestarle atención, a sumergirme con ella en el mar y morir.

—¿Mejor? Esto es lo que a los hombres os carga las pilas, ¿me equivoco? —Hildur pulsó las teclas de esta frase con burocrática frialdad, como si la tuviera preparada antes de que nos acostáramos.

—¿Esta es la forma en que ayudas a un hombre a recuperar a su mujer? ¿Acostándote con él?

Hildur esbozó una amplia sonrisa mientras fijaba sus ojos en los míos. La habitación estaba en penumbra y su rostro tenía ahora una nueva dimensión: era una mujer distinta, con la tez suavizada por la sombra, con su desnudez seca y sinuosa; una de esas personas que te transmiten una rara confianza aunque las acabes de conocer. La hubiera atraído hacia mí para besarla —jugando yo también a ese juego de relativizarlo todo, como si uno estuviera sometido a una droga que le desinhibe por completo— de no ser por sus inmediatas palabras:

—Pobre ingenuo mío. De verdad que te muestras más osado cuando escribes. Ahí eres más interesante... En el fondo, eres un tipo chapado a la antigua. Eso tiene su encanto, pero no es muy práctico para la vida moderna. ¿Qué pasa? ¿Crees que tu mujer no ha tenido rollos por ahí?

—¿Carol...? —Mi fulgurante reacción iba encaminada a negar semejante injuria, pero de repente me detuve y paré en seco el predicado que ya subía por mi lengua. Ese día todo era posible. Yo era un Alicio en el País de las Pesadillas, pero sin absurdo, sin el *nonsense* característico del relato de Carroll, sino con el absurdo de irle encontrándole sentido a todo.

—¿Quieres que vayamos a verla? —dijo, relamiéndose al sentir que estaba a punto de empezar un juego morboso—. Te presentaré a algunos de los compañeros de trabajo con los que te ha engañado mientras tú estabas... no sé, buscando a tus hijos al colegio o dándoles la cena, por ejemplo.

—¿Qué estás diciendo? ¡Todo eso es mentira! —Ahora era yo quien actuaba: *tenía* que sulfurarme, pero en verdad me importaba poco si lo que decía Hildur se había producido. Carecía de fuerzas para entender en su justo grado lo que me ocurría y lo que ocurría alrededor. En cierto modo, en mi bolsillo acariciaba una misma moneda: en una cara estaba el rostro preparado para escandalizarse, y en la otra brillaba el pasotismo más manifiesto.

—Lo típico: has estado tan encerrado en tu mundo de libros, de buscar trabajos por doquier, de encargarte de la casa y la familia, que no has reparado en que tu colega de cama se tomaba ciertas libertades, vamos a decirlo así. Bueno, la verdad es que es un poco cabrona la muchacha, pero tú podías haberlo intuido y haber hecho algo al respecto en vez de amargarte por acarrear con tantas cosas tú solito.

—Qué coño quieres que haga. Burro y apaleado. Supongo que es eso lo que quieres decir. Al final tendré yo toda la culpa...

—Hum, esperaba algo más de ti; cualquier cosa menos la autocomplacencia. ¿Es que no le has partido la cara a alguien, oh, mi Creador? —Dijo esta palabra con tono de guasa mientras se incorporaba y se sentaba, abriéndose de piernas y rodeando las mías, con la espalda recta y la cabeza erguida, mirándome hacia abajo con desafío. La carnalidad, la humedad de Hildur me era palpable, y sin embargo no podía desembarazarme de la sensación de que ambos pertenecíamos a un telefilme vulgar de sobremesa en el que la o el protagonista son dos tarados con brotes esquizofrénicos.

—Vamos, vístete y saldremos a ver qué averiguamos —dijo alegremente poniéndose de pie. Su estilizada figura se me apareció enmarcada en la puerta: los miembros delgados pero las caderas algo generosas, la llave de sol callada en un lado del abdomen, los hombros anchos y el pecho pequeño y firme.

—No pienso ir contigo a ningún sitio. Si no existes, la gente me verá contestar a alguien invisible a mi lado.

—¿Y no hay gente así en la calle? Se ven unos cuantos... locos. Y sí, sabes que existo. ¿Quieres que te lo demuestre? —Carraspeó y continuó—: «Hildur jamás llegará a saber cómo lo hizo, pero traspasó el tiempo, el espacio, la alucinación de no existir. Se hizo pasar por muerta, y recuperó lo que era suyo, según ella, para siempre».

—Me acabas de demostrar que has memorizado el primer párrafo de *Hildur*, punto. ¿Qué existencia prueba eso?

—Mi Creador, me estás dando una imagen bien pobre de tus posibilidades. Eres mejor, mucho mejor de lo que te crees. Demasiado tímido y apocado para mi gusto, pero sin duda un hombre con muchas posibilidades. ¿No existieron tus dos años y pico preparando la novela, escribiéndola, corrigiéndola? ¿O también fueron *fantasmales*?

—Escucha, no voy a entablar contigo una conversación surrealista que...

—Calma, no te aceleres. Sólo quiero que veas que tú mismo me has convocado, que soy el resultado de lo que creaste. —Hildur dijo esto muy seria, como imponiendo una sentencia que iba a ser para mí, indefectiblemente, definitiva, horrenda. El veredicto flotaba en el ambiente, y todo apuntaba a mi culpabilidad.

—Son sólo palabras, Hildur, sólo palabras —repuse con un hilo de voz; de repente estaba muy cansado, incluso adormecido.

—«Sus ojos ahora miran hacia el horizonte nevado que conserva la memoria de su viaje, y medita qué hacer.» También me sé la siguiente frase. Y la siguiente. Y la siguiente. La novela entera. No lo olvides: es mi novela, como tú eres mío para siempre por haberme creado. Bueno, dicho así suena demasiado enfermizo, pero ya me entiendes.

—No... La verdad... es que no te entiendo. Además...

Estaba hablando, pero no tenía nada que decir. Las páginas de *Hildur* estaban metidas en el ordenador y en un cajón, pero su autora era ella misma. Súbitamente comprendí que tal cosa presentaba una sensatez absoluta. No había que cuestionar lo absurdo, sino esperar a que el tiempo transcurriese lo bastante para asumirlo. Lo mismo que la vida oculta de Carolina. Solamente se trataba de tiempo, porque si mi mujer me estaba mintiendo, yo podría creerla. Pero el tiempo nunca mentía: iba hacia delante y, en un momento dado y casi de modo imprevisible, nos soltaba al vértigo de las cosas evidentes.

Una densa y lenta gota de sangre se había escapado de mi ceja, de la herida que ya había olvidado; noté cómo el reguero carmesí descendía bordeando mi ojo derecho, alcanzando la comisura de mis labios, resecos como los de un moribundo sediento, y entonces sentí dolorida la frente, como si la confusión en la que estaba inmerso se hubiera visto afectada por el golpe que me había dado en plena noche y mi cuerpo estuviera clamando un poco de tranquilidad. De resultas de ello, la figura de Hildur, aún recortada por el marco marrón de la puerta del dormitorio, se fue difuminando, como si cierta y fatalmente fuera un espíritu, y a medida que sus frases se iban haciendo un mero eco indescifrable, perdí el conocimiento por primera vez en mi vida.

IX

Me despertó un fuerte dolor de cabeza, y me sentí presa de un físico ajeno en un lugar desconocido, estaba solo en la cama y a la vez me sentía aprisionado; no era un hombre tumbado, sino un excursionista herido en la montaña, un corredor de maratón deshidratado, un hombre operado con el rescoldo de la anestesia.

Mi mente fantaseó con otras identidades hasta que un pequeño hartazgo me dio las energías suficientes para levantarme. Como un autómata, me metí en la ducha y estuve bajo el agua mucho más rato del que acostumbraba.

Todo contribuía a que el rastro de Hildur se perdiera hacia abajo hasta desaparecer. El golpe de la noche, una pesadilla espontánea, la medicación que me tomaba... Sea cual fuera la causa de mi desconcierto, ya había pasado: podía fingir el resto del día que era un hombre normal y corriente.

Pero entonces sobrevinieron unas notas musicales, y las notas cobraron forma de compás que se repetía una y otra vez. Procedían del salón, donde tenía mi viejo piano de pared: una antigualla que antaño me había hecho muy feliz. Últimamente no podía sacar ni media hora al día para aprender a tocarlo, por culpa del estrés de tener que hacer demasiadas cosas en tan poco tiempo sin ayuda y con pocas horas de sueño, pero disfrutaba viendo cómo los niños lo aporreaban o colocaban sus deditos en cada tecla y me miraban sonrientes. Nada tenía importancia menos la música, sentía a veces. La música y mis hijos. Era lo único que me parecía eterno, lo único que no me podría traicionar.

El piano insistía, y el dolor, esta vez punzando en el centro del pecho, volvió para quedarse los minutos en los que permanecí parado en medio del pasillo, aún con el pelo lagrimeando agua, con la toalla envuelta en la cintura, con la cara de bobo del que no entiende el chiste que los demás ríen. El terror estándar establecido por la cultura audiovisual no me interesaba lo más mínimo, pero no podía evitar pensar que una ráfaga de suspense estaba soplando un navío que ni siquiera tenía alzadas sus velas.

Caminé hacia el salón, y la música se hacía cada vez más estentórea, aunque también más hermosa; el compás repetitivo había soltado amarras y ahora las notas se deslizaban mediante una melodía romántica. Ahí estaba: de espaldas a mí, sentada bien recta, vestida, real: Hildur. No pude por menos que aplaudir irónicamente, al menos para que cesara de tocar, para que se diera cuenta de que su creador estaba allí. Yo la había fabricado, y tendría el derecho a acabar con ella: las palabras son más volubles que la arcilla, más vulnerables que el mármol, menos corporales que el óleo sobre la tela. Sólo tenía que des-escribir *Hildur*, eliminar el documento informático donde estaba guardada, quemar los papeles sobre ella que tenía en el cajón.

—¿Te ha gustado, verdad? ¿Qué se siente al escuchar una obra que has creado pero no has escrito? —Por un momento, no entendí la contradicción, pero al cabo caí en cuenta: en la novela, había hecho que Hans compusiera una pieza para Hildur, como regalo de bodas, y a la muerte del novio, ella había encontrado la partitura e incluso la había tocado en el piso que compartían. La idea era mía. La música, no.

—¡Vete de aquí! —grité, enloquecido. Pero mis reacciones furiosas no parecían ser intimidantes.

—Es la última vez que te lo digo. —Hildur volvió el torso pausadamente, con absoluta calma—. No me largo hasta que consiga ayudarte. Relájate y disfruta de mi compañía. No creo que muchos de tus personajes se hayan molestado nunca en hacerte una visita. —Y antes de que pudiera añadir nada, se puso a tocar la música compuesta por Hans.

—No tengo en mi haber demasiados personajes —tuve que declarar; mi obra narrativa era exigua, intrascendente.

—No lo es —dijo.

—¿No lo es qué?

—Ya sabes... Intrascendente.

—¿Cómo sabías...?

—Mi Creador, es hora de que vayas comprendiéndolo. Ahora soy yo quien controla tus pensamientos, tus movimientos. Hasta este momento he disimulado bastante bien, pero lo cierto es que dependes de mi control completo; estás sometido a mis caprichos. Y no me refiero sólo en la cama —y rió como una adolescente necia que inaugura en su vida la llama de bromas picantes que arderán en grupo.

—Claro, ahora eres mi escritora y yo soy tu protagonista, ¿verdad? ¿Qué tienes reservado para mí? ¿Dejarme viudo? ¿Romper mi matrimonio?

—Eh, eh, tu matrimonio ya está roto, mi poder no ha alcanzado a influir en que se te fuera de las manos. Simplemente seguís compartiendo los restos de su rotura en un mismo suelo. Habrá que recomponer los pedazos o barrer, ya veremos. Pero nos hemos ido del tema: te preocupaba lo de intrascendente.

—Eso es, soy un experto en tal cosa.

—Oh, qué pena, el pobrecito escritor fracasado... —Hildur estrelló sus manos en un acorde grave y gótico sin mirar el teclado. Se sonrió mirando hacia abajo, como si las baldosas le transmitieran paciencia para elaborar su siguiente explicación, y dijo—: Ya tuve bastante con que en *Hildur* gobernaras hasta la forma que tenía de masturbarme. Digo yo que se trata de un exceso por tu parte. No niego que aquella escena era muy plástica, muy dramática y sensual al mismo tiempo, pero, honestamente, te cegaron tus ganas de impresionar con tu escritura, de demostrar que algo tan difícil de describir como es el sexo, al menos con cierto buen gusto, es realmente una prueba de fuego para un escritor.

—De acuerdo, como quieras. Cambiamos de puestos...

—No exactamente. Decir que tú eres mi protagonista sería excesivo. A esta historia no la voy a llamar con tu nombre de pila. Primero, porque es muy normal y corriente; segundo, porque no eres el centro de lo que ahora quiero para mi vida.

—¿Para tu vida? —repuse, casi divertido por la ocurrencia, mientras me ajustaba la toalla y tomaba asiento a la mesa—. Esto es de locos. Bueno, el loco soy yo; cuando quieras, me pones la camisa de fuerza y me encierras.

—El humor no es lo tuyo, ambos sabemos eso, así que no te esfuerces. He dicho que ahora no lo eres, pero más adelante quién sabe —y me guiñó el ojo, enviándome un beso a la vez, para al instante volver a la melodía de Hans apenas unos segundos—. Un momento, esto es deprimente. Hay que moverse ya, o el tiempo se nos echará encima.

—¿El tiempo para qué?

—¿Es que no sabes hablar sin hacer preguntas? Compórtate como un hombre. Para que lo sepas, Carol quiere dejarte porque no has sido un hombre, sólo un quejica nostálgico, un melancólico tan pasivo que solamente sirve para esa cobardía de escribir.

—¿Así que te parece una cob...? Lo siento, señorita Hildur, de nuevo vuelvo a hablar con preguntas. Veo que a pesar de ser la protagonista de una novela, no ves con buenos ojos la literatura.

—No te equivoques, la literatura es un arte casi tan supremo como la música, tal vez casi como la pintura. Una obra bien escrita, sin fisuras en el argumento, sin obstáculos en su tono, fluye como una sinfonía escrita con las notas justas, ni una más ni una menos. Como si no hubiera sido posible haberla escrito de otro modo, ¿me entiendes? Lo que me revientan son los poetastros con hipersensibilidad ñoña, afeminados compositores de piezas evocadoras, egocéntricos que van por la vida con una modestia hipócrita. Y no miro a nadie... La pasión de la escritura enfebrecida, sí, eso me excita hasta límites que no puedes ni imaginar. Cualquier clase de creación, pero encarándola de forma viril, valiente, sin miedo a decir lo que se siente, sin miedo a no saber escribir lo que se quiere escribir; eso me admira. Y reconozco que tú has estado sumergido en esa situación muchas veces, cuando has podido encomendarte a la disciplina de obedecer tu mandato de creador. Pero esa no es tu norma en la vida. En la vida el temor resulta demasiado acuciante: él te controla a ti, y tú deberías controlarlo a él. Por eso has ido perdiendo todo lo que tenía valor para ti. Tal vez para Carol ya llegues tarde, pero no para tus hijos.

Me quedé sin decir nada un rato. Una mujer explayándose, mezclando disquisiciones, personajes y un pseudoataque a mi personalidad era una secuencia que me dejaba titubeando, aturdido como un gato al que han trasladado de hogar y no sabe cómo comportarse.

—Ah, y de intrascendente, nada. Que un buen lector haya apreciado *Hildur*, y sé que has contado con varios muy cualificados, lleva directamente a la trascendencia, siquiera para esas pocas personas, o para ti mismo. Y además, no me negarás que no tienes delante de tus narices a tu mejor lectora. ¿Quieres que te siga recitando la novela donde la dejé antes? Espera, no contestes.

—No iba a hacerlo, no tengo nada más que decir.

—Sí que lo tienes; estás pensando en que la novela sólo hace que viajar a editoriales donde nadie la quiere y que eres, pobrecito mío, el rey de los rechazos. Pero para eso también he llegado yo, me acabo de erigir en tu ángel de la guarda editorial —y entonces, risueñamente, tecleó una melodía delicada, como poniendo banda sonora a su comentario supuestamente bondadoso—. No te darás cuenta y *Hildur* verá la luz, y tú también saldrás del túnel. Va, vístete y salgamos.

Pero no obedecí. Un ligero cosquilleo de desorientación, de tenue mareo no exento de un resquicio de placidez, se había apoderado de mis sentidos, y solo me sacó de la sensación de irrealidad de nuevo el reguero de sangre de mi herida, que volvía a supurar para recordarme que esa y otras muchas heridas estaban abiertas. La mujer que más profundamente conocía pero que no podía existir, la misma que acababa de tocar una melodía que sólo había nacido en un libro, el personaje que había aparecido de la nada, pese a que esa nada estuviera hecha de literatura —de una nada transformada en un todo—, fue en aquel momento el paradigma de la credibilidad. La miré y la creí, y me puse a su servicio acercándome a ella, con ganas de tocar su presencia o su carnalidad y no solamente quedarme abrumado ante ella, como la víctima que no sólo recibe el perdón de su carcelero sino que se lanza a besarle sus rígidas botas negras.

Entonces la abracé por detrás, si tal fuera la amante tantas veces añorada que por fin está aquí. Ella se dio la vuelta, se puso de pie, bajó un poco mi cabeza y empezó a lamerme la herida, a alimentarse de mi sangre como antes, intuyo, se habría alimentado de mi sexo. Y el tiempo se volvió a parar, o ella lo detuvo con cada viaje de su lengua por el sendero de mi dolor, hasta que, con la despreocupación de una muchacha harta de una fiesta que ya no le interesa, soltó con una mueca de fastidio:

—Vámonos. El piano está demasiado desafinado.

X

Hildur me obligó, me condujo ya no sé cómo, por el camino de sus requerimientos; ella eligió la ropa, me trajo los zapatos a mis pies, y me llevó en volandas hasta la puerta de salida. Me parecía estar moviéndome encima de una cinta transportadora, en ese estado en el que uno acude a un entierro después de haber llorado mucho, o cuando la resaca te recuerda que tienes un cerebro débil y envejecido.

Una vez en la calle, me mantuve en silencio. En el taxi que me obligó a parar, me mantuve en silencio. Apenas abrí la boca y ni miraba hacia el lado, aunque podía sentir a Hildur cómo se divertía poniéndome en la disparatada situación de ir junto a un ente de ficción, cómo su media sonrisa era una burla completa. Yo no la había creado así, superficial, malvada, mandona. La había imaginado sensible, emprendedora, valiente, algo impulsiva, es cierto, pues de lo contrario no se hubiera sometido a la tortura de encerrarse en la casa que compartía con Hans, sin contacto alguno con el exterior, y luego a la idea de huir de Reikiavik sin rumbo, hasta desafiar las leyes naturales de la vida y visitar el Hades.

Hildur era yo en parte; siempre había pensado en el flaubertiano *Madame Bovary ç'est moi*: y en verdad, en mi protagonista se cobijaban mis incertidumbres, mi fe en el amor más allá de la muerte, mi demencia encapsulada gracias a la incorporación más o menos convencional a la sociedad. *Hildur soy yo*, en el papel al menos, pero yo era justo lo contrario a ella ahora que nos habíamos conocido. Era como encontrarme a Don Quijote completamente cuerdo, a Don Juan practicando la castidad, al capitán Ahab sin rencor.

En cualquier caso, me dejé llevar por el juego; a tal cosa se habían reducido mis días, al juego de sobrellevar un matrimonio que no se comportaba como tal, al juego de divertir a mis hijos cada tarde con bromas, cuentos y cosquillas, al juego de poner en palabras ideas o historias o versos durante mi jornada como escritor. Hildur me había ordenado ir al trabajo de mi mujer, y a mí en verdad me habían entrado ganas de hablar con ella, aprovechar aquella mañana para confesarle que este tiempo era demasiado raro, que la situación me estaba haciendo polvo, que de una vez por todas me dijera qué quería hacer con nuestra relación en vez de lanzarme su frialdad con cuchillos que me daban de pleno en el corazón. Tarde o temprano, no podría mantener el tipo delante de la familia y sucumbiría a la desesperación, mientras ella entraba y salía continuamente de casa con la excusa de reuniones o actos nocturnos laborales, y si veía a sus hijos era casi por casualidad. Le diría incluso, para demostrarle mi turbación, para demostrarle que seguía siendo yo, ni más ni menos que aquel muchacho sin un céntimo y con demasiada tristeza a cuestas que un día la enamoró, que hasta estaba teniendo alucinaciones: veía a Hildur, sí, la mujer de mi novela, la novela que todo el mundo rechazaba, la misma que las editoriales no querían publicar en un tiempo en el que sólo se aceptaban argumentos simples y lenguaje periodístico y, por tanto, un relato lírico y espiritual no tenía cabida; una identidad, la de Hildur, la de *Hildur*, pues, doblemente falsa, existente únicamente para mí y unos pocos familiares y amigos que se interesaban por mis escritos, aunque inédita para el resto del mundo.

Pero no iba a hacer nada de eso. Cuando llegamos a la puerta de la empresa en donde se dejaba los días, las noches y los fines de semana Carolina, me sobrevino un temor: el santuario que significa para ella su lugar de empleo sería mancillado por su pareja nerviosa, insegura, atolondrada. No estaba el horno para bollos, y esa gota tal vez, en el fuero interno de hielo de mi mujer, haría que se derramara el vaso y hasta le sirviera para confirmar que ese tipo ansioso que tenía delante había de salir de su vida para siempre. A pesar de que el vaso contuviera un líquido lleno de engaños y, según Hildur, infidelidades. Así que cogí el móvil y la llamé para ver con qué circunstancia tenía que enfrentarme.

—Dime. —El tono era el de siempre: árido, cortante, cavernoso; se notaba con dos sílabas la impaciencia por colgarme con sólo descolgar el teléfono; el tono usado era el del que está concentrado en algo urgente, *trascendente*.

—Sí, en pensar en abrirse de piernas con el colega del trabajo en cuanto se queden solos esta tarde —dijo en voz alta Hildur, leyéndome, escribiéndome el pensamiento de nuevo. Caminaba a mi alrededor con las manos en la espalda, como un satélite esperando atacar a su eje.

—Sí, verás... —contesté sin hacer caso a Hildur—, es que estoy por aquí. Eeeh, es por si tenías un rato... para hablar y eso.

Si en aquel momento Carolina me hubiera puesto una excusa con dulzura, hubiera depositado en su voz una cadencia de lamento por no poder atenderme en aquella situación, yo incluso hubiera pensado que todo iba bien; estaba aún en la fase de la negación del problema, aunque el problema estuviera en su efervescencia. Pero no ocurrió nada de lo que imaginaba con tamaña ingenuidad. Se limitó a decir:

—Oye, ahora estoy muy liada, ya nos veremos en casa luego.

—¿Vendrás a cenar? —pregunté tontamente. Nuestras veladas se limitaban a lo siguiente: yo la veía cómo tomaba cualquier cosa, a una hora en que los niños ya estaban en el séptimo sueño, se apoltronaba delante de la tele y, medio dormida, acababa encaminándose muerta de cansancio a la cama.

—Te llamo luego, que ahora voy a tope.

—Sí, claro, perdona... —y antes de acabar mi última palabra, ya había colgado.

—Estoy impresionada, hasta mantienes la buena educación —dijo Hildur, parándose delante de mí, cruzada de brazos—. ¿Qué será lo próximo, comprarle los preservativos para sus canas al aire? ¿Sabes con quién estuvo en su último viaje de trabajo? Tú mismo viste la lencería que se llevó en la maleta, descubriste los tickets de compra en el cubo de basura del lavabo. Y esa lencería no se la puso para ti precisamente. Mejor no te recuerdo la excusa que te puso para irse con eso, ¿no? De verdad que la indecencia no tiene límites, es de risa.

—¡Basta! ¡Basta! ¡Vete a la mierda, Hildur, a la mierda, no aguanto más! —grité, histérico. Ni siquiera esa frase era mía; la había copiado de mi propia mujer, en una conversación en la que había negado las cosas de las que yo le acusaba (aquellas que tenían que ver con los escarceos sexuales que yo sospechaba pero no quería creer) mediante contestaciones vagas e infantiles.

Varias personas se me quedaron mirando perplejas, pero enseguida siguieron su camino. Estábamos —¿he de emplear el plural?— en una calle muy concurrida y bastante céntrica de la ciudad, y el sentimiento de vergüenza por hacer el ridículo que me asoló, a mí además, un tímido consumado, me era aún más hiriente que todas las barbaridades que mi esposa pudiera estar haciéndome.

—Huy, cómo se ha puesto el escritorcito, si hasta tiene carácter y todo... —se mofó Hildur, aunque de una forma demasiado seria, como si mi reacción la hubiera afectado, como si no hubiera controlado hasta dónde me estaba llevando pero tampoco quisiera reconocer que se había pasado de la raya.

Fue entonces cuando las lágrimas se desbordaron de mis ojos. El lloro contenía un grito que esta vez fue mudo. Edvard Munch podría haberse inspirado en mí si me hubiera abierto en canal y descubierto ese dolor que no podía ni manifestarse. Me estaban volviendo loco: mi mujer y la mujer que me estaba visitando. A no ser que fueran la misma persona: la segunda el reverso de la conciencia de la primera, su diablesa o su ángel redentor, un alma solapada en un corazón, una en la otra, y las dos colaborando para mi destrucción.

Bajé la mirada y cerré los ojos. Todo daba vueltas y mi grito interior silenciaba el tráfico de coches y sus bocinas, las máquinas de las obras de la calle y los gritos de los obreros. Al encarar mi mirada con el paisaje urbano de nuevo, vi cómo Hildur me miraba complacida, y hasta se diría que con deseo, y al mismo tiempo con una aureola de paz que no le había visto ahora o descrito en mi libro: era producto de la luz que le daba en el rostro, del aire que jugueteaba con su pelo. En cualquier forma, la encontraba preciosa. Su belleza suavizaba la crispación que se había hecho una bola intragable en mi garganta, y me calmé al instante, en cuanto noté la punta de su lengua recogiendo la gota de sangre que se volvía a derramar de mi herida.

—No te creas, no tengo este efecto en todos los hombres —me susurró al oído, orgullosa de su sensualidad, rozándome con su voz y casi con sus labios, cogiéndome tenuemente de la cintura y poniéndose de puntillas—. Eres todo un privilegiado.

XI

—Cuéntamelo todo, pero delante de un buen trago. ¿Adónde me vas a llevar ahora? Tenemos que reflexionar después de este encuentro frustrado con tu querida señora. —Hildur se había cogido a mi brazo para caminar calle abajo, en busca de una avenida cercana.

—Eso te correspondería a ti, ¿no? Es lo que suelen hacer los Mefistófeles, conducir a sus víctimas a lugares ya planeados de antemano. ¿La biblioteca de Hans no tenía ninguna historia fáustica?

—Para que lo sepas, Hans era mucho mejor lector que tú, aunque fuera pianista y no tuviera tanto tiempo para la literatura. Vivía cada libro con una intensidad que hasta me asustaba. Sentía la música que tenían las palabras, algo que tú jamás podrás conseguir, y su nivel de concentración…

—Vale, vale, ya lo he entendido. Creo que te estás olvidando de que fui yo quien lo concebí y metí en una historia.

—Sí, y quien lo mataste.

—¿Es un reproche? ¿He de sentirme como un asesino?

—No te preocupes, no te odio por eso. Luego pudimos resucitarlo, ¿no es cierto? Te odio porque también mataste a mi hijo.

—Necesitaba ese final, Hildur, que el ciclo comenzara, insinuar que tú y Hans podíais volver al volcán a recuperarlo del Submundo.

—Sí, me quedó clara tu revisión del mito, mi Creador: yo como Orfeo, Hans como Eurídice, mi violín como la lira. Pero ¿y Hamnet? ¿Qué función perversa cumple en el mito aquí? —El semáforo en rojo para los peatones nos había detenido. Hildur me miraba con fijeza pero mansamente; su estrategia era mantenerme tranquilo para que le dijera todo lo que quería saber.

—Hamnet es una incorporación al mito, un paso más allá. Orfeo y Eurídice viven en la inmortalidad de su amor, y el bebé es el fruto de ese amor, y su muerte, paradójicamente, los revive en su misión de ir juntos a recuperarlo. No sé si me explico.

—Te explicas fatal, pero te comprendo. —Reemprendimos el paso y ya estábamos tomando la larga avenida—. Pero óyeme: ¿fueron tus hijos fruto del amor? Viendo cómo se comporta su madre, llego a dudarlo. Nunca está con ellos con el pretexto de tener que trabajar y ni sabe cómo hablarles. Y ahora más que nunca. ¿No se da cuenta de que al mentirte a ti también les coloca a ellos en la misma mentira? ¿Que esa mentira la arrastrarán el resto de sus días, pase lo que pase?

—Bueno, ella insiste en decir que son dos cosas distintas: sus hijos y yo. Pero lo cierto es que los niños y yo hacemos un grupo, y ella va por libre. Supongo que no hemos conseguido ser una verdadera familia.

—Ajá. Póngase cómodo en el diván, señor…

—Es absurdo, pero ella busca un modo de defender su actitud. No la conozco ya, me parece monstruosa. Siento que se cree dentro de un telefilme, que hasta le gusta ir de *femme fatale*, haciendo que oculta cosas. Pero no le sale muy bien y su imagen es patética.

—Claro que la conoces; siempre ha sido así, pero no te dabas cuenta.

—No, en absoluto. Es verdad que no era la persona más cariñosa del mundo, pero me quería a su manera y se dejaba la piel trabajando.

—Bueno, si esa era su máxima virtud: trabajar como una mula… ¿Y tú, la querías?

—Yo la respetaba mucho. La tenía en un altar.

—Tal vez ese fuera el problema. A las mujeres nos van los hombres delicados que nos halaguen, que valoren nuestra inteligencia y esfuerzo, y seguro que tú hacías eso, pero el macho ha de ser fuerte, varonil, salir de la caverna para cazar y regresar con algo que ofrecer. No pensamientos más evocadores que realistas del presente. Muchas hembras necesitan ver que es el machote de su pareja quien coge el toro por los cuernos.

—¿Me estás diciendo que yo le ofrecía poco?

—Te estoy diciendo que cada uno tenía sus ideas sobre cómo tenía que ser la vida en pareja, que ella intentó comprenderte y que, cuando estuvo a punto, lo malogró todo por sus propias inseguridades; y que tú y tu buena fe no fuisteis suficientes, y acabaste por descuidar lo que ella necesitaba en cada momento. Acabasteis juntos, pero tanto el uno como el otro hubierais elegido otro tipo de persona si os hubierais dado tiempo antes de compartir un techo de manera definitiva.

—Decir las cosas *a posteriori* es muy fácil.

—Sí, por eso me encanta hacerlo, ja, ja, ja.

—Cada pareja que se separa podría decir: fue un error unirnos. Pero yo me niego a decir semejante cosa. Puede ser que fuera un acierto que luego se volvió un error por culpa nuestra.

—Tal vez. En todo caso, ¿tú crees que yo me separaré de Hans algún día? —No me fue difícil contestar a eso. Mi rostro era suficientemente explicativo—. Ni lo hice aunque él muriera. Nuestra senda es la misma, en lo amoroso, en la amistad, en la música. Somos la viva reencarnación de Orfeo y Eurídice, ahí lo hiciste bien: estábamos destinados a estar juntos desde niños. Qué misterio, ¿no? Él se va a Akureyri por problemas de salud muy pequeño y me lo encuentro en una sala de conciertos de Reikiavik ya adolescente de pura casualidad.

—Ese misterio se llama ficción, y la ficción se escribe, sale inventada de aquí —y me señalé la cabeza con un par de toquecitos—. No existen las casualidades, sino las decisiones del narrador.

—Pero mira que llegas a ser torpe. Y por si fuera poco, presuntuoso hasta la médula. ¿Qué tienes que ver tú con lo que nos pasó a Hans y a mí? Has firmado esas páginas, ¿y qué? Esa historia ya existía. Sólo que fuiste tú quien la atrapó y la metió en esa jaula que los de tu gremio llamáis novela.

—Una novela es esencialmente mentira, Hildur. Se trata de una simple convención: yo cuento algo que el lector cree a raíz de unas reglas internas que ambos comparten. No me hagas hacer un curso de teoría literaria.

—Estás paseando con un personaje de tu libro. Y tú, hasta que se demuestre lo contrario, estás vivo. ¿Qué clase de mentira es esa que estás viviendo? ¿Es distinta a la de leer un libro? ¿No hay gente que llora, se indigna, se sorprende cuando ese cóctel de palabras escritas llega a su conciencia y hasta sienten la piel distinta? Es solamente un código, pero la gente lo sigue y lo incorpora a sus sentimientos. A su vida real. Yo en ello no veo ninguna mentira. En todo caso, tú también serías un embustero, como tu mujer, aun eligiendo otro camino.

—Yo no hago daño al escribir, o al mentir, si quieres llamarlo así; ella sí, lo sabes de sobra. La diferencia es demasiado obvia.

—Obvia para ti, querido, ¿o acaso no me heriste cuando mataste a mi novio? ¿No me condujiste a la soledad, a la angustia, a un futuro alejado de mi profesión de violinista? ¿Eso no fue doloroso? ¡Contesta!

Asentí con tristeza. Estaba dándole la razón a un individuo ficticio, pero en cierto modo ese gesto resultaba coherente. Al menos con lo que me había pasado en las horas precedentes, con lo que iba pasando a medida que avanzaba caminando por la ciudad, al mediodía. Si Hildur era la voz de mi conciencia, la manera de que me hiciera preguntas sobre Carolina, sobre mí, estaba consiguiendo que la escuchara.

—Bueno, ¿y ese trago dónde lo tomamos?

—Ya estamos llegando. ¿Qué bebéis los héroes de las novelas?

XII

El local, una cafetería que antaño había frecuentado con un amigo, estaba casi vacío a esas horas y ofrecía una penumbra que casaba bien con mi mente nublada. Pedí dos cervezas, y ese acto insignificante iba a dar corporeidad o invisibilidad a lo que me estaba ocurriendo; busqué en el rictus del camarero alguna indicación de su ceño, de sus ojos, de su boca entreabierta para entender que estaba yo solo allí sentado, que en verdad Hildur sólo existía en el cajón de mi estudio, y que definitivamente yo estaba loco, desquiciado, tal cual estaba sospechando en los últimos tiempos por culpa de la actitud soterrada de la que hasta entonces era mi esposa. Pero no vi que el camarero, un joven de pelo corto y párpados caídos, desviara la mirada, ni fijara sus pupilas en mí extrañado, ni por supuesto hiciera pregunta alguna. Acostumbrado tal vez a las demandas dobles de los bebedores que hacen madrugar sus gaznates —la primera de golpe, como para entrar en calor, la segunda para saborearla—, puso dos posavasos sobre la mesa circular y encima sendas jarras pequeñas.

—En Islandia es demasiado caro beber alcohol, ahora tengo la oportunidad de resarcirme. —El comentario banal me devolvió a lo corpóreo de Hildur una vez había descartado su condición supuesta de invisible—. Con el pescador al que me emparejaste en plena viudedad me tomaba algunos licores, pero en el fondo eran muy fuertes. ¿Lo mató la bebida?

—¿Cómo? —La nube de mi mente tapaba la comprensión parcial de todo cuanto veía, de todo cuanto escuchaba.

—Lo encontré muerto la noche de Navidad, ¿o es que no te acuerdas?

—Murió, eso es todo, lo maté para que siguieras tu camino sola, para hacer que Hans… —Me detuve y, por un instante, fui consciente de quién era ese personaje, y el resto; fui consciente de que yo los había creado, que antes no existían, y que su pasado, presente y futuro estaba escrito para siempre en unas hojas que nadie quería publicar.

—Para hacer que Hans… Sí, ya sé, para que resucitara, para nuestro reencuentro mágico, para fundar una nueva esperanza con la concepción de Hamnet. Esa obsesión por irte cargando personajes deberías hacértela mirar —y lanzó una risotada tan fuerte que hasta me volví buscando la reacción del camarero, pero no había nadie tras la barra. Cuando dirigí la vista de nuevo a Hildur, su jarra estaba medio vacía.

—Puedes decir lo que quieras, de hecho da igual lo que yo te diga. —Susurré estas palabras como si fueran un gran secreto. La nube seguía arriba, recordándome que estaba delirando, que una descarga de lluvia psicótica iba a empaparme el entendimiento de forma absoluta.

—No olvides que he venido a ayudarte.

—Resulta evidente.

—Pocas ironías, mi Creador, vas a hacer lo que yo te diga, en caso de que quieras recuperar el tiempo, y entonces me ganaré mis alas, ¿lo captas?

—Lo capto, ya veo que conoces mis gustos cinematográficos en blanco y negro. Ahora háblame de ti. —Hildur no se esperaba una frase como esta, pese a que percibía cada uno de mis pensamientos, o al menos disimuló lo suficiente como para señalar que se estaba sorprendiendo. Su objetivo no era otro que construir una conversación lo suficientemente verosímil para que tras mi cielo oscurecido se asomara alguna luz.

—Verás, oh mi Creador…

—Ahora soy yo el que te pide que dejes las ironías.

—De acuerdo, yo soy la respuesta a tus plegarias, la respuesta a tu petición.

—Yo no he pedido nada, y menos a un personaje ficticio.

—Tómame como un símbolo.

—Será el del enloquecimiento.

—El de la verdad. ¿No es eso lo que te preocupa? ¿Aclarar la verdad de todo, que sea la verdad la que abra o cierre las oportunidades? ¿Saber la verdad de tu matrimonio? ¿La verdad de tu futuro?

—Vale, Hildur —paré un momento en seco; había entrado alguien y tenía la sensación de que iba a descubrirme hablándole a una silla vacía—, has captado la esencia de tu novela, de lo que quiero para mi vida…

—Muchas lecturas de Tolstói, me temo.

—Sí, no creo que haya nada de malo en eso. Sabes que la cita de sus diarios que pongo al comienzo es fundamental para todo lo que sucede luego.

—Sí, pero en ella se habla de cómo un suicida puede volver a la vida para rectificar lo que hizo mal. Pero volver al pasado no siempre significa afrontar o solucionar las verdades.

—No sé adónde quieres llegar a parar, pero veo difícil que podamos mantener esta conversación metafísica.

—La verdad es mejor no saberla, a veces. —Hildur añadió las dos últimas palabras con un deje de misterio, pese a que la frase era suficientemente vaga y vacía de contenido como para que me la tomara como algo personal—. ¿No leíste el primer día en que te diste cuenta de que tu mujer te engañaba, esa noche en que sin más explicaciones, ella se fue a dormir al sofá del salón, aquella frase de Gourmont?

—«Existen cosas de las que hay que tener el coraje de no escribir.» Es una de las mejores sentencias que he leído en mi vida. A eso se reduce ahora mi vida: a querer o no querer saber, a hacer mis propias averiguaciones o permitir que se me mienta y humille. Otra cosa será escribir de ello, jamás me atreveré, es demasiado vergonzoso.

—Eh, tranquilo, has soltado la rabia por fin.

—Será la cerveza, yo no sé ni enfadarme.

—De eso puedes estar seguro. A Carol casi le pides disculpas cada vez que te grita y defiende su inocencia.

—No me trates de imbécil, Hildur, ya sé que soy ingenuo y sentimental, pero no me chupo el dedo.

—No me des ideas, los calzonazos tienen un punto sexi… —Y rió, con los codos apoyados en la mesa, las manos sujetando las mejillas, los ojos tan clavados en los míos que sentí el rubor hasta en la frente, un nudo en la garganta, entre atemorizado y seducido. Se acercó a mí, y sentí la sensualidad de la primera vez en que una mujer proyecta en un hombre su deseo, un olor lejano, perturbador y no obstante confiable y protector.

XIII

Habían pasado por la mesa varias jarras, siempre por pares. El reloj se había parado, mi herida estaba seca y dentro de la ebriedad se había instalado la locuacidad de saber perfectamente en qué situación me hallaba en ese momento. Estaba con una amiga, con una amante, con una desconocida de la que no quería separarme. Ya no me importaba que entrara y saliera gente, que me vieran con una persona invisible, que me tildaran de majareta. La felicidad de antaño de las noches entre copas y amigos, de alcohol melancólico y alegría añorante, como en una apaciguadora escena de cine entre bohemios taciturnos, regresó a mi instinto, a mi memoria.

—Aún puedes ser un héroe, salir de esta por la puerta grande, reivindicarte, hacer que un día tus hijos vean que tuvisteis los huevos de encarar los problemas.

—A mis hijos ni los menciones, son sagrados. —Reaccioné como un resorte, tontamente indignado por algo que no merecía tal cosa, más cuando yo había conseguido imponerme un rictus relajado, una postura de calma absoluta.

—Eso es lo que dice Carol, ya lo sé, pero si fueran tan sagrados les dedicaría el tiempo que ocupa en acostarse con otros que no son su padre.

… El alcohol lo enfatiza todo, pensé, nada sale de él que no sea verdadero o sensato. Nunca he podido sacarme de la cabeza que uno es de verdad sólo cuando bebe. En la vida abstemia todo son limitaciones, faltas de ánimo, cobardías y preparativos, prudencias exasperantes, estrecheces de pensamiento, fronteras para los sentidos y los sentimientos. Sin embargo, el alcohol me colocaba en la verdad, ¿y no era eso lo que buscaba?, me decía la conciencia de Hildur, mi conciencia, y entonces cada cosa era clarividente, y los pasos a emprender, lógicos e incluso inevitables: seducir de modo peliculero a alguna mujer, decir al amigo que lo querías, entusiasmarte por un viaje o una idea artística inconcebibles antes de llevar la boca a la jarra, a la copa, a la botella. Por eso, en un alarde de gallardía que nunca iba a volver a tener, solté lo primero, lo verdadero, que se me pasó por la cabeza:

—Hagamos una visita a ese tipo, sé dónde trabaja.

Hildur me miró sorprendida, como si la última frase no hubiera pasado por su cabeza antes, como si ella no me estuviera escribiendo a mí y supiera mi próxima afirmación.

—No te precipites, esto en realidad es un problema entre tu mujer y tú, qué más da quién sea ese tío.

—Quiero decirte una cosa, Hildur —era la primera vez que me dirigía a ella olvidándome de que era un personaje de mi última y fracasada novela—. En Carol no puedo confiar, cada cosa que me dice es una mentira que esconde una mentira anterior. Ella no se da cuenta, pero se las cazo al vuelo, y hasta cuando se queda callada, que es la mayoría de las veces, me está comunicando algo falso. Si esto no fuera tan horrible hasta sería cómico.

—Lo será dentro de un tiempo. En menos de lo que te esperas esa mujer llegará a darte pena, y la consolarás por dentro, por ser una ramera cutre y embustera. Y, lo más importante, te olvidarás de ella, y esto pasará de largo como tus otras vivencias tristes. —Hildur se había puesto seria, también ella olvidándose de que era un personaje destinado a tomarme el pelo o a desquiciarme a modo de venganza por cómo la traté en mi, en su novela—. Sé de dónde vengo: vengo de tu sufrimiento, y he venido para cambiar eso.

La miré sinceramente agradecido un instante, pero enseguida di paso a mi costumbre de distanciarme de toda situación delicada, cual actor más preocupado de contemplar la escena que protagoniza que en seguir concentrado en su papel. Hildur, la islandesa violinista que no llegó a casarse con el pianista Hans porque este se suicidó el día anterior a la boda, era mi ángel de la guarda, tenía que reconocerlo, el alcohol me lo estaba diciendo a gritos, así que tenía que hacerme de alguna religión que justificara esa aparición bendita y poder decirlo sin ambages a mi familia.

Bebí un trago más, tan largo y profundo que hasta me atraganté, y cuando me limpié la barbilla con una servilleta y carraspeé, me quedé mirándola, pensativo, como el que nada tiene que ganar o perder porque su propio destino está en manos de otro y ese pensamiento es esquivo en realidad, únicamente una postura de arrogante paciencia.

—No hagas ninguna tontería —dijo dulcemente, con una voz que bien podría servir para consolar o insinuar cualquier tipo de invitación indirecta.

—Eso es lo único que no he dejado de hacer todo el tiempo.

—Sabes que te equivocas, lo has hecho muy bien.

—Qué exactamente.

—Sobrevivir. Como yo.

—Todo el mundo que vive sobrevive. No hay mérito alguno en ello.

—Claro que sí, hay mucha gente muerta que camina y respira.

—Ya, y luego estáis vosotros, los zombis de las novelas, que no existís pero viajáis y visitáis a gente, tocáis el piano y compartís cervezas en un bar.

—Te pones un poco impertinente cuando bebes, veo, yo sólo quiero ayudarte.

—De acuerdo, entonces saca tu máquina del tiempo de donde sea y llévame antes de los niños, antes de Carol, devuélveme antes de los errores y esta majadería…

—Has bebido demasiado, deberíamos irnos para que te dé el aire.

—Tú me has metido en esta situación, estoy aquí por ti.

—Es al contrario, yo soy la respuesta, recuerda.

—¡La respuesta a qué, joder! —grité, sulfurado. El camarero indiferente se dignó mirarme, pero al instante reanudó lo que estaba haciendo sin pronunciar palabra.

Hildur susurró sus palabras, pero antes miró a los lados, como temiendo confesar algo que no podía incumbir a nadie más que a nosotros dos:

—La respuesta a esos errores que arrastras. Esos fracasos que han anidado en ti y te hieren. Estar solo, haber dejado a tu padre…

—¿Qué coño tiene que ver mi padre en esto? —Ahora el camarero sí se movía tras mi segundo grito, vino hacia mi mesa y se limitó a poner el ticket encima, en un gesto nada sutil de que ya debía pagar e irme.

—Tu padre ha muerto como un perro en la calle, consumido por el cáncer y medio senil. ¿Estás contento?

—Nunca podré alegrarme de algo así, por más que fuera un demonio.

—Él tenía hijos, como tú ahora. Piensa en lo que debe de ser morir solo.

—Muere solo quien ha vivido solo, quien no ha querido necesitar a los demás, mi padre no nos quiso y se quedó como se quedó, no hay nada más que decir.

—Claro que hay mucho que decir, tú eres su hijo aunque hayas estado toda la vida intentando diferenciarte de él.

—No tenemos nada que nos una, éramos absolutamente distintos.

—Sois la misma sangre, tu bondad es la suya y su maldad es la tuya. Con Carol podríamos decir lo mismo, o algo parecido.

Empecé a temblar, nervioso; metí la mano en mi bandolera pero la cartera se me cayó; las llaves tintinearon en el suelo, el bolígrafo que siempre llevo junto a una pequeña libreta rodó y se escondió bajo otra mesa; me arrodillé, alargué el brazo derecho, respiré hondo por el esfuerzo que algo así me exigía, con el alcohol prendido en mi mente mareada, en el estómago, en la vejiga. Tardé lo que me pareció una eternidad en encontrar todo, colocarlo en su sitio, volver a sentarme. Estaba sacando un billete de veinte euros sin ni siquiera ver la cantidad que ponía el ticket cuando vi que enfrente no tenía a nadie. La frase que iba a pronunciar no saldría de mi boca. La dejé dentro, royéndome porque implicaba al cretino de mi padre y al cretino de su hijo, a un pasado que era mejor olvidar por triste, oscuro, desgraciado, y sólo me vi con la cara irreconocible, sabiendo que ahora sí era cierta la locura que había contraído.

No había Hildurs ni Hanses en la vida real, únicamente la otra cara de la conciencia, la imaginación y la perturbación, un cóctel que podía alterarte hasta estar una mañana cualquiera bebiendo sin parar y conversando con una persona que ignoraba si existía o no.

XIV

La luz del día me dejó aturdido una vez hube traspasado la puerta del local, que guardaba una penumbra agradable. Miré alrededor y no vi a la persona real que mi esquizofrenia había inventado, a Hildur, la protagonista de una novela marginada en un cajón. Pero no me asaltó ninguna sensación de alivio, en cambio, al respirar su ausencia. Los bocinazos de los coches, los bufidos de los autobuses, la gente hablando de forma estentórea por el móvil, cualquier cosa emitía un sonido unas octavas más alto de lo normal, y parecía taladrarme la cabeza hasta desconcertarme y anular mi capacidad de tomar alguna decisión, por pequeña que esta fuera.

Tenía que moverme a algún sitio, tenía que hacer algo con aquella mañana ilusoria, de necia pesadilla. El efecto del alcohol tenía la culpa de todo, la tristeza y la desesperación se habían apoderado de mi mente hasta proyectar una vida paralela en la que ya mezclaba la normalidad con la fantasía. El reloj me daba una hora paralizada, como si me dijese en qué fracción del tiempo Hildur se había esfumado de mis sueños. Las manecillas se habían quedado paradas en forma de uve y sólo la intuición me decía que el mediodía aún no andaría lejos. Había tiempo para volver a casa, tomarme una ducha, pedir hora a mi doctor de cabecera.

Caminé unos pasos, tragué saliva. Pregunté a alguien la hora, una mujer de mediana edad y aspecto de ejecutiva que me miró ofuscada y siguió caminando deprisa sin hacerme caso. Probé a cruzar la calle, pero una moto con un conductor de negro me salió al paso y desapareció al instante a lo lejos. Una gran nube se había desplazado lo suficiente para que un potente rayo solar se hincara donde me encontraba, y entonces el ruido y la luz me secuestraron hasta decirme que me mantuviera allí, hasta que el tiempo volviera a avanzar, y yo con él, hasta recobrar el sentido de la verdad de lo que ocurría. Solamente me faltaba un par de detalles para convencerme de que un complot planetario se había orquestado para mi destrucción, y con esa estúpida idea mecida por el vaivén de las cervezas en mi mente aturullada emprendí el paso hasta ver la luz verde de un taxi.

Un cuarto de hora más tarde, me hallaba frente al portal de mi casa. Rebuscando las llaves en los bolsillos, en la cúspide de la vigilia, bajando la mirada como un viejo ansioso por esconderse para que no le vean bebido por la noche, me demoré unos segundos en los que la herida volvió a sangrar. Una gota roja y grande impactó en la mano que ya apuntaba la cerradura, y esa imagen me contuvo la respiración cuando fue acompañada de una voz de hombre a mi lado, a escasos tres metros.

Sabía y no sabía quién era ese tipo, quería y no quería saberlo. Me llamó por mi nombre, para asegurarse de que yo era quien debía ser, pero no reaccioné diciendo el suyo. El suyo me lo dijo al instante, con seguridad, sin titubeos, e hizo un amago, algo contenido, de darme la mano, pero pude rehusar tal cosa sin descortesía, aduciendo con mis gestos que estaba dedicado a la ardua tarea de abrir una puerta que se me resistía. Era un nombre que yo asociaba a Carolina pero del que no deseaba saber nada porque iba a ser, él y su nombre, él y lo que hacía con mi mujer, la caja de Pandora que yo temía abrir, con la misma sensación del periodista amenazado por terroristas cuando inspecciona el paquete que acaba de llegar a la redacción de su periódico. Un nombre que ya para siempre iba a estar asociado a mi memoria, un nombre ya no cualquiera sino intoxicado desde la sociedad, desde cualquiera que se llamara igual, un nombre envenenado del que no hay antídoto posible, pues esas cuatro letras siempre me irían a recordar a él, a ese mismo hombre, cuando lo escuchara o lo leyera en alusión a otros individuos, a otros personajes, quién sabe si a raíz de entablar alguna nueva amistad.

No quería hablar y necesitaba hablar, pero tanto lo primero como lo segundo era improcedente hacerlo en la calle, con los vecinos entrando y saliendo del portal, con los conocidos que uno hace por llevar a los niños a la escuela y con los que te cruzas casi a diario frente a los supermercados y panaderías, así que le invité a pasar adentro con un leve gruñido.

No recuerdo lo que él dijo, tal vez me dio las gracias e hizo algún comentario banal sobre el edificio, el barrio, mi piso. Estaba mi caja de Pandora allí al lado, palpitando sin estallar, silenciosa pero rugiendo por dentro, pero yo aún me imaginaba bebiendo con Hildur, escuchando sus razonamientos fantásticos, aún la recordaba tocando el piano a pocos pasos de donde ahora estábamos los dos, interpretando la melodía de adiós de Hans.

—¿Te encuentras mal? No quisiera molestar… Tienes sang…

Viniendo de un hombre que estaba destruyendo mi matrimonio, aunque yo hubiera insistido en ponerme una venda para no aceptarlo, concediendo una patética muestra de confianza a Carolina, sus palabras resultaban incongruentes, pero los modales se cultivan hasta cuando se clavan cuchillos en la espalda, y resolví no tomármelo a mal; al fin y al cabo éramos gente civilizada, capaz de hablar y resolver asuntos complicados sentados a una mesa, como en una de esas reuniones a las que asistía mi no esposa *de facto*, o a las que decía asistir para explicar que cada noche llegara tan tarde.

—Me he tomado la libertad de venir —se había tomado ya unas cuantas, pero seguí sin molestarme— para charlar contigo. Oye, sé que eres buen tipo y que…

—Gracias por el cumplido, pero no necesito tu opinión sobre mí. Dime a qué has venido. —El odio que insuflé a ese par de frases, acompañado de una mirada penetrante, todavía avivada por el fuego del alcohol, eran reales e intimidatorias, y a la vez, no podían resultar más falsas, no sé si a sus ojos pero a los míos absolutamente; ese tono no me pertenecía porque yo no hablaba de esa manera ni delante de la esposa que me estaba sumiendo en el más cruel de los ridículos; el único intimidado era yo, el mayor cobarde respondía a mi nombre y no al suyo maldito.

—Carol me ha hablado mucho últimamente de los problemas que estáis atravesando. Hemos compartido ratos juntos, estamos colaborando en un proyecto que…

—Sé de esa *colaboración*… —Aguardé un segundo a que el término volara por el salón y evocara más de una definición, y continué con otra intervención concisa—: Parece mentira que no te acuerdes que ya te conocía, a ti, a tu mujer y a tu hija.

—Sí, bueno, en fin… —El amante de mi mujer, obcecado en explicarme qué era, quién era hoy para ella, había tenido un lapso de amnesia voluntaria. Que yo hiciera hincapié en su mujer e hija le dejó algo tocado, pero se repuso enseguida y retomó su rictus y dicción altaneros, tan similares a los que me tenía acostumbrado Carolina; al fin y al cabo uno está harto de ver cada día cómo la gente engaña y traiciona a sus seres más allegados por dinero, por una cana al aire, por fruslerías más insignificantes si cabe—. Eso fue hace tiempo, de hecho, me estoy separando.

—Muchas felicidades, y ahora le has cogido gustillo y quieres compartir tu legado con otra gente. —La ironía no era lo mío, discutir no era lo mío, acorralar dialécticamente a alguien no era lo mío a pesar de que me ganara la vida usando palabras y leyera cientos de libros para usarlas mejor, probablemente en vano, porque cualquiera sabía formular argumentos de forma más convincente y coherente que yo.

—Yo no he hecho nada, bueno, sucedieron cosas.

—Me parece que está claro, y no necesito que me cuentes tu vida. Me basta con que Carol tenga la valentía de decirme a la cara lo que le pregunto cada día. Pero la muchacha es, cómo decirlo, silenciosa.

—Mira, ella está muy afectada, lo está pasando mal…

—Largo de aquí, gilipollas, fuera de mi casa —grité, fuera de mí, cogiéndolo del brazo con fuerza y forzándole a darse la vuelta; el hombre se zafó con habilidad suficiente para deshacerse de mí sin por ello caer en un ademán agresivo, y se fue mascullando algo que no entendí, porque yo le seguía hablando, insultando tal vez, mientras le abría la puerta y lo veía irse sin ningún síntoma de arrepentimiento, disculpa o comentario alguno.

Menudo patán aquel tipo con ínfulas de dignidad varonil, qué tontería hablar de una mujer ya común que parecía también haber embaucado a otro hombre —y los que desconocería— con mentiras y victimismos. Para qué hablar si está todo claro. Cuántas conversaciones inútiles, estériles, pueriles uno mantiene en su vida con gente tan distinta, intentando cambiar situaciones, decisiones, frustraciones. No podemos quitar la luz del sol, pero insistimos en taparlo para obligar a la noche a aparecer, artificial y presuntuosamente, insistimos en desfigurar…

—… las figuras que hemos formado con nuestras propias manos, las que hemos modelado para diseñar nuestro camino… —La continuación de mi pensamiento, y unas risas aniñadas, surgieron a mi espalda, y antes de darme la vuelta, con el corazón acelerado, escuché una frase con retintín que me recompuso en mi día demente—: Vaya, vaya, mi Creador, te felicito —y vi dos manos aplaudiendo con desgana—. Menudo espectáculo has ofrecido.

XV

Hildur me miró con picardía, juguetonamente, llevándose un dedo a la boca, y volvió a repetir la risilla sardónica, sobreactuando con evidente cinismo. No le pregunté qué hacía allí, por qué y cómo había desaparecido del bar en el que había o habíamos bebido. Me limité a mirarla con una serenidad que un rato después me sobrecogió al asumirla tan natural.

—Estás muy pálido. Parece que acabes de ver a un muerto.

Un ligero escalofrío me recorrió la espalda, y apoyándome en los muebles del salón fui hacia el sofá, me senté y cerré los ojos. Hildur no habló y yo no escuché ningún movimiento, me dejé llevar por el hostigamiento de mi propio cerebro, por la persecución de las circunstancias que me habían llevado hasta ese penoso momento. Yo también estaba como Hans frente al acantilado, aquella mañana de su boda, deseando desaparecer sin que nadie supiera semejante intención.

—¿Sabes que te equivocaste, verdad?

Seguí enclaustrado en mi silencio, en mi quietud.

—¡Venga, no seas así! Me lo estás poniendo muy difícil, háblame. Si hubieras ido a Islandia… Y si alguna vez lo haces serás tú quien vaya a buscarme, para darme las gracias, además, aunque lo hagas como un fantasma —qué querría decir con eso—, descubrirás tu error y te sentirás como un tonto.

—No sé de qué me hablas —musité, cual hombre herido en la trinchera a punto de exhalar su último suspiro.

—Hiciste que Hans se tirara por un acantilado para que muriera en el mar, para que su cuerpo se lo tragaran las aguas y así enfatizar el misterio de su desaparición, sin ni siquiera tener la prueba de su cuerpo, para que pudiera aparecer luego en un volcán, para que resucitara…

—Tú conoces mi novela mejor que yo, ya me lo has dejado claro.

—No lo dudes. En Hafnarfjörður hubieras podido descubrir efectivamente un lugar llamado Hamarinn, pero te hubiera sorprendido saber que es un mirador, una parte elevada de un parque desde donde se ve todo el pueblo. Algunas informaciones son ambiguas al respecto, porque también se habla de que allí está el acantilado de Hamarinn, que para más lío también es el nombre de un volcán del centro de la isla.

—Ahórrate la clase de geografía, mi querido Personaje. ¿Hay alguna manera de que te calles y te metas en el cajón, entre las páginas? Sabes que no he ido a Islandia.

—Y sin embargo te pusiste a escribir sobre ella. ¿Te parece honesto por tu parte?

—Absolutamente. —Ahora abrí los ojos, pero los fijé enfrente en un gesto mecánico, en un lugar donde Hildur no se encontraba; ella estaba en un lado del salón, sentada en la banqueta pero de espaldas al piano, mirando mi ruindad humana con su superioridad de ficción—. Casi todo el mundo escribe de algo que no conoce, de sitios donde no ha estado, no hay nada malo en ello, pero los sentimientos son los mismos, las tramas intercambiables de un lugar a otro.

—Tú has estado en la Desesperación y has hablado de ella, supongo que ahí te doy el crédito.

—No me estaba refiriendo a eso, pero muy amable por tu parte.

—No he querido halagarte, sólo constatar que escribes porque te has dicho, con una puerilidad casi vergonzante, que no sabes hacer nada práctico. ¿Tan poeta te crees?

—No me creo nada, y tal vez ese sea el problema.

—Has dado en el clavo, veo que mi sesión psicoanalítica va dando resultados. ¿La semana que viene a la misma hora? —Hildur rió su propia gracia con la misma desgana que había usado para aplaudirme tras mi escenita con el nombre innombrable.

—Estoy un poco mareado —dije como si no hubiera nadie al lado (¿lo había?), diciéndome algo a mí mismo como para confirmar que estaba en mi casa, que sufría un ligero desvanecimiento, que era ya más tarde del mediodía y que tenía una herida en la frente que me palpitaba.

—Veamos qué te ocurre. —Hildur se acercó solícita y se agachó hasta ponerse justo delante, aprovechando mi debilidad, aunque si podía anticipar mis palabras pronunciadas parecía no tener el mismo poder con respecto a mis movimientos, porque mis ojos entrecerrados se abrieron de par en par y, entonces, de súbito la agarré de los brazos, mirándola fija y fieramente.

En ese silencio que duró unos segundos pasaron demasiadas cosas que luego entendí, pero no con el raciocinio sino con los sentidos, cuando la desgracia me empezó a estrangular hasta asfixiarme y llevarme al paroxismo. Me estaba contemplando en mi demencia en un espejo femenino llamado Hildur. Ella, la violinista tenaz y sufriente en *Hildur*, se quedó imperturbable, y en su forma de mirar percibí algo casi humano, algo casi que nos hermanaba.

—Será mejor que me sueltes —dijo con lentitud y sequedad.

Así lo hice, y me dejé besar con una delicadeza que me era del todo extraña, como si mi cuerpo no tuviera en la memoria de su piel ningún recuerdo de una sensación semejante. Hildur me inclinó hacia un lado y levantó mis piernas hasta dejarme tumbado en el sofá; en ese momento, tras acariciar mi pelo y dedicarme los ojos tiernos de la vampiresa que ya ha localizado el centímetro de su mordisco, me dejó allá para volver al piano y tocar la pieza favorita del padre de Hans, la que le obligaba a practicar una y otra vez para su egoísta disfrute, la que le pedía que interpretara cuando estaba entre amigos, como un hilo musical casero, degradante para aquel muchacho que vivía en dos mundos, que salía de uno para meterse en el otro en un ciclo cerrado y obsesivo: la música y su enamoramiento de Hildur. ¿Tanto la amaba para quitarse la vida?

—Mucho puedo hablarte del amor —sentenció Hildur mientras tocaba—, y tú también, supongo, gracias a la novela, pero en tu vida ¿serías capaz de decir algo del amor que pudiera elevarte, que pudiera servir de ejemplo para los demás? ¿Puedes decir… —y aquí dijo mi nombre y mis apellidos, los mismos que aparecían en las portadas de mis libros de poesía— una sola cosa del amor que tenga algo que ver con tu existencia?

—Creo que puedo hablar con más propiedad del sufrimiento.

—*Voilà*. Las respuestas rápidas son las más acertadas, deberías soltarte más, estás en el número uno de los rankings de los agarrotados.

—Al menos soy el mejor en algo.

—Creo que tienes un ideal del amor sublime, porque si no mi historia con Hans no hubiera sido tan… órfica.

—¿Ahora tampoco me estás alabando? —Oía a Hildur, su voz y el piano, pero no la miraba; obligaba a mi mirada a perderse en el blanco del techo.

—En absoluto, sólo parto de la idea cervantina (¿no me comparaste en algún momento dado con Don Quijote?) de que en todo libro hay algo bueno…

—Siento disentir. No olvides que soy crítico literario.

—En *mi* novela había gran cantidad de cosas memorables. El problema fue otro.

—Estoy dispuesto a aceptar cualquier reclamación.

—Lo peliagudo fue acabarla. Yo estoy aquí porque llegaste a cierta página que consideraste el final, a cierta frase con la que terminaste la obra.

—¿Cómo si no? ¿Hubieras querido una escritura eterna?

—Escribiendo, yo hubiera seguido allá donde me estabas describiendo, y la vida con Hans tras resucitarlo se hubiera extendido, y hubiera seguido *viviendo*. Tú le mataste a él, y también nuestra historia. Tú eres nuestro asesino.

—Lo de ser un criminal no está entre mis múltiples defectos.

—No estoy bromeando. Por eso he venido aquí.

—Me habías dicho que lo habías hecho para ayudarme a recuperar a Carol, para no sé cuántas cosas más.

—Sí, mi Creador —fue aquí cuando dejó de tocar y se dio la vuelta—: Y también para acabar contigo.

XVI

Afuera el viento empezó a ulular de forma inesperada, y un gran golpe se oyó al otro lado de la casa, en el cuarto que usaba como estudio. Me levanté como un resorte, dejando en el aire la última frase de Hildur, demasiado grandilocuente y estrafalaria para tomármela en serio, y fui corriendo a cerrar la ventana que estaba originando el estruendo. Tras hacerlo, bajé la vista a la mesa donde trabajaba a diario después de dejar a los niños en el colegio. *Hildur* estaba allí, al lado de diccionarios, recipientes con lápices y bolígrafos, junto a algunos libros de mis autores más consoladores que iba leyendo a trompicones al inicio de cada mañana para apoyarme en el mundo, para no caerme en el mar de mezquindades de la vida moderna.

Aquel fajo de doscientas cincuenta páginas escritas durante dos años para nada, para nadie, o sólo para volverme loco y lamentar mi destino editorial aciago, me parecieron de pronto la muerte del tiempo, una forma de desperdiciar la vida volcado en una historia que sólo le había importado a unos cuantos lectores amigos y bienintencionados.

Cogí la novela con las dos manos, como si volviera a agarrar los hombros de Hildur, dispuesto a preguntarle por su presencia allí, por su inutilidad. No iba a publicarla nunca, y esa decepcionante circunstancia me proporcionaba el estúpido placer de considerarme un maldito, un fracasado con talento, sospecho para apaciguar mi desastrosa carrera como novelista. No oía a Hildur en el otro extremo de la casa, y en realidad no me importaba. Me entusiasmaba de pronto lo que iba a acometer, el crimen del que sí podían acusarme: romper a trizas el manuscrito.

Cada hoja, pausadamente, fue rasgada por la mitad, y esa mitad por la mitad, y cada trozo cayó en la papelera como el árbol otoñal que se desprende de su ayer. No hubo aplausos detrás, ni frases excéntricas, sólo el ruido del papel, el ruido del viento fuera, el ruido de mi conciencia diciéndome que estaba haciendo lo correcto con esa despedida simbólica de *Hildur*, aunque la novela existiera en el ordenador, en el correo electrónico, en las editoriales a las que la había enviado. Romperla era decir adiós a la visión que estaba teniendo de Hildur en mi propia casa; todo acababa ahí, la locura había ganado y debía reconocer la derrota, perdería a mis hijos, mi casa, la vida entera se iría al traste.

—No te pongas triste —oí al cabo de unos minutos, pero no me creí lo que mi mente estaba inventando para ensañarse en mi demencia—. Rompiendo la novela no conseguirás nada, ya es tarde. La escribiste. Eres culpable de ello, y de que yo esté aquí. Lo que has hecho te ha llevado a donde estás: tú eres los errores de Carol, tú eres los rechazos que acumulan tus obras, tú eres lo que tienes. Has elegido el objeto amoroso, el objeto literario, nadie te ha obligado a nada, te dedicas a lo que te apetece y permaneces agazapado en tu hogar, sin saber lo duro que es vivir más allá de la puerta de la calle.

—¿Quieres decir que merezco las cosas malas? —dije sin alterarme, sin darme la vuelta, concentrado en ver por última vez cada uno de los folios de *Hildur*.

—Aún te espera lo peor.

—Intuyo que sí. Pero tú no existes. Tu voz sale de mí, me he convertido en un tipo bipolar, en un esquizofrénico, en no sé qué… No existes, Hildur.

—Mírame si te atreves, mira a la mujer a la que arrebataste al amor de su vida, a la que lanzaste a la deriva de pueblo en pueblo, huyendo desesperada.

—¡Te devolví a Hans, te devolví tu vida! —chillé, poseído por un extraño arrebato.

—¡Fue mi música la que lo devolvió a la tierra!, lo que toqué al violín aquel día de tempestad en la nieve, junto a la Puerta del Infierno. No fuiste tú el resucitador, fue mi fe en Hans.

—Tu amor más allá de la muerte, así lo decidí yo, eso quise decir. —Un trozo seguía a otro en la papelera, pero algunos habían planeado y caído al suelo; el viento ya no soplaba y ahora no se intuía el más mínimo silbido afuera, ni el más mínimo sonido que indicara que en la ciudad todo seguía su rumbo: la gente, los vehículos, los animales.

—Es un amor que tú estás muy lejos de alcanzar.

—Es el amor que quisiera todo amante, incondicional, infinito, casi obsesivo.

—Así nos presentaste, como dos personas obsesivas la una con la otra; reconozco que el carácter islandés, en determinados pasajes, lo bordaste; somos así, directos, seguros de nosotros mismos, creativos, algo lunáticos y raros.

—Conozco Islandia a mi manera, y nunca tendrías que haber despreciado eso.

—La conoces como yo te conozco a ti. A distancia. Pero a veces esa perspectiva es más completa que la cercanía.

—Tú eres mi otra voz, y desaparecerás. Cerca o lejos, desaparecerás.

—Desapareceré cuando tú estés muerto, y entonces seas tú quien venga a verme, ya te lo he dicho antes. Palabra de fantasma —dijo acompañándolo de una risita insoportable.

—No de esa manera. ¿Qué ganarías tú viéndome muerto?

—Vivir.

—No puedo entender eso. —Nada había cambiado: los trozos seguían cayendo, el silencio afuera se mantenía, Hildur existía a mi espalda, en ese momento sólo a mi espalda, y no tenía ni rostro ni cuerpo.

—Te lo he advertido, te estoy ayudando a recuperar a Carol, a que mi novela se publique, a que tengas una segunda oportunidad, como hiciste con Hans. ¿O acaso él no tuvo otra vida?

—Los personajes no tienen ni una ni varias vidas, van y vienen, son representaciones, entes que conforman una historia. —Hablaba por hablar, cansado del eco de mi propio pensamiento que salía del cuerpo de una mujer invisible, y me senté en la silla para seguir rompiendo *Hildur*.

—No comprendes la frontera de lo que vive o está muerto, sólo por eso merecerías dejar de respirar. Verdaderamente, te hacía más inteligente.

—No lo soy, he elegido el oficio equivocado.

—Justamente, sé que te mueves por intuiciones, por inspiraciones promovidas por las lecturas, y que jamás podrás ser un intelectual. Ni siquiera consigues aprender idiomas. Y sin embargo, *Hildur*... —Hildur se quedó un momento pensativa, supuse, momento que aproveché para darme la vuelta poco a poco. Nadie estaba en el estudio, y la última palabra de la violinista, de Hildur diciendo *Hildur*, se agarró a mi memoria unos instantes más, hasta que sonó el teléfono móvil que llevaba en el bolsillo del pantalón y mi ensimismamiento se torció como una rama pisada en el bosque. Era Carol.

—¿Es que te has vuelto loco? —me gritó mi mujer, con un timbre que me era familiar en los últimos meses—. ¿Por qué lo has hecho? ¿Sabes que te pueden denunciar?

—¿Que he hecho qué? —Tenía miedo como un niño, siempre lo tenía en cuanto Carol desplegaba toda su torrencial agresividad—. No he hecho nada, he estado...

—¡Me ha dicho que le has pegado un puñetazo, que has ido a su oficina, has preguntado por él y que le has pegado!

—¿Quién...? —Pero ya sabía a quién se refería, al innombrable. Pero el innombrable había venido a mi casa, yo había estado cerca, en el bar con Hildur, pero luego me había agachado a recoger lo que se me había caído, y ella se había esfumado, pero luego, luego, luego.

—Que estabas borracho, eso me ha dicho, y que has empezado a llamar a alguien, alguien con un nombre extraño, y te has ido corriendo. ¿Qué coño crees que haces? Él no tiene la culpa de nada.

—La culpa es sólo tuya, imagino —dije en un alarde que me pareció contundente y que, como todo lo que solía decir a Carol, sólo demostraba inmadurez e ingenuidad.

—Esta tarde hablaremos. Esto no va a quedar así.

—¿Quieres decir que hoy vienes pronto? ¿Que recogerás a tus hijos en la escuela? Menuda sorpresa se llevarán.

—Vete a la mierda —Y entonces, antes de colgarme tras esa frase predilecta, dijo mi nombre, ya del todo repulsivo para mí porque estaba relacionado con la agria historia de mis relaciones, como dejando claro de a quién insultaba. Dejé el móvil sobre la mesa y volví a mi trabajo, o mejor sería decir a arrepentirme de él, a mi *destrabajo*, a eliminar las últimas páginas de *Hildur*, con la mirada perdida. Esa tarde dudo que yo tuviera mucho que hablar.

XVII

Estuve un rato sentado en la silla, asumiendo un cierto sosiego que se me había instalado en el ánimo. No recordaba haber hecho nada de lo que Carolina me había acusado, pero a ninguno de mis recuerdos podía darles credibilidad alguna. Mi memoria era una combinación de accesos de rabia y momentos de actividad cerebral nula, de efervescencia llena de angustia y de escepticismo e indiferencia.

No sabía dónde y cómo encontrarme. Cerré los ojos, me escurrí un poco hacia delante y apoyé la cabeza en lo alto de la silla donde había empezado todo: a tomar apuntes sobre Islandia, a estructurar la novela dantescamente, a ordenar mis fuentes geográficas, literarias, históricas, sociales, antes de que un mal día pusiera la primera frase, diera el primer paso hacia la defenestración. Había vivido en y para *Hildur*, para los niños, para otras escrituras, y

Carolina y su permanente ausencia se habían quedado estancadas en la infelicidad de una rutina laboral que para ella resultaba una carga de responsabilidad estresante; se había fabricado un búnker cuya llave no compartía con nadie en la creencia unidireccional de que había que acumular y ganar, obtener y producir, y así el matrimonio y la familia de cuatro se fue resquebrajando como placas de hielo imposibles de volver a unirse en medio de una laguna. Ella ya estaba aislada sobre su trozo helado, y yo la miraba desde el mío con los ojos tristes pero también indignados, con los niños junto a mí sin entender por qué no estábamos todos en el mismo espacio, o por qué ese hielo rodeado de un paisaje nublado, ese ambiente que no te permite ver lo que viene después, lo que te está aguardando al fondo, no era en realidad una campiña veraniega, alegre y llena de colorido.

No me sentía borracho, en contra de lo que Hildur había querido y Carolina afirmado, pero sí me abordó el repentino deseo de estarlo. Ella se iba a ocupar de recoger a los niños, así que yo, por un día, podía desentenderme de eso y permanecer en casa, mojando mi desequilibrio en cualquier botella que encontrara hasta que llegaran en tromba los siguientes acontecimientos.

Una botella de whisky me esperaba en uno de los armarios de la cocina, apenas comenzada, bien a la vista; la descubrí al poco de trajinar por diferentes estantes que apenas abría nunca. No bebía en casa, con la salvedad de alguna cerveza dominical, ni sabía cómo había llegado esa bebida allí, pero la miré como si fuera otro tipo de caja de Pandora, la que se abre para solucionar los males en lugar de diseminarlos por los puntos cardinales de tu vida.

Puse un par de cubitos de hielo en un vaso y eché un generoso chorro de whisky. Vertí en mi boca, con calculada lentitud, la poción mágica que iba a amainar mi desconcierto, y caminé con el vaso hacia el salón. Allí percibí cómo el cielo debió de oscurecerse, porque una sombra gris se adueñó de la ventana, y oí la fuerza del viento entre los árboles. No notaba sangre fresca en la herida, mis ojos no proyectaban a Hildur enfrente, no había más llamadas de Carolina. El mundo estaba plácido en la caverna donde me parapetaba de la fiereza del exterior. Capitán de un barco que se hundía y que llevaba tatuado el nombre de mi irreparablemente exmujer, me mantuve sereno gracias al alcohol, sobrio dentro del bienestar de mi hogar, decidido a ahogarme lenta y dulcemente, diciendo que sí a todo, obedeciendo, transigiendo, olvidándome de mí y de lo que había hecho para llegar a ese estado en el que la insatisfacción había llenado un globo demasiado tiempo. Hildur me había llamado culpable, no caía de qué exactamente, pero en ese momento no quise, no pude contradecirla. La culpabilidad de ser, de estar, era incuestionable. De no existir, no habría ninguna Carolina a mi lado, nada de niños salidos de sus entrañas, nada de luchas diarias en el cuadrilátero de las palabras sobre el papel, ninguna frustración de soledad e incomprensión, ninguna obra anclada en el puerto del cajón de mis inéditos. Sin existir se estaba bien, o bien habría tenido que elegir una existencia a solas sin rumbo fijo, viajero y pobre, soltero y solitario, al igual que esos trotamundos que acaban siendo felices en una playa tropical o en un poblado asiático ambientado de espiritualidad. En cualquier caso, la evasión estaba en mi mano, yo mismo podía adelantar lo inevitable, dejar de sufrir, detener la degradación de verme convertido en un loco.

Estaba comprobando que el whisky me iba dando ideas en torno a ese propósito, de modo que llené el vaso por segunda vez sin que el hielo se hubiera deshecho casi nada, y continué mortificándome. Todos mis años habían albergado una gran equivocación; me había tropezado sin darme cuenta con piedrecitas que había confundido con montañas y tomado el camino erróneo en la mayoría de las ocasiones. Aquella vez que asentí, tuve que haber negado con la cabeza, y el resto de mi vida entera hubiera sido otra, se supone que mejor; tal vez ni siquiera hubiera necesitado pronunciar las palabras *sí* o *no*; tal vez la solución estribaba en apelar a la costumbre de Carolina de mantenerse en silencio, en ese callar que atraía a mis ojos románticos y que, estúpidamente, asocié a cierto encanto cuando la conocí, a cierto misterio o glamur o qué sé yo y no a lo que era realmente: al hecho de que ella no tenía nada que decir, explicar o compartir, porque simplemente la zancadilla que es a veces la juventud no le había facilitado aún desarrollar sus principios, sus ideas, sus anhelos de forma completa o coherente.

Ese encantador silencio, que antaño para mí era sinónimo de atención educada, de discreción e incluso inteligencia, se había hecho a lo largo de los años un muro impenetrable que no podía escalar. Era duro y alto, y mi vértigo por saber la verdad, lo que rumiaba su mente, completaba un ascenso ya de entrada llamado al fracaso. Un día, la propietaria de ese muro de contención, de defensa, de incomunicación, fue a una fiesta porque un viejo amigo cumplía años o algo por el estilo; se trataba de la primera ocasión en años en que Carolina se tomaba el lujo de una salida con la gente de la época de la universidad, y cuando volvió, su mirada —la mirada de una extraña que me miraba como si yo fuera un extraño que había irrumpido en su vida y ahora le era un estorbo— me lo dijo todo.

Mi corazón me advirtió que algo le había pasado en aquel lugar; tal vez no *hizo* nada, probablemente no cometió ningún desliz del que se hubiera podido arrepentir, pero en su mente muchas cosas habían cambiado, su visión de la vida había adquirido otra senda, y muchas cosas ocurrieron en el terreno más traicionero, engañoso y peligroso: la imaginación.

Quizá vislumbró su vida de la forma que hubiera podido ser de no haberme encontrado y pedirme —ahí es cuando dije, cobardemente, «sí»— estar conmigo; quizá sintió un espasmo de alegría, una alegría en la que yo ni sus hijos participábamos, y entonces comprendió que había tirado muchos años y esfuerzos a la basura, que aquella vida elegida había sido mal elegida. ¿Qué hacía con ese hombre tristón, traumatizado por una vida llena de demasiado pasado, tan distinta por ello a la de sus coetáneos, un hombre que no era tal, un blando, un poeta de la ineficacia y la cursilería?

Lo cierto es que en aquella ocasión ya me engañó, pues tenía algo que pretendía ocultarme. Dos meses después, tal iba a ser la tónica general de su comportamiento. Ese silencio tras la fiesta, esa mudez, esa situación de no lenguaje, me lo comunicó todo *a posteriori* con el mayor lujo de detalles. Me preguntaba si semejante silencio era el que yo tenía que practicar esa misma tarde, cuando ella volviera, plantara a los niños delante de la tele con la merienda, me mirara con desprecio y se desahogara hasta el histerismo. Hasta maniobré un atisbo de sonrisa cuando proyecté esa escena, que me resultaba, vaso frío en mano, tragicómica, tan amena y típica como deprimente y catastrófica. De hecho, nunca podría ver ningún acontecimiento sin esa doble interpretación: la absurda y la dramática.

El viento ya era fuera la banda sonora de mi tranquilidad. La tarde se oscurecía precozmente, y los pequeños sorbos al whisky eran tímidas visitas de un anfibio al agua de la que no depende por entero pero a la que su instinto es incapaz de renunciar. Los párpados, fuera de mi dominio, se abalanzaban hacia abajo, y el hielo se fundió poco a poco sin que me diera cuenta mientras entraba en el sueño, en la antesala del olvido.

XVIII

Unos labios mullidos se posaron en los míos. La boca que me besaba era grande e inspiraba una promesa más allá de un beso lento y delicado, una promesa del resto del cuerpo.

A una mujer, en caso de ser yo alguien en el escurridizo terreno de la seducción, campo que me estaba vedado por mi enfermiza inseguridad, la elegiría indiscutiblemente por la forma y el aspecto de su boca. Unos labios que sintonizaran con mi visión de la Belleza compensaba cualquier otra cosa: el excesivo peso o la delgadez exagerada, la imperfección de otros rasgos faciales, la altura o complexión del físico cuya raza o color me era ya indiferente si me ofrecía una boca sugerente que neutralizara todo, centrara toda mi atención y mi deseo.

Una boca como la que estaba besando mi boca recién mojada en alcohol antes que una inesperada siesta la dejara medio abierta sin duda era la de mi esposa, que me despertaba dulcemente para decirme que todo lo sucedido era una larga pesadilla que ya había acabado, que me relajara, que el amor nos haría durante los siguientes y fidedignos minutos de vigilia normalizada.

Por un momento, sentí tal cosa, y Carolina cobró el rostro de la persona anterior a aquella fiesta, y más atrás, la de nuestro noviazgo pleno de pesadumbre por la pobreza y la soledad y la falta de oportunidades pero también de la esperanza de ser dos, de compañía y cuidados recíprocos. Viajé por un instante a ese inicio en el que la pasión y la ternura gobiernan un mundo donde lo material no tiene acomodo pese a que lo inmaterial produzca la sensación de haber sido apartado del camino que los demás tomaban. Carolina habría vuelto del trabajo y, antes de ir a recoger a los niños, se me ofrecía mansa y dispuesta, conciliadora y sensual, *otra*, y sus palabras de semántica caliente darían la vuelta a la sartén donde se me estaban quemando a fuego lento los últimos años.

Pero, desde luego, no era así. No había viento en el exterior como no había ninguna Carolina cuando abrí los ojos y ya no tenía el vaso en la mano, apoyado en un lado del sofá. Enfrente se extendía vertical el fantasma de la verdad con forma de islandesa risueña y prepotente. Era Hildur y su erotismo provocador, era Hildur y mi demencia y mi laberinto y mi callejón sin salida y mi pozo sin escalera ni voz de auxilio.

Me quedé callado a la espera de la frase inevitable, irónica e intimidante, pero no salió de la boca que me había besado tan cálidamente nada que pudiera aludir a mi desconcierto, a mi rato alcoholizado, a mi suposición de que Carolina me era fiel y se encariñaba de nuevo de mí y me complacía y me abrazaba y me decía: adelante. Yo seguí mirando fijamente lo que tenía a pocos metros: el televisor apagado, el piano a un lado, aún con la tapa levantada, libros desperdigados sobre una mesa de centro que quería hojear esos días con la rabia de que a ninguna de esas editoriales les había interesado una novela titulada *Hildur*. En todo caso, una boca como aquella sólo podría ser la de un demonio amoroso o la de un ángel hipócrita. Ignoro si me había besado el

Traidor o el Mesías, si la verdad que me ofrecía Hildur me iba a hacer libre o si, por el contrario, me ataba más a la esclavitud que significaba arrastrar mi memoria, mi presente y mi desasosegante futuro. De tal modo que hablé yo.

—Tus ganas de divertirte no tienen fin, por lo que veo. ¿Qué pretendes con esos jueguecitos? Me rindo, ya puedes decirme lo que quieres.

—Ya te lo dije: ayudarte.

—También me dijiste que te gustaría verme muerto.

—Tal vez ambas cosas sean lo mismo, ¿no te lo has planteado nunca?

—¿Te refieres a si pensé en quitarme la vida?

Hildur no se dignó a contestar a esa pregunta retórica, ella sabía tanto como yo que el suicidio de Hans era la proyección de mi no suicidio, y que la cita de Tolstói participaba de darle vueltas a esa idea tanto de darse muerte como de resurgir de las cenizas. Así que seguí hablando:

—Cada día, durante años, ¿responde eso a tu curiosidad?

—En parte sí, pero, aunque te parezca extraño, desconozco muchas cosas de ti. En propiedad, lo sé todo desde que empezaste a escribir *Hildur*, y en ese todo se incluye el presente de los meses que te ocupó escribirla, y lo que hacías y pensabas y recordabas, pero otras muchas cosas anteriores se han quedado detrás en el tiempo, no las alcanzo aunque las intuya, hay más niebla que luces. Además, los recuerdos son distintos que los hechos.

—Me acabas de regalar un aforismo de teoría literaria —dije, mientras, sin moverme del asiento, alargaba el brazo con la voluntad, muda pero entendible, de que Hildur me lo rellenara de whisky.

—¿Cómo entonces fiarme de ti? —preguntó, mientras se perdía tras la puerta de la cocina y la oía abrir el congelador para coger más cubitos y preparar otro líquido calmante.

—No hay manera, la única clave es tener fe en quien te habla, la verdad irá apareciendo por mucho que uno la intente marginar.

—No sé si te crees lo que dices, pero ahora me gusta más tu actitud. Hasta tal vez podría enamorarme de un hombre como el que estoy viendo… —y volvió a su sonrisa sardónica, a una insinuación que entonces me pareció despreciable.

—Tengo claro que del único ser del que estás enamorada, salvando a Hans, eres tú misma.

—No me digas que eso te sorprende: soy el eje de toda una historia, la que actúa y medita y decide; cada palabra está expresada en torno a mí, como satélites de un gran Sol que todo lo ilumina, ¿me equivoco? ¿No es tal cosa ser protagonista de una novela? Soy egocéntrica porque tú limitaste mi vida alrededor de mi presencia. Hans…, bueno, Hans es otra cosa; para ti fue un simple convidado de piedra, un ente extravagante, prototípico de artista genial y algo desequilibrado emocionalmente. Necesitabas matarlo para que yo probara la muerte ajena y accionara la rabia de la pérdida y el anhelo fantasioso de recuperarlo, de regresarlo al mundo de los vivos.

—Compruebo que todo lo que diga está de más —dije tras observar detenidamente a Hildur, que había hablado con un rencor hondo pese a que había intentado reprimirlo. Disimulé mi inquietud llevándome el vaso a los labios y dando un generoso trago. Tras la ventana las sombras grises se habían disipado y la luz se abría camino en la calle.

—No diría tanto, pero todo lo interesante que puedas llegar a decir no suele salir de tus pensamientos improvisados, sino de tu escritura.

—No puedo estar más de acuerdo —repuse. Por instantes, sentía que era yo el que estaba al mando de la situación, sin que ninguna señal objetiva me comunicara algo así excepto el extraño nerviosismo de Hildur—. Yo soy muy diferente de esos escritores que se escuchan mientras hablan, o que siempre tienen algo ingenioso o paradójico o erudito que decir, que presentan personalidades que dan ganas de conocer. Yo apenas logro traducir lo que siento y pienso cuando estoy inclinado delante de un papel.

—Te conoces bien, eso es una ventaja.

—Depende de para qué.

—Para asumir el fin de las cosas.

—¿Por ejemplo?

—El fin de tu carrera como escritor, el fin de tu relación con Carol, el fin de tu vida...

—¿Sigues preguntándome por el suicidio?

—De eso querías hablarme, ¿no?

—Tuve que planteármelo, ya te lo he dicho. Todo me iba demasiado mal, estaba demasiado solo, perdido y trastornado.

—No serías el único.

—Claro que era el único. Cuando uno tiene un pie en el precipicio no ve a sus colegas de precipicio. —Ahora mi tono era fuerte, contundente—. Sus energías van dirigidas a avanzar el otro pie o recular.

—¿Y te arrepientes?

—¿De no haberme matado? —Me tomé un instante para seguir hablando, pero tenía muy claro lo que iba a decir—. No. Los niños no habrían nacido, mis libros, por muy malos que sean, discúlpame por lo que a ti atañe, no hubieran existido. Pero es lo que dice Cioran, siempre es un recurso que uno tiene a mano. Estarás conmigo en que eso es consolador.

—No lo fue para Hans. Él sí avanzó el otro pie.

—¿Quieres que siga sintiéndome culpable por haber matado a un personaje de ficción? —dije alzando la voz.

—Cálmate, mi Creador. No creo que sea menos grave que matar a una persona de carne y hueso.

—Al final te daré la razón, tú eres de carne y hueso... y de papel.

—Esta mañana te habrá quedado claro en la cama —y volvió a exhibir su boca sonriente, que tan pronto me parecía insidiosa como irresistible—. Si quieres lo repetimos.

XIX

El dormitorio estaba frío e invitaba a no entrar en él o a parapetarse enseguida bajo el peso del edredón. Hildur me había llevado allá de la mano por el oscuro pasillo, caminando de forma acompasada, haciéndome sentir, con la expectativa de una línea recta a la que esperaba una meta sensual —durante aquellos segundos que tardamos en alcanzar la puerta del cuarto—, que mi supuesta ebriedad iba a recibir un impacto de realismo y placer. Yo ya no era yo, un farsante había ocupado mi personalidad y era una versión de mí mismo, ni siquiera un señor Hyde saliendo de un doctor Jeckyll, la otra cara de la moneda, el reverso de mi identidad, sino simplemente un yo más tortuosamente relajado, más cercano a mis debilidades y contradicciones, más vulgar y primario: una moneda ennegrecida con la misma cara, una máscara pendenciera que no llegaba a ocultar ni un centímetro de mi rostro.

—Aún te sangra.

—¿Qué? —No estaba preparado ni para hablar ni para que me hablaran. Me había quedado mirando la cama como un autómata, preguntándome qué obra dramática iba a suceder allí mismo.

—¿Qué va a ser? La herida en la frente.

Llevé la punta de los dedos a mi cabeza y, en efecto, las yemas se quedaron mojadamente rojas. Di media vuelta y fui al baño, que estaba justo al lado. Un escalofrío se había apoderado de mi torso, como si una maléfica corriente de aire se hubiera filtrado con el propósito de alterar el control de mi cuerpo y hacerme ver lo que estaba pasando: otra mujer que no era Carolina me estaba esperando en la cama que compartía —y que ahora nos dividía— con ella.

Dejé correr el agua caliente hasta que el vaho formó una niebla en la pila del lavabo y me lavé la cara con lentitud, dándome tiempo a que el temblor abandonara mis músculos. El día estaba siendo largo, sentía que era tarde para solucionar cualquier cosa o, lo que era peor, que hiciera lo que hiciera, las cosas iban a tomar un curso prefijado. No hacía falta que yo adelantara el pie: el viento me haría volador en el precipicio. Igual que a Hans, aunque él no había necesitado ninguna brisa externa, se había matado decidido, y ese gesto era más valiente que todas las luchas que yo pudiera esgrimir en busca de mi salvación personal.

—¿Vienes? No tenemos mucho tiempo. —Las palabras de Hildur me llegaron nítidas y penetrantes hasta el baño. La pantera me esperaba en su jaula y yo me iba a dejar desgarrar. Los temblores regresaron pese al contacto con el agua caliente, y no respondí—. Es tu última oportunidad... —añadió, enigmática.

Me impacienté de súbito, me sequé la cara con la toalla y al colocarla de nuevo en el toallero me di cuenta de que la había manchado de sangre. La maldita herida no se cerraba. Hildur volvió a llamarme, dulcificando su voz, por mi nombre, de nuevo como la sirena que informa de su destino al navegante para acabar atrapándolo en el fondo del mar.

Entré en el cuarto, pero no había ni rastro de ella. Su voz estaba ahora detrás, pero al darme la vuelta sólo se encontraba el eco. Oía mi nombre, oía la promesa del mayor de los placeres, de la evasión de toda preocupación, pero Hildur tampoco estaba en el estudio, ni en el salón, ni en las habitaciones de los niños. Caminé por la casa al ritmo de la voz de Hildur, salí al patio incluso y entonces mi cabeza se deshizo momentáneamente del sonido de la invisible mujer-personaje. Miré hacia el cielo, gris, pesado, como si quisiera acercarse a la tierra para abrazar a la humanidad y asfixiarla. El ruido de la vida, de aquellos seres cuerdos que se movían por el hormiguero urbano, llegaban hasta allí con demasiada transparencia. Ese día tenía que ser real, pese a que todo lo ocurrido en él no lo fuera.

Volví dentro. Los temblores seguían, y la sangre, y también Hildur hablando, reclamándome, atrayéndome hacia ningún sitio y desde todas partes.

—¿Vienes ya...? —repetía—. Cuando me encuentres todo se solucionará —añadía, tiernamente—. Yo te enseñaré... —dejaba dicho en el aire mientras yo caminaba por la casa y no entendía la sugerencia de yacer en la cama ni aquel juego de un escondite fantasmagórico.

—¿Por qué no te mataste? ¿Quieres saberlo? Ven y te lo diré —dijo Hildur, con un tono entre compasivo y de reproche—. Yo sé la verdad, de tu vida, de tu matrimonio, de tu escritura. Acércate y te lo contaré todo…

Me detuve en el pasillo a escuchar estas últimas palabras. Jamás iba a encontrar a Hildur porque sólo existía en las páginas rotas de la papelera y en mi mente difusa y latente de tristezas. Toda literatura era ya una amenaza. Las palabras lo eran: las que me decía o callaba Carolina, las que me dirigía Hildur. Toda mi dedicación al lenguaje era la entrada a la perdición. Todo libro, pues, era una agresión, un conjunto de engaños, un camino para apartarte de lo verdadero. Junto a mí, la estantería, alta y firme, plagada de libros, me miraba desafiante. Ella era la culpable, Hildur y *Hildur* eran sus hijas, la consecuencia de su presencia, de su lectura.

Observé los lomos de los libros, abordándome con lemas y mensajes, con nombres y títulos. ¿Todos juntos configuraban un texto cifrado que me indicaría el próximo paso en mi destino? ¿Qué querían de mí después de haberlos cuidado, conservado, atendido? Mis libros no iban a estar nunca con ellos, a mis libros les estaba vedado estar junto a esos inmortales que saludaban desde el pasado y estaban más vivos que cualquier cosa que yo pudiera escribir en el presente.

En el momento en que decidí arrasar con todo ya no hubo voz de Hildur que ocupara mis sentidos. Me abalancé contra aquellos malditos de papel y los empujé hasta que cayeron al suelo, extendí mis brazos abajo y arriba para dejar vacíos los estantes, trepé por la propia estantería como pude para alcanzar la parte más alta y así fue llenándose el pasillo de libros y más libros, cientos, miles que impactaban contra las baldosas y se quedaban abiertos, formando montones de basura literaria. Ninguno de ellos me había servido para lograr nada más que una vocación insana, enfermiza, mortuoria. Una ocupación adictiva que me había llevado a inclinar la vista hacia un montón de páginas en vez de exponer mi rostro al sol, a interesarme por obras ajenas en vez de conocer las historias que pululaban a mi alrededor y que eran infinitamente más ricas y dignas de atención.

Sólo un libro, un mísero libro, permaneció en su lugar durante el tiempo que me ocupó defenestrar la biblioteca. Estaba en lo alto, y no sabía cómo se había quedado allí pese a todo el ajetreo y la violencia de mis gestos. Pero allí estaba. Con la respiración agitada, rodeado de izquierda y derecha, a lo largo del extenso pasillo, pisando las millones de palabras que me habían hecho tanto daño, que habían desgraciado mi vida, miré ese libro sin distinguir bien las letras del lomo pero sabiendo perfectamente cuál era. Su título era una ironía, una declaración de en qué estado me encontraba yo en ese momento, un espejo en el vuelo de mi caída libre. Me sonreí y decidí dejarlo allá al resolver que él sería el único indultado: ese autor y esa obra serían los únicos inocentes. Los demás tenían que desaparecer, como había desaparecido *Hildur*. Pues quién decidía la presencia o invisibilidad de una obra de arte. Cómo alguien podría garantizar que mi novela no tuviera el mismo mérito literario que una de esas *obras maestras* que ahora mordían el polvo, que eran nada más que nada a mis pies, que estaban detenidas, acusadas y sentenciadas.

Tantas lecturas para qué, tantas cajas llenas de tantas mentiras de mudanza en mudanza. Todos esos libros ya no me iban a acompañar más. Ellos habían traído a Hildur, *Hildur* había salido de ellos, de haberlos leído e interpretado, de haber aprendido de ellos, de mi mano que imitaba otras manos escribiendo en busca de algo nuevo y original jamás antes creado. El fracaso, vistos los resultados tras tantos rechazos, era incuestionable; la pérdida de tiempo, de vida, amargamente obvia. ¿De qué servían además las críticas en los periódicos? Para almacenar más mentiras en los estantes, para obtener dinero de un trabajo que no podía llamarse así, pues qué hombre llamaría trabajo a sentarse en su casa frente a una novela, un ensayo, un puñado de poemas, y a poner su opinión sobre ello frente a una cómoda pantalla de ordenador. Veía de repente la verdad de todo, el absurdo de todo, y mi cerebro ardía de claridad. Y la claridad, el ardor de las ideas, la pureza de la visión, había que celebrarla con un fuego que matara todo, que hiciera cenizas el pasado para emprender la resucitación.

XX

No tardé en comprender que la solución de todas las tormentas no era cobijarse bajo el techo del raciocinio, sino construir una torre de demencia arrasando con otra. Me moví entre los libros, como a través de bajas arenas movedizas, y avancé hacia la cocina con la tenue sonrisa del triunfador que celebra su victoria antes de emprender la lucha. La voz de Hildur ya no sonaba, sin duda se habría asustado de mi reacción visceral y se había desintegrado, la lámpara maravillosa de la que había salido en forma de doscientas cincuenta páginas la habría aspirado, y ahora estaría de vuelta con el resucitado Hans, retomando su misión órfica de ir a por su bebé Hamnet, por algún volcán de Islandia que la condujera al Averno, tal como los dejé, insinuantemente, al final de *Hildur*.

El piano del salón seguía silencioso, y yo ya estaba pisando la cocina, abriendo cajones como un poseso, buscando el material incendiario que me iba a redimir.

Salí de ahí con todas las cajas de cerillas que pude encontrar entre cachivaches en los diversos cajones y me detuve en el umbral del pasillo. La que se me ofrecía era una imagen en dibujos animados: aquella serie del *Quijote* de mi infancia que había comprado a mis hijos en DVD y que íbamos viendo cada tarde, en los atardeceres en los que Carolina aún estaba trabajando o huyendo de mí, de su familia, y entregándose viciosamente a otros brazos, y entonces el ama y la sobrina de Alonso Quijano le pedían al barbero y al cura que quemaran todos los libros que habían secado el cerebro del hidalgo.

Allí estaban, formando una montaña, en un lugar de La Mancha de cuyo nombre nadie quiere seguir acordándose; al igual que en esas fotos nazis en blanco y negro de 1939, en Berlín, en Viena, en Varsovia: libros nocivos y peligrosos —¿no lo eran todos ya a mis ojos?— preparados para su sentencia inquisitorial.

No habría que temer por las consecuencias de un acto que sólo proporcionaría iluminación, luz a la oscuridad, desinfección espiritual. Así que, cuando llegara Carolina y viera todo, le diría como le habían dicho al Caballero de la Triste Figura: fue un mago quien hizo desaparecer la biblioteca, una maga llamada Hildur surgida de un cuento nórdico accionó su varita —cuál sino su arco del violín— y el todo que significaba la literatura más bella escrita durante cientos de años se redujo a la nada, mucho más sabia y reconfortante.

Cerilla a cerilla, una pequeña llama besó una página, y cada una de ellas, solidarias como en una orgía multitudinaria, lamió, rozó, penetró en otra, y se corrió el fuego por el suelo, entre personajes y prólogos, versos y capítulos, índices y dedicatorias; primero tímidamente, inocentemente, estúpidamente. Cómo pretendía mandar una brigada de insignificantes cerillas a la misión de convertir la biblioteca en cenizas, en hacer de un edén literario un yermo analfabeto. De modo que me conduje con cuidado por el pasillo, para no estropear el curso natural del fuego que brotaba, hasta alcanzar el despacho: allí estaban los tomos encuadernados de mis colaboraciones periodísticas, más papeles sueltos de todo tipo y archivadores con cientos de documentos impresos: todos me reclamaban con su mera presencia el mismo destino, por lo que fui echando más leña al bosque del pasillo, hasta que la imagen de dibujos animados y la foto en blanco y negro se fueron fusionando y confluyeron en lo que tenía enfrente: pequeñas pirámides de volúmenes deformados, quemados, dando calidez a mi largo invierno de desamor. Mi frente no sangraba, no había viento afuera, y estaba a punto de ahorrarles a mis hijos una herencia envenenada de palabras: les quitaría la lectura como quien extrae el aguijón de un insecto africano de la carne, y no tendrían suficiente vida para agradecérmelo.

Mientras, el fuego tomaba vida, brillo, altura, a medida que los culpables poemas, novelas, cuentos morían, con plena justicia, tras el juicio sumarísimo en el que mi fiscal y mi defensor se habían suicidado para dejar a solas al yo juez implacable y del que se había salvado, solitariamente, aquel ejemplar en lo alto de los estantes: único testigo de mi acto heroico.

Salté por encima de la cordillera de libros para alcanzar de nuevo el otro extremo del pasillo. Mis pies faquires sintieron la quemazón, pero mi dolor ya no era de este mundo. En la cocina, volví a registrar armarios para localizar cualquier botella de líquido inflamable y eché el contenido de cuanto encontré con símbolo de peligro para animar la orgía. Ahora la hoguera tenía densidad, fuerza, poderío. Contemplé fascinado mi obra, la mejor que había *escrito*, y la caricia del fuego calentando mi rostro significó para mí una suerte de agradecimiento, de bienaventuranza. Mi vida ahora podría recomenzar; Carolina me daría también las gracias: has vuelto, me diría mirándome como el creyente a su tótem, y el futuro ya no existiría porque el presente acogería todas las intensidades posibles, no habría planes porque el hoy sería demasiado inminente y pleno.

Estaría ardiendo, qué ironía, también la historia de Bradbury sobre los bomberos quemadores de libros; estarían ardiendo también el asomo de lágrimas o las pocas sonrisas que me habían despertado algunas de esas lecturas, pero sobre todo el tiempo consagrado a ellas, dramáticamente perdido, y las emociones, tantas emociones gastadas frente a mentiras, obsesiones y ocurrencias de otros elevadas a categoría artística: el suspense de la trama, la identificación o repudio por el personaje, las ganas irreprimibles de avanzar página tras página hasta el desenlace, la admiración por el estilo, el afecto por la vida y la etapa del escritor. Todo eso también estaba muriendo, se deshacía así el pasado a la vez que yo rejuvenecía hacia mi tabla rasa.

Mi piel caliente regresaba al tiempo de la ignorancia, al de la no-escritura, y en aquellos momentos llameantes encontré una sensación que me había abandonado desde hacía demasiado y que era parecida sin ser exactamente igual —más honda y verdadera, más creíble— a la proporcionada por el whisky un rato atrás: cierta placidez e indiferencia por las consecuencias de los actos cuyo resultado era un nirvana doméstico. Duró unos segundos, pero *duró*, y en su existencia, en su realidad, registré su absoluta importancia; pude sentir esa paz práctica y sencilla y entender que la necedad de incendiar la propia casa podría constituir la solución lógica de cuanto inquietaba mi maltrecha alma traicionada. Vi, con clarividencia religiosa, que lo horrendo y terrible, lo peor, puede conducir a un beneficio inesperado, y cuando tuve ese instante de reflexión para colegir que ese iba a ser el principal lema de cuanto me quedara de vida, oí un grito desgarrador que sin embargo no hizo que me inmutara.

Era Carolina, con la cara desencajada por el pavor que le suponía aquella escena que en realidad estaba sucediendo en algún lugar de La Mancha, en ciertas plazas de los años treinta en la Europa del Este. El fuego, hermoso y vivificante, había calcinado las paredes, los cuadros y las lámparas colgados, la propia biblioteca empotrada, y convertido el pasillo en un túnel de humo y grisura. Ajeno a la intoxicación, yo seguía admirando mi obra, cuando Carolina me hizo darme la vuelta con toda su fiereza.

—Hola, cariño, qué bien que hayas podido volver pronto hoy a casa —dije con parsimonia, frente a una mujer que me miraba en estado de choque, que tenía los ojos fuera de su órbita y me preguntaba qué estaba haciendo, histéricamente, con un aspecto de miedo tan colosal que no pude por menos que sentir lástima por ella.

—¡Desgraciado, qué has hecho, estás loco! —me dijo, o al menos eso creo, cómo acordarme de alguna frase en aquella situación, cuando no hay frases que valgan, cuando cualquier cosa que uno diga es absurda, un mero desahogo.

Qué puede decir uno si ve a Hans volando por un acantilado, a Hildur tocando el violín una noche de tormenta para atraer a su marido suicida en el monte Hekla. Yo tenía toda la razón al haber anestesiado todos aquellos libros: de qué servían las palabras, los idiomas, cualquier tipo de lenguaje escrito, si eran inútiles en tantos momentos de la vida-muerte, de la muerte-vida. De qué podríamos hablar Carolina y yo cuando llevaba meses callada, evadiendo responder por sus infidelidades. El silencio, en efecto, era la mejor lengua para la convivencia: a mi mujer tal cosa la había salvado, la había protegido de explicarme por qué ya no me quería y reconocer su engaño hacia sus hijos y su marido. Ella y yo, de repente, compartíamos una misma fe: silenciar la vida era lograr la armonía, obtener la plena constatación de que estar juntos era posible, de que la llave para comunicar las puertas de nuestros sentimientos radicaba en comunicarnos sin hacerlo.

Ya no cabía la menor duda, había conseguido alcanzar una cima de sapiencia para la que antes no había estado preparado y de la cual, paradójicamente, la literatura me había alejado: el silencio de los libros mediante el fuego no era distinto al silencio de Carolina cuando yo intentaba sonsacarle la verdad de sus acciones y únicamente se dignaba a responderme su hieratismo. Orgulloso por tamaña deducción, sereno de espaldas al fuego redentor, sólo faltaba invitarla a aquella fiesta para consumar la felicidad de unir nuestros silencios.

XXI

No tuve reparos en agarrarla con fuerza de los brazos para persuadirla de que cesara de chillar, en alzarle la voz pidiéndole que se calmara con una contundencia que hasta para mí era inédita. Ahora su rostro estaba también calcinado: por la inmoralidad de sus actos, por su acallamiento mentiroso, por su caída libre al infierno que había encendido ella misma. Su alma también eran cenizas; su corazón, brasas que se iban extinguiendo y que bien merecían ser reanimadas por el hombre que la había amado y acompañado durante tantos años importantes. Todo ya en nuestra vida representaba un volcán latente y había que saltar a él para resurgir. Teníamos todos que ser Hans, matarnos para revivir. Y así se lo dije.

—¿Qué coño estás diciendo, chalado? ¡Hay que apagar el fuego, llamar a los bomberos!

—Hildur me ha dado la respuesta, Carol. Ella ha venido a verme y ahora todo tiene sentido. Aún estamos a tiempo... —Se desembarazó de mis manos, en un instante en que bajé la guardia, y salió corriendo hacia la puerta de casa. Rápidamente la alcancé y neutralicé en el suelo, poniéndome encima como si quisiera violar su huida. Su respiración era tan agitada que parecía estar a punto de darle un infarto, y los ojos, desmesuradamente abiertos, me lanzaban una reacción de pánico. Yo, imponiendo mi fuerza física a sus pocos kilos y altura, la miraba fijamente, la miraba y miraba intentando reconocer a la persona que me había querido y a la que quería salvar.

De repente, una gruesa gota roja cayó en sus labios. Era de la fuente de mi herida, activa otra vez. La sangre se expandió en su boca y fue entonces cuando vi posible que Carolina consintiera en beber de mi nuevo conocimiento de la vida. No en vano, el fluido de los cuerpos era el núcleo del matrimonio, de la concepción, de la convivencia en pareja. Ese intercambio íntimo daba sentido a toda unión enamorada y limitaba el resto de relaciones humanas a lo amistoso o familiar. Carolina estaba alterando ese pacto sagrado de dos para construir un triángulo adulterado, y la geometría de su día a día improvisaba nuevas aristas en forma de escarceos nocturnos con excusas que yo aceptaba con los ojos aguados por la tristeza, viajes al extranjero con pretextos laborales en los que aprovechaba para ampliar la oferta de sus piernas abiertas, y mentiras y más mentiras, silencio y más silencio.

—¿Conoces el mito de Casandra, Carol? —pregunté, circunspecto, aplastando todo lo que podía el cuerpo de mi mujer para que no se moviera. En el pasillo, la biblioteca se estaba partiendo por el fuego, y caían trozos de madera al suelo (leña alimentando leña) haciendo ruido de chispas. ¿Estaría aún a salvo el ejemplar que se había indultado a sí mismo?

—Oye, mira, estás mal, déjame levantarme y hablemos, y cuando apaguemos el fuego… —Ahora estaba frente a la Carolina que mentía a sus propios hijos, la que se ponía seria para dar la sensación de seguridad con la intención de que colaran sus burdas escapatorias.

—Claro que lo apagaremos, y tú me ayudarás, no te preocupes. Todo a su debido tiempo. Pero ahora confiésalo todo.

—De qué estás hablando.

—¿Ni siquiera vas a ser sincera en un momento como este, inmovilizada y con tu casa ardiendo?

—¡Suéltame, cabrón! ¡Estás completamente loco!

—Tú y sólo tú tienes la culpa, esposa.

—¿La culpa de qué? —Su chillido, agudo hasta lo insoportable, se me metió en los tímpanos. Solté una de sus manos por la que la tenía agarrada y le endosé una bofetada que la dejó aun si cabe más aturdida. ¿Era la primera vez que agredía a otro ser humano, la primera vez que me movía violentamente sin que mi gesto pasara por el filtro del pensamiento?

Entonces aparecieron los lloriqueos, las lágrimas, las súplicas de que la dejara en paz. Sin embargo, yo, impertérrito, seguía insistiendo en la búsqueda de la verdad:

—¿Dime qué estarías haciendo ahora, follándote al tipo de tu trabajo o a cualquier otro mientras yo estoy aquí dando de merendar a tus hijos? ¡Habla!

—¡Sí, joder, sí! —contestó, histérica.

—¿Y cómo es posible?, ¿crees que merezco algo así?, ¿tienes idea de lo que me estás haciendo?

Carolina ya se había abandonado a la desesperación. Lloraba, hipaba, gemía, de la misma forma que yo lloraba, hipaba y gemía a solas cuando hube empezado a atar los cabos de su adulterio pese a negarlos ante Hildur, y un estremecimiento de pesar e incredulidad me traspasaron el alma.

—Me lo tengo bien merecido, ¿verdad? Al final será culpa mía, por no entender tu estrés, tu trabajo, tu cansancio… ¿Qué dices…?

—Nada decía Carolina, pero una voz me habló tan nítidamente que la estantería quebrándose dejó de existir unos segundos. Sabía quién era pero no qué quería—. De acuerdo, así lo haré… —contesté. Carolina me miraba con un miedo que era imposible fingir. Durante mucho tiempo, la honestidad más pura y simple había dejado de pertenecerla; era una pésima actriz interpretando el papel de una mujer que buscaba sentirse interesante y seductora con ese nuevo registro de casada libre pero que sólo daba una imagen de patetismo y autoengaño—. Pero antes he de hablar más con ella. Al fin y al cabo, son nuestros últimos minutos antes de emprender el camino.

—¿Qué estás diciendo? ¿Con quién estás hablando? —dijo con un hilo de voz, como si su último grito la hubiera dejado afónica. Sus ojos, casi cerrados por la acumulación de lágrimas, estaban hinchados; en su boca, se adivinaba aún un milímetro de mi sangre.

—Ya te he dicho que he tenido una visita muy especial. Ella ha venido a ayudarme a recuperarte…

—¿Quién, quién?

—Hildur está aquí, ¿no la ves? —En efecto, Hildur se encontraba a nuestro lado, de pie, mirando la extraña escena cruzada de brazos, en una posición que ya me era familiar, asintiendo a mis palabras, dando por buenos mis actos por lo tanto.

—¡Aquí no hay nadie! ¡Suéltame, suéltame, por favor! —Carol mentía por enésima vez: claro que estaba allí Hildur, contemplando el forcejeo con mi mujer cual entrenador en el banquillo que analiza al luchador al que ha ido preparando para su asalto final.

Hildur incluso saludó con la cabeza, dijo unas palabras, si bien demasiado enigmáticas para que Carolina las entendiera a la primera. En todo caso, ella se negaba a reconocerlo, como negaba cualquier cosa sobre la que le preguntaba: su compañero de oficina *especial*, sus horarios sospechosos, su desatención palmaria ante sus propios hijos, casi recién salidos de su etapa de bebés.

—¡Basta, Carol! Esto tiene que acabar.

—¿Esto? ¿Qué es esto? ¡Suéltame, soc…! —empezó a gritar y, como en el instante anterior, reaccioné a tiempo: empecé a estrangular su cuello para detener la palabra, esa palabra que nadie ha oído en voz alta nunca, que suena tan ridícula pero que todo el mundo entiende como solicitud de máximo auxilio. No había nada que temer, Hildur controlaba cada cosa que ocurría y no me dejaría propasarme.

—Quisiera que supieras por un instante el dolor que me has causado. Si te detuvieras un solo instante a pensar en ello —mantenía su cuello agarrado, asfixiándola, y sin embargo le estaba hablando con serenidad—, me hubieras dicho la verdad, hasta me hubieras consolado, y así hubiera visto en ti un atisbo de humanidad, una pizca de la persona que me cuidaba y me decía te quiero. Eres un monstruo. Un auténtico monstruo, cómo puedes mirar a la cara a tus hijos…

El rostro de Carolina empalidecía por momentos, hasta que liberé su cuello y, jadeando, con el pecho subiendo y bajando por la ansiedad de la falta de respiración, intentó decir algo en voz alta, un «lo siento» que casi era sincero, ¿o acaso lo habría dicho de no haber estado echada en el suelo, bajo su marido, ahora tan monstruoso como ella?

—No te oigo, Carol. Pero qué más da, es tarde para disculpas aunque estemos a tiempo de salvarnos.

—¿Salvarnos de qué? —Carolina susurraba, gimoteaba, se empequeñecía a medida que mi superioridad se ponía de manifiesto por completo.

—Yo ya estoy a salvo, Carol, ahora sólo faltas tú. —Nada más pronunciar estas palabras, giré el rostro al lado, buscando a Hildur para su aprobación. Sentía que ahora era ella la que estaba desarrollando el guion de mi vida, que era ella la que estaba *escribiéndome*. Pero había desaparecido.

La llamé con todas mis fuerzas, y ese arranque pareció impactar en el ánimo de Carolina, que de súbito se estremeció y abrió los ojos encharcados de lágrimas como platos. Mi esposa la demente, mi esposa la atemorizada, mi esposa la novia de la muerte.

Nadie contestó a mi llamada, ni siquiera Carolina aprovechó para pedir ayuda —no iba a acudir nadie, los vecinos eran cuatro viejos casi incapaces de valerse por sí mismos y uno de ellos estaba completamente sordo— o zafarse de mis manos, poderosas hasta un nivel desconocido para mí.

Sólo me respondió el silencio, en una nueva señal que me llevó directamente a continuar con mi plan de salvamento de un alma descarriada, de reenamoramiento por la muchacha que una noche me besó con dulzura y, ahora lo comprendo, anodinamente, de resurrección de un cuerpo que ya no iba a darse a otros hombres que no tuvieran el anillo que yo llevaba en una de las manos que ahora retenían lo que había dejado de ser mío.

XXII

Tocar el piano para que resucite alguien únicamente podría estar en los planes de una narración fantasiosa ese día en que Hildur me llamó por teléfono y, con su visita y acoso, desencadenó mi incursión en un particular Hades. Aún puedo oír su risa de malvada satisfacción, de venganza sin escrúpulos. Ella tiene la culpa de lo que ocurrió antes y después de inmovilizar a Carolina para que me pidiera perdón, para oír de sus labios que me quería.

Desde donde ahora estoy, enclaustrado, incomunicado, sólo con un bolígrafo y papel amarillento que un tipo me ha dado como limosna a mi petición de escritor que ya nunca verá publicada su *Hildur* ni ninguna otra cosa, miro mis manos, sucias y criminales, y tengo una sensación de arrepentimiento y a la vez de coherencia que me deja más perplejo que la tarde en cuestión, la tarde en llamas, la tarde de mi herida sangrienta.

Quién hizo lo que hizo ese día, ya no sé. Creo que fue Carolina quien me llevó al desastre, o fue su silencio cómplice, o fue Hildur, para siempre maldita y de vuelta a la Islandia de mis papeles, a la Islandia calcinada junto al resto de libros, folios, carpetas, periódicos. El volumen salvado de las estanterías no tuvo que haber sido el que fue, sino mi *Hildur*, si mi novela hubiera sido aceptada por parte de algún editor. Ese libro, al fin y al cabo, tendrá la culpa de lo sucedido, yo soy inocente, Carolina es inocente, incluso Hildur es inocente. Pero no *Hildur*, su escritura y todo lo que me llevó a su escritura, mi pasado y mis creencias, mis voluntades y apetencias, mis caprichos y desmanes.

Mi mujer chilló lo indecible mientras la arrastraba hacia el humo, con su largo pelo barriendo el suelo, llorando, moviéndose como un pez fuera del agua. Tuve que darle demasiadas patadas para que dejara de zarandearse: en la entrepierna, en las rodillas, en el pecho y en su rostro de mentirosa que por una vez decía la verdad: no quiero morir, parecían decir su sangre y sus lágrimas, y al mismo tiempo, su desgarrada voz imploraba: tómame, sálvame, sacrifícame.

Metro a metro, alcanzamos el umbral del pasillo, que era ya un abismo donde iba a resultar placentero saltar, una playa cálida que pedía pasos humanos en la arena y al final una zambullida en su mar claro. Bellísimo, pleno de esperanza, de purificación, de bondad, el fuego se arremolinaba en dibujos rojo-amarillos que se perfilaban entre el humo flotante y la negrura de las paredes. Estaba claro que nos quería aceptar dentro de él, que entre los dos, marido y esposa, el amor volvería a encenderse de tamaña forma literal. Si la pasión había muerto, qué otra cosa hacer que devolverle su original llamarada; ¿acaso no se basaban tantas metáforas sobre el amor en fuegos simbólicos, en hogueras pasionales? Carolina, indudablemente, tendría que agradecerme al fin que a su silencio le pusiera el sonido crepitante de nuestros corazones, que a su pasividad y estatismo le contagiara el ingobernable movimiento de las llamas.

Entonces Hildur apareció como un *deus ex machina* de tragedia griega, como el personaje mitológico de ópera que sale cantando rodeado de humo artificial para redondear el conflicto de turno, como una promotora de mi salvación. Ella estaba en el interior del fuego; hablaba, otra vez, como la sirena que atrae al viajero curioso, y así recordaba, reescribía su historia en voz alta: «El fuego crepita y las llamas buscan los rincones de la materia aún no calcinada», dijo, y por un momento no hice caso de la Carolina desesperada a la que tenía cogida del pelo como si de un animal rabioso se tratara, como si el troglodita devolviera a su hembra a la cueva. Estaba hipnotizado al reconocer mi propia combinación de palabras, al reconocerme novelista, lo que el mundo se negaba a aceptar. Era el capítulo en el que la familia de Hans, tras la muerte del padre, realizaba un ritual afín a la secta religiosa que practicaban y que conectaba con los ancestros islandeses. ¿Era la proyección de mi propio padre el que también había muerto en aquel episodio, o era el deseo de verlo enterrado cuando estaba vivo aún y no sabía nada de él desde hacía años y años?

Era asimismo el capítulo en el que lo mortuorio excitaba la sensualidad de Hildur frente a Hans: «Tan cerca de él que, de tanta muerte como asola el momento, le haría el amor allí mismo, gritando de felicidad, dejándose penetrar por donde y cuantas veces él quisiera, rociándose de cerveza y aguamiel para lubrificarse entera, casi palpando el calor del fuego que arrasa el pasado para volverles seres sin capacidad de desandar el puente roto a sus pies que les ha conducido, a salvo, sobre el precipicio del ocaso», dijo, *se leyó* a sí misma Hildur, en medio del pasillo quemado, para proseguir acto seguido: «Hildur asume que el tránsito por el latido de su tierra tiene que ser inaugurado allí, en ese sitio con reminiscencias de cementerio, de dolor y fuego, de punto final de la vida y comienzo de la vida en la muerte subterránea».

—¿Lo oyes, Carol? ¿Lo oyes? ¿Lo comprendes ahora? ¿Lo comprendes? —espeté al rostro de Carolina, embargada por una angustia que no podía engañarme; fingía bien, la mala pécora. Soy yo el que debía tener miedo de su reacción, era yo la víctima, no tenía que olvidarlo.

—… déjame… —creí percibir; el hilo de voz de Carolina suplicó también su dosis depuradora. Ella quería ser Hildur, eso resultaba irrebatible, escuchó igual que yo las frases de *Hildur* que Hildur continuaba pronunciando *sirénicamente*: «Cuídate de releer las cartas que conserves de tu tierna amada. Las cartas que se releen conmueven a espíritus inmutables. Échalas todas al fiero fuego (tendrás que echarlas a tu pesar) y di: Sea esta la pira de mi pasión», dijo citando los consejos amatorios de Ovidio que yo le obligué a cumplir a rajatabla en la novela.

—Yo ya he echado mis cartas, Carol, toda esta literatura que ahora arde eran mis cartas de amor que te había enviado, ¿o es que no te casaste con un escritor? Yo ya he cumplido. Ahora te toca a ti —dije, quitándole ansiosamente la ropa.

—… cartas… —Carolina ya era Eco, la ninfa de voz melodiosa que fue castigada a repetir lo que oyera en torno por parte de Hera, celosa de que Zeus coqueteara con ella. Bajo su mirada de pavor, bajo su nariz sangrante por mis golpes, los labios de mi mujer se entreabrieron apenas, y arriba en la frente se reflejó la incandescencia del fuego en sudor abundante. Si Hildur se jactaba de sorprender con alusiones a mitos como el de Casandra para desconcertarme, ahora era yo quien veía todo como una *metamorfosis*, como un paso a paso hacia un fin: la huida y el amor, la desaparición y una segunda oportunidad. Los mitos me contemplaban, me daban la razón, estaban de mi parte.

—Falta sólo un detalle, Carol. Pronto estarás a salvo, no te preocupes… —En pocos minutos, conseguí que los dos nos quedáramos prácticamente sin ropa. Carolina se mantenía aturdida, con la mirada fija en un punto del techo, incapaz de reaccionar. El fuego estaba al borde de nuestros cuerpos, cuando nos alcanzara nos encontraría unidos como el amor nos vio años atrás, y entonces ella y yo seríamos materia para un revivir necesario.

Las pequeñas montañas del volcán de libros se iban deshaciendo y se desparramaron a los lados del pasillo, extendiendo su lava de páginas. Y entonces ocurrió algo inesperado: en el instante en que tomé aire y cerré los ojos, preparándome para que la unión ya fuera un hecho, para recuperar el centro de mi mujer, el libro indultado, el libro que se había aferrado a una libertad que bien merecía por ser hijo de aquel que lo escribió y que no nombraré, ese libro cayó por fin de su estante, definitivamente roto, y, envuelto en fuego, aterrizó en la Carolina de mi posesión, impactando en el rostro que iba a recibir mi beso más ardiente, y el fuego que llevaba consigo en forma de alas de Ícaro se unió al fuego que ya venía por el suelo de papeles, trozos de madera y brasas, y en un segundo su cabeza estuvo incendiada, y sus gritos, atroces, hicieron que me separase de ella instintivamente, mientras se revolvía, chillando. Ante mí, un cuerpo desnudo con una máscara de fuego, con un cabello de fuego, con el eco de una voz de fuego.

Espantado, vi aquel cuerpo marchitarse, lo vi entregarse al destino inmisericorde. Un accidente, había sido eso, sólo un accidente desgraciado, mi inocencia era absoluta, yo tenía la simple y loable idea de salvarla en una inmolación conjunta con la que renacerían las cenizas de un amor que estaba moribundo y que era preciso matar para darle nueva vida. Imperturbable al dolor de las chipas que saltaban sobre mi piel, seguí contemplándola, cada vez más quieta, más auténtica, una vez las mentiras ya fueron historia, hasta que ni un músculo se le movió, hasta que comprendí que el cuerpo que una vez conquisté, ahora definitivamente, ya no podría pertenecer a nadie más.

XXIII

Jamás hubiera pensado, ya lo he dicho, que aquel día que empezó con una llamada de Hildur y que acabó en un lugar al que me encerraron de por vida, me hubiera puesto a tocar el piano para producir una resucitación. Ella lo había hecho con su violín, en medio del viento, la lluvia y la nieve islandeses de una narración inédita, y Hans había vuelto con ella como un perro obediente. Si bien es cierto que en estado de amnesia, de incomprensión, de *tabula rasa*, que era justo lo que yo pretendía, es decir, que Carol volviera a verme con ojos nuevos, con ojos sin recuerdos, y se enamorara de mí y volviera conmigo y reparásemos la vida como decía Tolstói que podría hacer el suicida si pudiera regresar a la tierra.

Tras ver cómo Carolina se sumergía en la ansiada calma, me subí los pantalones y abandoné el pasillo dispuesto a acabar con mi trabajo. En el salón, me esperaba Hildur con los brazos cruzados, callada, mirándome sonriente, tal vez burlándose de mí, tal vez a punto de consolarme o de dedicarme una de sus estrafalarias sentencias. No me importaba, no obstante, si tenía que decirme algo o no. Yo debía atravesar la sala para llegar al piano, que estaba en una esquina, y aquellos pocos metros se me antojaron un kilómetro en el que cada centímetro me ofrecía una estación visual con un pedazo de mi vida dispuesto a comunicarme lo que había hecho durante todo mi pasado. Podía oír el ruido de la calle, sin duda de gente que habría olido o visto el humo u oído los gritos, y cómo estaba alguien aporreando mi puerta con una furia que en otra ocasión me hubiera horrorizado.

Pero tampoco semejante interrupción serviría para trastocar mis planes. Únicamente, tras recorrer aquellos metros y a la vez revisar mi existencia entera, habría dos elementos en el mundo: el piano y yo, el piano y mis manos, el piano y mi mirada, siempre el piano y otra cosa, definitivamente el piano y la misión mágica que iba a convertirse en pura, tangible realidad.

Tenía que sonar la pieza adecuada para que Carol se pusiera de pie y, aturdida pero *viva*, desnuda pero *nueva* tras ser purificada, viniera a mi lado al son de la música y confiara en mí ciegamente, extrañándolo todo, sí, pero con fidelidad y lealtad, puesto que no otra cosa podría inspirarle quien la habría devuelto el aliento. Porque ya no habría literatura entre nosotros, la literatura era un suicidio que no estaba dispuesto a repetir. Ahora la música llenaría todo, en adelante la música podría ser la vía de comunicación entre los dos, y todo sería más fácil, todo sería perfecto, todo sería futuro.

Toqué la pieza, pues, que Hildur había interpretado al violín. La toqué una vez, y volví a tocarla. O lo intenté, porque las manos se equivocaban, no yo, no el piano, eran mis manos, todavía palpitando de violencia. Pero de todas maneras, seguí tocándola a la espera de los pasos atrás de Carolina mientras al fin la puerta de casa se derrumbaba y entraba un hombre con casco, uniforme y un hacha y corría hacia donde aún se destacaba la hoguera y mi inminente novia se resistía a levantarse y andar. Tras él, irrumpieron en mi hogar más bomberos aguerridos, acompañados de mangueras y demás trastos en lo que parecía una vulgar escena de cine de acción. Era imposible tocar así, y eso que mis manos ya volvían a reconocerse, a moverse por el teclado con la delicadeza habitual. Por culpa de aquellos héroes de barrio el ciclo de vida-muerte no se contemplaría, y ellos tendrían que responder ante la no resucitación de mi esposa, ellos serían entonces los malvados, los mentirosos, los fantasmas que habrían arruinado mi verdad.

De repente, uno de ellos me agarró de las axilas y tiró fuerte hacia arriba, separándome de la banqueta del piano, de mi único modo de estar todavía con Carolina. Alguien me echó una manta por encima, alguien me puso una mascarilla y entre los dos me llevaron en volandas hacia la salida, mientras se oía el poderoso chorro de agua en el pasillo y el runrún de gente en la acera, el estruendo de una sirena —otro tipo de sirena, reclamando cuidado y precaución—, de los gritos de advertencia de los bomberos.

No volví a ver a Carolina, ni a los niños, creo que no volví a ver a nadie que hubiera conocido antes. Sólo sé que la tarde era fría, desapacible, que en mi sien volvía a asomarse la sangre del golpe de la madrugada anterior, y que Hildur pasó por mi lado, ahora sí riéndose tan fuerte que por un momento no oí nada más que una venganza fantasmal enfundada en su garganta. Y así, sin añadir una sola palabra, tras mirarme a los ojos como retándome, como diciéndome que la siguiera cuando sabía que tal cosa era imposible, pues a esas alturas yo era más personaje que ella, yo estaba en el otro extremo de la libertad de la que ella disfrutaba, desapareció de mi vista para siempre.

TU NOMBRE EN LA PÁGINA

RODRIGO SOTO

Rodrigo Soto (San José de Costa Rica, 1962) ha publicado las novelas *La estrategia de la araña* (1985), *Mundicia* (1992), *El nudo* (2004), *Gina* (2006), *Figuras en el espejo* (2009), *Las sombras de Lisandro* (2011), *En la Oscurana* (2012) y *El río que me habita* (2017), así como las novelas cortas *La torre abolida* (1994) y *Aquí las noches se hacen largas* (2015). También, los libros de relatos galardonados en su país con el Premio Nacional de Cuento *Mitomanías* (1983) y *Floraciones y desfloraciones* (2006), más *Dicen que los monos éramos felices* (1995), *Volar como ángel* (2007) y *Otros reinos* (2012). Asimismo, es autor de las obras teatrales *La hija de Barbazul* (2011) y *A la hora del crepúsculo* (2015), de los poemarios *La muerte lleva anteojos* (1992), *Damocles y otros poemas* (2003) y *El laberinto encendido* (2010), y de la recopilación de ensayos *Pingüinos, camellos y ornitorrincos* (2009).

A mi hermano Rodolfo.
A Maryse Renaud, amiga.
A Constantino Bértolo, en diálogo.

Es preciso amar una actividad como si en el mundo no hubiera otra, por sí misma. Por eso el momento significativo es el de los comienzos: porque entonces es como si el mundo [...] no existiera aún respecto a esa actividad. También por eso cualquiera es capaz de enamorarse de un trabajo que se sabe cuánto renta; lo difícil es enamorarse gratuitamente.

Cesare Pavese, *El oficio de vivir*

I

LAS PALABRAS LLAMAN

Y entonces por fin un día de tantos descubrís que te has convertido en escritor. No ocurre de repente: poco a poco caés en la cuenta de que las palabras tienen más peso y densidad, parecen ancladas a las páginas, ya no las dispersa cualquier brisa. Tanto soplaste contra ellas, que fortalecieron sus raíces; tanto las hiciste volar, que ahora sos más cuidadoso al escogerlas. Diez veces te creíste genial y diez veces te encontraste ante el paredón del silencio. Has jugado, explorado y experimentado; te empeñaste en la condensación y la síntesis y tanteaste el delicado enigma de los símbolos.

Recién has concluido tu segunda novela, en la que trabajaste los últimos tres años. Su escritura resultó una empresa llena de hallazgos. A menudo te encontraste en callejones sin salida y debiste desandar tus pasos para retomar la senda de los personajes, otras veces fuiste el primer testigo asombrado del curso que tomaban los acontecimientos. Durante meses todo a tu alrededor remitía a la vida y circunstancias de los personajes, como si vivieras a través de ellos o ellos lo hicieran a través de vos. Habías experimentado cosas parecidas, pero no con esa intensidad. Comprendiste entonces por qué los escritores, los escritores de verdad a los que admirás y leés, utilizan a menudo palabras como «trance» o «posesión» para referirse a ese estado.

Después de terminar la primera versión de la novela anduviste como embriagado unas semanas; luego la imprimiste y se la diste a leer a un par de amigas que, al devolverte el manuscrito, coincidieron en que se trata de lo mejor que has escrito. «Al final lloré porque me di cuenta de que ahora sos un escritor de verdad», dijo una de ellas. Y la otra aventuró: «Verás que te traerá muchas satisfacciones».

Como ellas, también pensás que es lo mejor que has escrito. No se trata solo del peso que han adquirido las palabras: también las situaciones, también los personajes. Los años han traído su carga de ilusiones y desengaños, de esfuerzos, logros y fracasos, de descubrimientos, amor y muerte, y ya no estás obligado a imaginarlo todo. Has visto, has escuchado, has vivido la mezquindad y la entrega, la cobardía, la mentira y la traición, el miedo y el poder liberador de la palabra. Experimentaste la contradicción y te asomaste al abismo del corazón humano, de tu propio corazón.

Sin duda, la caracterización de ese personaje femenino (al que terminaste por considerar «la protagonista» aunque en teoría los cuatro personajes principales tienen la misma importancia) es el mayor logro de la novela. Para conseguirla recurriste a las impresiones y recuerdos de varias amigas y conocidas que has tratado a lo largo de tu vida, y de otras que tuvieron relación con tu hermano mayor o con amigos. Lo único que tienen en común es ser hijas de la misma época. También te serviste de vivencias, fantasías y recuerdos propios, convencido de que al final de cuentas lo que vive ella no puede ser tan distinto de lo que vos has experimentado. Lo asombroso fue constatar que era verosímil presentar ese conjunto de situaciones y experiencias heterogéneas como si fueran el producto de una sola vida. «Tal vez en el fondo no somos tan distintos», te has dicho cuando considerás el asunto. Y también conjeturás: «O tal vez la pátina que imprimieron mi sensibilidad y mi imaginación sobre todo lo demás crea la ilusión de unidad, y de ahí la verosimilitud del personaje».

En cambio, el marido de «la protagonista» no resulta tan logrado. Nadie tiene que decírtelo, lo sabés de sobra. Se trata de un hombre ya maduro, unos diez años mayor que vos, y se te hacía difícil colocarte en su situación (¿cómo será tener cuarenta años?, ¿cuáles serán las preocupaciones de un hombre de esas edad?). Tomaste como modelo a un profesor universitario a quien conociste y trataste; el hombre fue jurado en el certamen juvenil de cuentos en el que resultaste ganador (era un secreto a voces que abogó por tu libro); entonces regresaba de Francia tras concluir sus estudios doctorales, pero meses después te invitó una noche a cenar en su apartamento, pues deseaba conocerte personalmente. Había fallecido pocos meses antes en un accidente de automóvil y deseabas rendirle homenaje tras su muerte prematura y absurda, pero tu propia sombra insistía en proyectarse sobre su figura. Con frecuencia debiste desechar y reescribir las escenas relacionadas con él, como si navegaras en medio de la bruma, y el dibujo de su carácter y de su circunstancia era apenas titubeante.

Es verdad, te has convertido en el escritor que serías, que estabas llamado a ser, pero nada es como como lo soñaste, nada es como suponías, pues cuando por las mañanas buscás tu rostro en el espejo del baño, no encontrás la imagen de alguno de los escritores con los que fantaseabas, sino apenas una versión de tu propio rostro —a veces somnolienta, a veces entusiasta, a veces aburrida—; un rostro en el que los años han modelado tus facciones de una forma que no te resulta del todo improbable, aunque al constatar los cambios, en ocasiones experimentás una dulce violencia melancólica. A diferencia de las imaginaciones y fantasías de tu juventud, todo aquí resulta indomablemente real, trasunta áspera materialidad.

Me asombraba la capacidad de mi hermano para perderse en las páginas de aquellos libros, su forma de fruncir el entrecejo o de abrir desmesuradamente los ojos como reacción a lo que leía. Con frecuencia lo hacía por las noches, acostado en su cama, alumbrado con una veladora empotrada sobre el respaldar; en entresueños yo escuchaba sus murmullos y sus risillas. Casi todo lo que él sabía lo había aprendido ahí: los pigmeos, los exploradores, los dromedarios, las tormentas y las corrientes marinas, las selvas y los desiertos, las ballenas y los tigres de Bengala. De todo ello hablaba con propiedad y como si hubiera estado ahí. Yo lo admiraba, lo envidiaba y en su ausencia me asomaba a veces a esas páginas y contemplaba las ilustraciones a plumilla. Leía con dificultad las frases que las acompañaban, a menudo diálogos entre los personajes o descripciones de paisajes, y me aturdía con palabras como «borrasca», «tótem», «Bombay» y «mosquete».

Dentro del cuarto que compartíamos, una pequeña estantería acogía las revistas y los libros. Además de las novelas que leía mi hermano, se apilaban ahí útiles y cuadernos escolares, algunos libros de ciencias naturales y de historia, álbumes de postales coleccionables completados en años recientes y muchas revistas de historietas. Algunas las había heredado de él, pero la mayoría las había comprado o canjeado yo. Pasaba horas leyéndolas y viendo televisión; el resto de mi tiempo libre lo dedicaba a la calle y a los amigos.

En la sala de televisión había otra biblioteca que albergaba los libros de mis padres, algunos centenares de títulos. Eran en su mayoría novelas de autores latinoamericanos y europeos de la segunda mitad del siglo XX; también colecciones de relatos, algunas novelas de autores rusos y franceses del siglo XIX, y ensayos muy variados sobre antropología, sicología, historia y política. Las memorias de un muchacho de buena familia extraviado en el más sórdido alcoholismo, y unos sonetos rigurosos, humorísticos y desenfadados en los que la mitad de las rimas estaban construidas con las infinitas posibilidades de nombrar o aludir a los órganos masculino y femenino, estaban firmados y dedicados con frases afectuosas por sus autores a mi padre. También había un par de libros de crónicas escritos por un tío abuelo de mi madre, un historiador de la más alta alcurnia intelectual nacido a mediados del siglo XIX, cuyos libros se estudiaban en las escuelas y colegios del país y a quien ella llamaba, sin impostación y con afectuosa familiaridad, «tío Ricardo». Rara vez lo mencionaba, pero cuando lo hacía, su forma de hacerlo despertaba en mí sensaciones extrañas, como si en efecto él y yo estuviéramos vinculados de alguna forma. A un costado del estante inferior solían reposar los cuatro tomos de un diccionario enciclopédico ilustrado y una Biblia escolar que nadie frecuentaba.

Mis padres leían regularmente, pero más lo hacía mi madre. Algunos de aquellos libros la acompañaban desde su juventud y sus lomos lucían gastados y sus páginas amarillas. No los releía, pero cuando le preguntaba por ellos su rostro se iluminaba y hablaba con emoción acerca de sus personajes. Los libros eran además frecuente tema de conversación con una de sus hermanas. A veces los comentaban en largas sesiones telefónicas, mientras mi madre fumaba cigarrillos, otras veces cuando la tía nos visitaba en casa, al frente de varias tazas de café que se prolongaban toda la tarde.

De vez en cuando traían a la casa libros nuevos. En ocasiones los leían ambos, muchos únicamente ella. Mi padre solía leer en la cama, por las noches; mi madre, en cambio, también lo hacía por las tardes en un sillón. A menudo subrayaba frases y pasajes que le parecían importantes o le habían llamado la atención. Yo examinaba las portadas, contemplaba las fotografías de los autores y leía los textos de las contratapas. Si se trababa de novelas, mi padre prefería las historias sobre la ambición, la corrupción y el poder. Mi madre en cambio leía historias sobre personajes atormentados que luchaban por redimirse de su pasado y desentrañar el sentido de su existencia, y no parecía hacerlo como diversión sino más bien para entender su propia vida.

La inmensa mayoría de los libros habían sido escritos por varones, sólo unos pocos por mujeres. A muchos autores ellos los nombraban por sus apellidos, con una familiaridad que hacía pensar que eran sus amigos o cuando menos conocidos. Para mí era evidente que mi madre, en particular, guardaba hacia algunos un sentimiento de devoción en el que se mezclaban la admiración y la gratitud y me parecía impensable, imposible, que algún día sintiera algo similar por mí.

Comprender que se ha convertido en escritor le producirá de entrada un vértigo fugaz, algo de satisfacción y orgullo, pero en ningún sentido cambiará su vida, pues seguirá trabajando en el mismo lugar que lo hastía, viviendo en el mismo apartamento con la misma mujer —o algunos años después, con otra— y embriagándose en los bares usuales con los amigos de siempre. Con ellos beberá sobre todo cervezas nacionales, vino tinto y ron añejo. Continuará fumando ocasionalmente marihuana, en fiestas, y será testigo de cómo muchos de sus conocidos se aficionan peligrosamente a la cocaína o se deslizan hacia el alcoholismo y otras adicciones. Juntos escucharán trova latinoamericana y música clásica, rock del viejo y reagge. En ocasiones especiales bailarán cumbias, salsas o merengues. Sus conversaciones habituales seguirán versando sobre literatura, arte y política. Todo irá siempre de mal en peor, sobre todo la política, sobre todo el país, sobre todo la situación internacional. Escuchándolos, resultará incomprensible que el mundo no haya reventado en mil pedazos ni la humanidad desaparecido por completo.

Continuará leyendo novelas, colecciones de relatos y poemarios, ensayos literarios y académicos, de la misma forma irregular y caprichosa como lo ha hecho desde que empezó a leer libros. Habrá meses en que lo haga vorazmente, como poseído, y largos periodos en los que apenas ojee los diarios o acaricie un poema sentado en la taza del inodoro.

Y no dejará de anotar en sus libretas ideas para nuevos cuentos, esbozos de novelas que rara vez iniciará y menos veces aun conocerán algún desarrollo; frases escuchadas al azar en los autobuses o en los bares, escenas de las que resultará testigo accidental en sus deambulaciones por la ciudad. Se acumularán en esas páginas sueños nocturnos y fantasías diurnas, frases que irrumpen como relámpagos iluminando sus pensamientos, esclareciendo su realidad, y apuntes sobre su vida sentimental.

En el curso de los siguientes meses, enviará su novela a varias editoriales en el extranjero que nunca le responderán o que la rechazarán con formulismos, «reconocemos sus valores, *aunque*...», «la encontramos interesante, *pero*...». Se desanimará y se rebelará contra su desánimo una vez tras otra. *Sabe* que es lo mejor que ha escrito; *sospecha* que es lo mejor que escribirá en mucho tiempo y *sueña* con recibir por fin el reconocimiento que siente que merece.

Ya no pensará en la admiración y la gratitud de su madre, sino en sus libros en las estanterías de las principales librerías, en su foto publicada en diarios extranjeros, en entrevistas televisadas, en artículos periodísticos que difunden sus opiniones sobre lo mundano y lo divino, en ser señalado por desconocidos cuando pasea por la calle. Soñará secretamente con todo ello, aunque en el fondo de su corazón habrá admitido que esto no ha de ocurrir y se haya resignado a ello. Habrá aprendido a moderar sus expectativas, pues comprendió hace tiempo que para dar ese salto no basta la calidad de su trabajo —que desde luego la tiene—, además sería preciso abandonar la provincia e instalarse en la metrópoli, en cualquier metrópoli, y esto no figura en sus planes; después de todo, no se está tan mal aquí.

Cuando empezaste a escribir esta novela ya habías publicado dos libros. El primero era un volumen de relatos que resultó premiado en un certamen para jóvenes autores cuando rozabas los veinte años; el segundo era una especie de novela de aventuras en clave alegórica y paródica —dragones, monstruos y montañas iniciáticas— en cuya preparación te habías extraviado infinidad veces y demorado siete años.

Aunque antes habías ganado un certamen universitario y te habían publicado un par de cuentos en revistas literarias de escasa difusión, la obtención del premio marcó tu ingreso al mundillo literario de la ciudad. En el libro reunías los que consideraste tus mejores cuentos: los temas eran variados y el estilo tembloroso; en general, imitabas en ellos, con irregular suerte, a tus amados maestros, pero en algunos asomaba algún destello, un matiz propio, sobre todo en aquellos donde el personaje central o la voz narradora eran femeninos. Para presentar los cuentos debías elegir un título; debía ser atractivo y filoso como un cuchillo. Tras descartar un buen número de posibilidades, te resolviste por el título de uno de los cuentos, era sugerente y lo bastante ambiguo para cobijar al conjunto. También estaba el asunto de la dedicatoria; era bien considerado, casi imperativo, que los libros tuvieran una, pero por ningún motivo querías incurrir en la novatada de dedicarlo a tus padres, como habías visto hacer a otros jóvenes con su primer libro. Los amigos eran muchos y no era posible mencionar a cada uno; tras garabatear varias alternativas, escogiste una fórmula mediante la que aludías a todos sin mencionar expresamente a ninguno. Te tomaste el atrevimiento de enviar al certamen el libro bajo un seudónimo femenino y, tras varias semanas de incertidumbre ansiosa, recibiste una llamada telefónica de los organizadores comunicándote que habías resultado ganador y que tu libro sería publicado en los próximos meses.

Tus padres se encontraban en casa y fueron los primeros en felicitarte. Por primera vez advertiste en los ojos de tu madre un destello, como si admitiese la posibilidad de que la fiebre que te poseía desde hace varios años pudiese ser algo más que un pasatiempo. Desde luego no se trataba de la admiración y la gratitud que destilaban sus palabras cuando se refería a los Escritores de verdad, pero sí de una forma de reconocimiento, como abriéndose a la posibilidad de que algún día también vos llegaras a ser miembro de esa raza. Pocos días después te abordó en el corredor para plantearte la idea de estudiar Filología. «Si lo de escribir va en serio, como parece», reflexionó, «es eso lo que tenés que hacer. Un escritor debe saber de Gramática, de Mitología... No es solo asunto de sentarse a escribir...».

Aunque tenías solo una idea aproximada de lo que era la Filología, sabías que nada tenía que ver con ser escritor, al menos como vos lo entendías. Ser escritor suponía trabajar con las pulsiones, tomar contacto y traer a la palabra las savias de la vida, nada que ver con la seca rigidez de la Gramática, con los gélidos montes de la Mitología. Quedaste de pensarlo, aunque de antemano sabías que tu respuesta sería negativa.

La noticia de que habías resultado ganador del certamen de jóvenes cuentistas corrió entre amigos y conocidos; hubo felicitaciones sinceras y algunas envidiosas, disimuladas con mayor o menor acierto. Hubo también una o dos noticias en los diarios y hasta una pequeña entrevista. Te sentías exultante. En tu biblioteca conservabas varios libros ganadores del mismo certamen y apenas podías creer que pronto el tuyo estaría a su lado. Tu fotografía figuraría en la contratapa, con algunas palabras dando cuenta de tu vida. Serías como ellos, uno de ellos.

Cuando te citaron, te presentaste a las oficinas de la editorial para firmar el contrato. Tras anunciarte con la recepcionista, te recibió una secretaria en cuya sonrisa creíste adivinar un dejo burlón. Con el contrato, te entregó el certificado que te acreditaba como ganador del certamen de jóvenes cuentistas. Leíste el contrato con detenimiento. Una cláusula se refería a la posibilidad de que el libro apareciese publicado bajo un seudónimo literario, en cuyo caso debías especificarlo a continuación. Aunque habías considerado el asunto y decidido que publicarías bajo tu nombre civil, sentiste un golpe en tu pecho, como si en ese momento traspusieras un umbral del que no habría forma de volver. Lo de los seudónimos te parecía una costumbre de otro siglo, aunque una o dos poetas de tu generación hubieran decidido utilizarlos. Tras leer el contrato, decidiste no preguntar acerca de lo que no entendías o entendías solo a medias, pero en cambio memorizaste el tiraje de la edición. No sería mucho mayor que el de las revistas donde habían publicado tus cuentos, pero sería un libro. ¡Un libro, tu libro!

Despreciabas los títulos, los certificados, las acreditaciones —entendías que esa actitud irreverente y anticonvencional era la que convenía o se esperaba de un escritor—, de modo que por ningún motivo mostrarías el pergamino del premio a nadie, ni siquiera a tus padres, y la sola idea de enmarcarlo para exhibirlo en algún sitio resultaba ridícula. Lo depositaste en una gaveta de tu escritorio junto al certificado del concurso universitario y a los diplomas escolares y colegiales y otra papelería oficial.

Meses después llamaron de la editorial para pedirte que pasaras a buscar el levantado del texto para su revisión y para solicitarte el texto y la fotografía de la contratapa. Hubiste de pedir dinero a tu padre para sacarte la fotografía en un estudio. Aunque explicaste muy bien al fotógrafo que se trataba de un retrato para la contratapa de un libro, él no pareció impresionarse y el resultado fue decepcionante. Carecía del dramatismo de las fotografías de los escritores que ilustraban las contratapas y apenas se distinguía de una fotografía de pasaporte. Y en la noticia biográfica de la contratapa, ¿qué podrías escribir, más allá del año y el lugar de nacimiento, de tus estudios de Filosofía y de tu afición por el teatro?

De vez en cuando leía alguna novela heredada de mi hermano, pero las calles del barrio, las tardes sudorosas con los amigos, estaban para mí antes que los libros. Cazábamos pájaros y lagartijas, tendíamos celadas a los gatos callejeros, jugábamos fútbol, escondidos y en bicicleta repasábamos una y otra vez las calles del vecindario. Gritábamos y reíamos hasta el sofoco. En ocasiones organizábamos campañas para hostigar a los vecinos recién llegados o un panal que palpitaba en lo alto de un techo o en la rama de un higuerón en un terreno baldío. Embelesados, contemplábamos el vaivén hipnótico de los insectos, los negros cinturones de fuego en sus abdómenes largos como balas.

Cada tanto, un vecino me invitaba a ir de paseo a la finca o a la casa de recreo de su familia fuera de la ciudad. Dentro del carro cantábamos e inventábamos juegos y, en ocasiones, también se desarrollaban largas conversaciones de las que participaban los adultos. Se hablaba de muchos temas, pero nuestro futuro era uno recurrente. En cierta ocasión expresé mis dudas acerca de lo que haría yo cuando fuera adulto, y la madre de mi amigo, que conducía el vehículo, respondió de inmediato con gran convicción que, hiciese lo que hiciese, lo haría muy bien y así me iría en la vida. Sentí un pálpito, como si quisiera creerle pero dudara mucho de lo que ella decía.

Al iniciarse la construcción de una vivienda nueva en el vecindario, trepábamos a las montañas de arena y piedra y curioseábamos entre las hileras de blocks apilados en la calle. A veces trabábamos amistad con los vigilantes nocturnos que, durante los primeros meses, dormían en pequeños ranchos de zinc y luego se instalaban en uno de los aposentos de la construcción. Los visitábamos por las noches para que nos contaran cuentos de espantos y a veces historias de la Guerra Civil. Nos aconsejaban estudiar mucho mientras fumaban cigarrillos sin filtro y escuchaban en la radio corridos mexicanos o partidos de fútbol. Me embriagaba el olor del concreto húmedo, del serrín y de la tierra apelmazada, y jugaba con los ecos de las voces rebotando en las paredes sin concluir. Tratábamos de descifrar aquellos espacios grises y a menudo yo intentaba imaginar la vida de quienes más tarde vivirían ahí.

Cuando los trabajadores cavaban los cimientos, hallábamos a veces, entremezclados con la tierra negra y espesísima, trozos de cerámica pintados de naranja y de morado o decorados con incisiones o pelotas de barro cocido. Los había también con formas de animales, ranas o aves o lagartos, y algunos eran huecos sonajeros rellenos con pelotitas de barro que sonaban al agitarse rítmicamente. Así supimos que antiguamente habitaron indios ahí donde nosotros vivíamos.

Hallar los vestigios de aquel mundo perdido se convirtió para algunos de nosotros en una fiebre a la dedicábamos la mayor parte de nuestro tiempo libre. Cavábamos en los terrenos baldíos y en los farallones de una autopista en construcción, y competíamos por dar con el trozo de cerámica más extraño, más original. Mientras cavaba y por las noches, en mi cama, fantaseaba con los hombres y mujeres que habían construido y utilizado aquellos artefactos y me sentía secretamente unido a ellos, como si el haberlos encontrado constituyera un designio. Trataba de imaginar cómo había sido su vida, qué uso darían a los cuencos, vasijas y escudillas a las que pertenecían los trozos que hallábamos, por qué motivos y en qué circunstancias habían llegado hasta ahí.

Para unas vacaciones del colegio me apunté como voluntario a trabajar en las excavaciones que el Museo Nacional realizaba fuera de la ciudad. Y empecé a leer libros sobre ciudades que emergían a la luz solar tras permanecer sepultadas en la selva durante siglos; civilizaciones que se extinguían sin explicación cierta; costumbres extrañas; celebraciones, dioses y ritos indescifrables... Di en la biblioteca de mis padres con una larga biografía novelada del conquistador Hernán Cortés y la leí dos veces seguidas. Palabras como Tenochtitlan, Tlaxcala, Quetzalcoatl y Tezcatlipoca, episodios como la Noche Triste y la Quema de las Naves y personajes como la Malinche y el mismo Cortés encendieron mi imaginación.

También lo hicieron las guerras; todas las guerras, pero más que ninguna la Segunda Guerra Mundial. Me abismaba ante las imágenes y los relatos de muerte y destrucción. Comencé a leer libros ilustrados sobre el tema; aprendí de memoria los nombres de batallas y de generales célebres, conocía la diferencia entre un mortero, un obús y un cañón.

Tras mi temporada como voluntario del Museo empecé a leer libros sobre la arqueología del país y, en particular, me interesé por los habitantes de esa región dos mil años atrás. Sobre estos últimos, recopilé toda la información que encontré —incluso en revistas especializadas— y, de vuelta en el colegio, la transcribí a máquina y la compaginé en una carpeta de manila, en cuya portada estampé la fotocopia de una hermosa pieza cerámica indígena de la zona. Titulé mi investigación con el nombre técnico con el que los arqueólogos llamaban a los habitantes de ese periodo, y se la di a leer a algunos amigos. Una vecina me aseguró que aquel sería el primero de muchos libros que escribiría; viniendo de su boca, la frase me pareció una especie de profecía y sentí que así sería.

Sus tentativas por hacer publicar la novela en alguna prestigiosa editorial extranjera se prolongarán durante un par de años, en el curso de los cuales seguirá revisando y corrigiendo el manuscrito. Habitualmente trabajará sobre la versión impresa; solo a veces abrirá el documento electrónico en su computadora para incorporar las correcciones que ya hizo en el papel. Para evitar confusiones, cada vez que emprenda una revisión en el manuscrito utilizará un color distinto, así se le facilitará determinar si ya incorporó al documento electrónico las correcciones que hizo con el lapicero verde, pero en cambio todavía no lo ha hecho con las que hizo después con el marcador amarillo. Del documento electrónico conservará copias en dos disquetes que, por precaución, guardará en lugares distintos. Y muy de vez en cuándo dedicará algunos minutos a verificar que el documento en su computadora y las copias de resguardo sean idénticos.

La novela permanecerá en la gaveta superior del escritorio que su madre mandó construir para él. Ahí se guardan varias carpetas identificadas con gruesos trazos de marcador azul. En el fondo de la gaveta, sepultadas por las demás, yacen dos con los títulos de los libros que ya publicó; sobre ellas figuran otras identificadas con las palabras «Poemas» y «Cuentos», y encima otra más con la palabra «Apuntes». El manuscrito de la novela no está en una carpeta, sino engargolado y con portadilla transparente. Reposa sobre los demás manuscritos, de modo que es lo primero que encuentra cuando abre la gaveta.

Al emprender cada revisión, se propondrá arrancar del texto lo superfluo, la baba insustancial, con la pretensión de reducirlo al hueso, lo justo, lo esencial. En ningún caso revisará la novela de un tirón; por lo general leerá unas pocas páginas una mañana y algunos días después, cuando vuelva a presentársele la oportunidad, leerá otras. A veces abrirá el manuscrito al azar y, lapicero en mano, se limitará a leer algunos párrafos. Casi siempre suprimirá algún adjetivo, fruncirá el ceño ante una cacofonía o, tras meditarlo un poco, tachará un verbo para reemplazarlo por otro más preciso. «¡Quita la grasa de tus escritos!», anotará a modo de consigna en su cuaderno uno de esos días. ¿Pero dónde acaba la grasa y comienza el músculo? No siempre es fácil distinguirlos.

Cuando la cantidad de tachonazos y correcciones en el manuscrito dificulte su lectura, imprimirá la versión más reciente del documento electrónico y continuará trabajando en ella, cada lectura con un lapicero de distinto color. Ha perfeccionado este método de trabajo durante una década y lo domina a la perfección. En conversaciones con sus colegas abordarán de vez en cuando el tema de sus manías al escribir. Se encontrarán, recíprocamente, excéntricos y hasta ridículos. Sólo con el paso del tiempo, a fuerza de reconocerse en el espejo ajeno, terminarán concediéndose unos a otros la misma benévola condescendencia con la que se tratan a sí mismos.

Cada tanto ensayará modificaciones a la organización general del libro: ¿qué ocurriría si cambiara el orden de las secciones y dispusiese esta parte al inicio y esta otra al final? ¿O qué pasaría si en vez de alternar el desarrollo de las diferentes líneas narrativas las independizase y presentase como secciones del libro? Casi siempre los ensayos se realizarán mentalmente, sin que la sangre llegue al río, pero al cabo de un tiempo se animará a desarmar el manuscrito y, tijera en mano, recortará y engrampará las diferentes escenas que componen la narración. Entre asombrado y divertido, contemplará la pila de papeles en el piso del cuarto donde trabaja, al que rara vez llama «estudio» (la palabra le parece pretenciosa y cursi) sino más bien «el cuarto de visitas», aunque casi nunca reciba visitas ni duerma alguien ahí.

La sensación que experimentará frente a su libro reducido a escombros le recordará aquella que sentía cuando niño frente a los juguetes desarmados para develar sus mecanismos. También le recordará un rompecabezas sin armar. Y también le recordará aquel famoso libro que se puede leer así o asá, cuyo desarrollo y desenlace supuestamente cambian si el lector lo hace de una forma o de la otra. (Hace ya bastantes años frecuentó ese libro y sabe que esa afirmación es un malentendido, una leyenda urbana extendida dentro del pequeño círculo de fanáticos del libro, pues él lo hizo de una forma y de la otra y siempre pasaba lo mismo, un niño moría y el protagonista iba y venía de un lugar a otro y en todas partes él y sus amigos hablaban de filosofía y de jazz…)

Y con la novela reducida a las pequeñas escenas que la componen, ensayará durante varias noches diferentes formas de compaginarlas. Mientras lo hace, a menudo pensará en trenzas, pensará en tejidos…

Entre las primeras cosas que hiciste cuando te entregaron el levantado de texto del libro de cuentos fue verificar el número de páginas. ¿Se veía acaso tan famélico como otros títulos de la misma colección, que apenas merecían llamarse libros? Decepcionado, constataste que no alcanzaría siquiera las cien páginas y buscaste en la biblioteca otros libros de similar extensión, tratando de imaginar cómo luciría el tuyo. En cuanto a la portada, todos los títulos de la colección repetían el mismo diseño, tan sólo se modificaba el color de fondo, de modo que no había mucho que esperar.

Antes de revisar los textos, te arrobaste en la contemplación de la portadilla con el título, bajo el cual figuraban tu nombre y apellidos y el logotipo de la editorial. Tu nombre en la página. Te abrumaba una mezcla de satisfacción y temor al ridículo, pues en adelante tu nombre quedaría asociado a lo que ahí estaba escrito. De otro lado era un libro, era tu libro y quizás algún día alguien lo leería con una emoción similar a la que experimentabas vos con algunos libros. Solo sabías con certeza que al imaginar y escribir los cuentos ahí reunidos habías vivido emociones auténticas y profundas. ¿Pero eso bastaba, bastaría eso? También sabías que, tras escribir los cuentos, habías empeñado todo tu conocimiento, tu mejor esfuerzo, para mejorarlos y pulirlos. ¿Eso bastaba, bastaría eso? En ello radicaba todo tu amparo contra el bochorno y el ridículo.

Por escenas de películas vistas en el cine y la televisión, y por relatos de conocidos y amigos, entendías que revisar el levantado de texto era una especie de ritual de iniciación. Lo hiciste concienzudamente, repasando varias veces el texto íntegro del libro, señalando con tinta roja las omisiones y los gazapos y, en varios casos, introduciendo cambios de último momento. Antes de entregarlo a la editorial ensayaste una última lectura con la esperanza de obtener de ella un veredicto definitivo acerca de la calidad del libro, pero tan pronto un texto te parecía bien logrado —o incluso brillante y ¿por qué no?, genial—, el siguiente te daba la impresión de ser la obra balbuciente de un autor primerizo.

Pocos meses después, te llamaron de la editorial para informarte que el libro estaba listo, podías pasar a las oficinas a retirar los ejemplares que te correspondían, veinte apenas. Durante el viaje en autobús fantaseabas con el libro: ¿de qué color sería la portada?, ¿cómo se vería tu retrato en la contratapa?, ¿era ansiedad ese perenne cosquilleo en tu ombligo? También enlistabas a los destinatarios de tus copias del libro, amigos, colegas y familiares, una ecuación imposible.

La misma secretaria que meses antes te entregó el contrato, depositó sobre su escritorio dos paquetes medianos envueltos en papel marrón, y luego te alargó un formulario en donde dabas por recibidos tus ejemplares. Ante aquella mujer, sin duda habituada a tratar con autores renombrados, te sentías siempre al borde del ridículo. Mientras firmabas el formulario, sin dirigirle la mirada, te atreviste a preguntarle a partir de cuándo estaría disponible tu libro en librerías.

Resistiendo a duras penas el impulso, saliste del edificio sin haber abierto uno de los paquetes. Lo hiciste poco después, en una cafetería cercana. Los ejemplares venían atados por una banda de papel blanco. La desgarraste y, por primera vez, contemplaste la portada de tu libro. El color no te agradó, ¿pero qué importancia tenía eso? Tomaste un ejemplar, buscaste tu retrato en la contratapa, casi una fotografía de pasaporte, leíste la noticia biográfica, apenas cinco líneas. ¿Qué importancia tenía eso? Por fin abriste una copia y deslizaste tus dedos por las páginas como si fuera una baraja de naipes. Lo oliste y palpaste su peso. Era tu libro.

En el colegio donde me matriculé, los alumnos de cursos superiores organizaban una vez por año un concurso de representaciones teatrales. Con frecuencia escribían ellos mismos los libretos basándose en textos poéticos y filosóficos. Los demás alumnos debíamos asistir a las presentaciones; aunque no entendía todo lo que ocurría en el escenario, algunos pasajes me conmovían y me emocionaban, y palabras y frases quedaban vibrando dentro de mí. Entre los actores había vecinos y hermanos de mis compañeros; después de sus presentaciones yo no podía considerarlos igual, pues habían producido en mí algo fascinante, que yo mismo no comprendía. En las miradas de mis compañeros advertía que a otros les ocurría lo mismo. Los muchachos terminaban las presentaciones sudorosos y sonrientes y, al mirarlos, tenía la impresión de que también ellos se consideraban ahora diferentes de los demás. Aunque estudiaba en otro colegio, mi hermano participaba en algunos espectáculos como técnico del sonido y la iluminación. A veces yo examinaba los libretos mecanografiados repletos de anotaciones manuscritas en su mesita de noche, o con indisimulada envidia lo veía partir y regresar de los ensayos.

En la biblioteca de mis padres había varios libros de un poeta cuyos textos habían inspirado algunos de aquellos espectáculos; los busqué esperando que sus páginas despertaran sensaciones similares a las que había vivido como espectador. Al leerlos, sentí que establecía una comunicación inmediata, directa, íntima y personal con un desconocido. Era gratificante por lo inesperado de las imágenes y porque ahí reafirmaba sentimientos e ideas, pero también perturbador porque me confrontaba con sentimientos e ideas nuevas y, a menudo, con mi incapacidad de comprender.

Poco después ensayé con otros libros de la biblioteca de mis padres. Hubo una novela, en particular, cuyos primeros párrafos me precipitaron en un estado de excitación incontrolable. Salí al vecindario para descargar mis emociones y pronto di de frente con un grupo de amigos. Había memorizado las frases iniciales del libro y las repetí con la esperanza de que a alguien más le produjeran un cataclismo como el que experimentaba yo, pero esto no ocurrió; sentí miradas burlonas y enseguida ellos retomaron su conversación. Poco a poco me alejaba de los juegos callejeros y de las correrías con los amigos.

Una noche salí a caminar solo por las calles del vecindario. Contemplando el mapa improbable de las nubes iluminadas por la luna, sentí por primera vez el mundo como una gran pregunta sin responder. Me sentía solo, excitado y confuso, pero al mismo tiempo cierto de ser.

Husmeando entre las revistas de mi hermano encontré en cierta ocasión varios poemas manuscritos. Era su letra. Los leí atónito. Eran extraños, desafiantes y provocadores, muy diferentes de todo lo que yo había leído, pero lo revelaban íntegramente y constituían una especie de reivindicación ante la incomprensión de nuestros padres. Descubrir que mi hermano había escrito eso despertó mi envidia y mi admiración: si él podía hacerlo, quizás también yo.

Me animé a escribir unos poemas imitando los que meses antes había leído. Lo hice con bolígrafo, en las páginas finales de un cuaderno escolar ya desechado. Las injusticias que debían sufrir los campesinos, la misteriosa noche impenetrable, la belleza simple de la milpa y el maíz me parecieron temas apropiados y dignos. Quedé medianamente satisfecho con el resultado; según mi parecer, no desmerecían a los que había tomado por modelo.

Ese año convocaron un concurso de poesía entre los estudiantes de mi curso. Sin titubear ni un momento presenté mis poemas, confiado de mi triunfo; no obstante, hube de conformarme con un decepcionante tercer lugar. Quien resultó ganador y recibió el pergamino y las felicitaciones y sonrisas de las compañeras era un buen amigo y, por primera vez, o más bien por segunda, me hirió el hierro candente de los celos.

Al cabo de varios ejercicios de montaje y desmontaje de su novela, se decantará por una opción que apenas había considerado antes, que privilegia la variedad y el contraste entre las escenas sobre el desarrollo cronológico o dramático de las líneas narrativas. Al concluir de armar el rompecabezas, con decenas de papeles engrapados ante sí, experimentará la sensación de haber realizado un modesto hallazgo científico y se resistirá al deseo absurdo de gritar «¡Eureka!». Dedicará una mañana completa de sábado a trasladar al documento electrónico el nuevo orden de las escenas; mientras lo hace, pensará que la lectura resultará más exigente pero también más gratificante para sus eventuales lectores, esos que de verdad le interesan.

Con esta nueva versión de su novela emprenderá las últimas tentativas para publicarla en el extranjero. Cada negativa que reciba representará un golpe a su autoestima y reafirmará sus convicciones sobre la injusticia del mundo editorial, sobre la injusticia del mundo a secas, que veda toda posibilidad de éxito a quienes tienen la desdicha de nacer y vivir en una provincia alejada de las metrópolis…

Durante algunos meses, otra copia impresa con la versión más reciente de su novela se mantendrá sobre todas las carpetas dentro de su escritorio. Pero una noche cualquiera transcribirá en su computadora un poema garabateado en su cuaderno de notas días atrás; lo imprimirá en una hoja de papel reciclado y depositará sobre la novela la carpeta donde guarda sus poemas. No pasará mucho tiempo antes que lo asalte el argumento de un relato, que escribirá en su computadora con urgencia, presa de la sensación de que si se demora unas horas se le escurrirá de las manos. Lo imprimirá y, tras leerlo un par de veces tachando palabras, lo depositará en la carpeta respectiva, que colocará sobre todas las demás dentro de la gaveta.

De esta forma la copia de su novela, de su brillante novela —lo mejor que ha escrito hasta la fecha— se deslizará lenta y casi inadvertidamente hacia la penumbra entre el recuerdo y el olvido. Sin apenas darse cuenta, habrá renunciado a la idea de publicarla en el extranjero; las características de sus personajes y las circunstancias que modelaron sus vidas se desdibujarán de su memoria inmediata, que pasará a ocuparse con otros asuntos que lo apremian: su trabajo, su familia, la psicoterapia a la que asiste desde hace algún tiempo, los avatares de su vida sentimental, las venturas y desventuras de sus amigos, los chismes del mundillo literario en la provincia, la situación política del país y el mundo atormentado por catástrofes, pestes y hambrunas y desgarrado por sempiternas guerras, etc., etc.

En el autobús de regreso a casa no dejabas de acariciar tu libro, revisabas el índice y ojeabas las páginas para asegurarte de que ningún cuento había sido omitido, ningún error de última hora lo había echado a perder. (En los días siguientes encontrarías tres, cinco, diez erratas inevitables aunque ninguna de gravedad, bendito sea Dios.) Releías tu nombre y, en ocasiones, contemplabas tu retrato en la contratapa. Pretendías ser púdico o cuando menos discreto, pero también anhelabas que tu vecina de asiento advirtiera que el que aparecía ahí eras vos. Por fin ella pareció advertirlo. Después de mirar el libro, te miró y te preguntó si vos lo habías escrito. Henchido de orgullo respondiste que era tu primer libro y que acababan de entregártelo en la editorial. Era una mujer de mediana edad, tal vez dependienta en un comercio en el centro. Te preguntó de qué trataba. Eran cuentos. ¿Cuentos para niños? Nooooooo, cuentos para adultos. ¿Y de qué trataban? Todos eran distintos. ¿Pero algo tendrían en común? Solo entonces caíste en la cuenta de la dificultad de explicarlo. Tal vez. Sí. Sin duda. Trataban de la vida de las mujeres y los hombres de hoy, pero lo hacían por medio de la fantasía y la imaginación. Tu explicación te pareció decepcionante, casi ridícula, pues nada revelaba de la originalidad de tus cuentos. ¿Y dónde podía conseguirse el libro?, preguntó la mujer. Aún no estaba a la venta, llegaría a las librerías dentro de un mes, aproximadamente. Entonces, en un gesto espontáneo y espléndido, decidiste obsequiarle una copia. Mientras se la entregabas, asomó en tu memoria la lista de personas a quienes debías regalar el libro y te preguntaste a quién tacharías. La mujer agradeció el obsequio y te prometió que lo leería. Por un momento pensaste que te pediría que le escribieras una dedicatoria, pero no lo hizo.

Tan pronto comenzaste a repartir tus ejemplares entre familiares y amigos, te viste en la obligación de escribirlas. Casi de inmediato descubriste que carecías del mínimo talento para improvisar frases luminosas, palabras henchidas de fraternidad, y antes de exponerte a un ridículo mayor optaste por confinarte en el terreno de los formulismos y las frases hechas. Cada vez que ensayaste apartarte de ellas, tuviste que recular tras quedar paralizado frente al libro abierto durante interminables segundos.

En un par de diarios aparecieron pequeñas reseñas que coincidían en destacar «la aparición de otra joven promesa», y de «un joven escritor» que se sumaba «a las nuevas voces de la narrativa nacional». Acerca de los méritos y limitaciones de los cuentos nada se decía, aunque ambas mencionaban la «evidente influencia» de algunos de tus maestros. Nada de esto se asemejaba a lo que habías esperado: ninguna interpretación, ninguna alusión al contenido ni a los valores estéticos de la obra, apenas una mención al certamen de jóvenes cuentistas donde el libro había resultado ganador y la referencia, harto predecible, a tus maestros, que desde luego te enorgullecía.

El libro te trajo no pocas satisfacciones. Una de las más inesperadas llegó por cuenta de una vecina de tu antiguo vecindario, de la que habías estado enamorado durante tu pubertad y parte de tu adolescencia. Se toparon por casualidad una mañana en los pasillos de la universidad; con una sonrisa diáfana que no perdía su luz, te comentó que había leído el libro y que le había gustado mucho, y te propuso que se encontraran la semana siguiente para tomar un café y autografiaras su copia. La satisfacción que te produjo hacerlo no derivaba sólo de que ella hubiese sido uno de tus imposibles amores de adolescencia, sino también de que perteneciese a un mundo del que te habías arrancado para convertirte en lo que ahora eras, un escritor, o al menos un prospecto de escritor, «un joven escritor», como puntualizaban las reseñas del libro.

Uno de los jurados del premio quería conocerte y te contactó por medio de conocidos. Por ellos supiste que era un profesor universitario muy reputado que venía llegando de Francia tras concluir sus estudios doctorales. Te invitó a cenar a su apartamento con su esposa; él mismo había cocinado esa noche. A pesar de sus títulos y reputación, era un hombre afable. En la conversación de sobremesa, confirmó que había tenido que luchar con otro jurado empeñado en premiar un libro cajonero, que no aportaba nada a las letras locales, pero que finalmente él consiguió imponer su criterio. Luego, te hizo saber que depositaba en vos grandes expectativas; «esto es solo el comienzo», aseveró clavando sus ojos en los tuyos. No supiste muy bien qué pensar de todo aquello, no pretendías escribir para satisfacer las expectativas de nadie.

Cuando regalaste todas tus copias del libro, debiste comprar algunos ejemplares que también volaron rápidamente de tus manos. Te pareció indigno comprar más y, una mañana en que caminabas por el centro, decidiste entrar a una librería para hurtar algunos. Mientras los escondías bajo tu camisa, pensabas que en caso de que te pillaran mostrarías a los encargados tu retrato en la contratapa, revelándoles que eras el autor y que era absurdo que robaras tus libros. Pensaste también que si te atrapaban y el asunto llegaba a hacerse público, eso alimentaría tu leyenda... Una leyenda que apenas iniciaba, pero que crecería con los años, estabas seguro de ello.

Tan pronto abandonaste el local sacaste los libros de su escondite; te alejabas tranquilo, cuando una mano masculina cayó pesadamente sobre tu hombro. Sin soltarte, el hombre te condujo de regreso a la librería. Fueron directo a un cubículo en el segundo piso. Ahí los esperaba otro tipo que condujo la conversación, una especie de interrogatorio. No los impresionó en lo más mínimo que fueras el autor del libro; el tipo insistió en que te habían visto cometer el hurto y amenazó con hacer venir a la policía. Nada ocurría como pensaste; los argumentos que habías elaborado se desvanecían antes que llegaras a esgrimirlos. Sucumbiste a la mudez y a la perplejidad. Por fin, uno de los hombres te abofeteó arrancándote del shock; accedieron a dejarte ir con la advertencia de que no te asomaras de nuevo por ahí, y así, ofendido y humillado, te arrojaron de vuelta a la ciudad.

Lo que hasta entonces había sido mi mundo —el barrio, el colegio, la familia— se desmoronaba ante mis ojos sin que yo entendiera los motivos ni hiciera algo para evitarlo: más allá, la vida se abría como un acertijo palpitante que olfateaba con anhelo. Para el último año de colegio me matriculé en un liceo nocturno a donde asistían trabajadores y obreros. Deserté también de las calles del barrio, de quienes habían sido hasta entonces mis hermanos, mis amigos. Viniendo de un colegio privado, los estudios resultaron fáciles. Ese año leí un buen número de obras de autores contemporáneos latinoamericanos, ya entonces considerados clásicos. Muchas estaban subrayadas por mi madre, y entre las páginas de alguna hallé un ensayo mecanografiado en el que ella aventuraba una interpretación simbólica y sicológica de la novela. Leí también un buen número de obras narrativas y dramáticas de los existencialistas franceses; aunque a menudo no comprendía lo que leía, me forzaba a hacerlo, somnoliento, con la esperanza de que en algún momento mi entendimiento se abriera o, cuando menos, aguardando que de todo aquello algo me calara.

Los sábados por la noche asistía a menudo a la única sala de cine de arte y ensayo de la ciudad. Recortaba del diario los anuncios de las películas que veía y las pegaba con goma en un cuaderno. A menudo las comentaba con mi madre, cinéfila entusiasta desde su juventud.

Ese mes de septiembre, las caminatas nocturnas regresando del colegio a casa, bajo el manto movedizo de la niebla, excitaron mi imaginación y escribí varios textos breves que consideré poemas, en los que trataba de nombrar mis sensaciones.

Al concluir el año estaba tan confundido como al iniciarlo. Persuadí a mis padres de autorizarme a tomar una especie de «año sabático» mientras decidía mi camino. Lo primero que hice fue apuntarme de nuevo como voluntario en las excavaciones arqueológicas del Museo Nacional. Ese año también se realizaban fuera de la ciudad, en parajes montañosos o costeros muy apartados. Coincidí ahí con un joven peruano algo mayor que yo que viajaba hacia los Estados Unidos, donde esperaba matricularse en alguna universidad, y con muchas estudiantes de Arqueología norteamericanas que venían a realizar cursos o sus trabajos de graduación. Mi amigo peruano adoraba a Vallejo y recitaba de memoria algunos de sus poemas, que resonaron dentro de mí como una montaña que cayera, los versos de un decapitado. A uno de esos viajes llevé la fotocopia de una magnífica traducción de los Rubaiyat de Omar Kahyam, que mis padres guardaban en su biblioteca (sin que yo supiera con certeza a cuál de ellos le pertenecía, pues ambos la apreciaban por igual); el hedonismo desesperanzado de aquellos versos borrachos me causó también un impacto profundo. Durante esas temporadas conocí el olor mareante del sexo femenino, fumé marihuana y aprendí a exigirme y a dosificar el esfuerzo físico.

En varios países vecinos, los conflictos políticos y sociales larvados durante décadas —siglos, más bien— estallaron en sublevaciones y guerras civiles. El fervor cívico y el espíritu revolucionario se adueñaron del país y del corazón de todos, en especial de los jóvenes, que por miles corrieron a enlistarse con los insurgentes. Eran los años de gloria del marxismo latinoamericano. Las consignas se propagaban como un gas tóxico por la atmósfera y cualquier duda o reserva se castigaban con el chantaje moral o con la humillación. Yo no sentía dudas ni reservas; me sentía dispuesto a entregar mi vida en aras de la justicia y la libertad, y si no lo hice, fue porque vencer mi cobardía me tomó tiempo, y cuando finalmente fui a ofrecerme, el conflicto que más me enardecía llegaba a su desenlace...

En la máquina de escribir que mis padres me habían comprado para hacer las tareas del colegio, garrapateé mis primeros cuentos; algunos abordaban el tema de las guerras que tan cerca se libraban, cuyos ecos retumbaban con fuerza dentro de mi corazón, en otros pretendía aproximarme a mi realidad más inmediata, condensándola e imprimiéndole mayor intensidad mediante la imaginación.

Sentía la urgencia de aprender más, de retroalimentarme y compartir mis inquietudes. Tropecé en un diario con el anuncio de un taller literario organizado por la asociación nacional de escritores y me apunté sin titubear. La decepción que me causó fue monumental. El ambiente era formal y anquilosado; el instructor hablaba de los clásicos griegos y romanos y de la literatura del Siglo de Oro, autores ajenos a mis intereses que él consideraba indispensables, no digamos ya para un prospecto de escritor, sino para cualquier persona medianamente culta. Quizás tenía razón, pero mis apremios eran otros y no asistí más que a un par de sesiones.

Pocos meses después, me inscribí en un grupo de teatro y en un taller de dramaturgia conducidos por dos hermanos argentinos que habían reculado en la ciudad como consecuencia de las desventuras de su país. Para ellos la escritura y el arte no eran un ejercicio académico ni una señal de distinción social, sino una pasión y una forma de vida. Durante los ejercicios y las prácticas, ambos reían y jugaban como niños, y cuando hablaban de sus autores predilectos, manifestaban admiración y gratitud porque ellos los habían sacudido y desarmado. Su pasión por las artes no pasaba por la corrección política ni por conveniencias de ningún tipo, sino porque implicaba un desafío permanente a los límites, el desarrollo de técnicas y aptitudes y un conocimiento cada vez más profundo de lenguajes forzosamente convencionales…

Eso era lo que yo había entrevisto, lo que buscaba y deseaba para mi vida.

II

LAS PALABRAS HABLAN

Obtener un premio con una recopilación de mis primeros cuentos y publicarlos en forma de libro era un buen comienzo, un comienzo afortunado, pero la prueba de fuego, la verdadera prueba para cualquiera que se propusiera ser escritor, consistía en escribir una novela. En las gavetas de mi escritorio guardaba dos tentativas fallidas —una treintena de páginas cada una— que había abandonado, en un caso, por falta de interés, y en el otro porque me había lanzado a escribir a tientas y luego no supe hacia dónde dirigir la narración. Pero en mis cuadernos de apuntes tenía decenas de ideas promisorias, cuando no brillantes, según mi parecer.

Soñaba con hacer algo novedoso, quería ser radical, pero sospechaba que para lograrlo tendría que dialogar con la tradición, ya que intentar algo nuevo suponía manifestar *respecto de qué* se pretendía innovar, pues proponerse hacerlo en relación con todo resultaba, a lo menos, una ingenuidad. ¿Pero qué sabía yo de la tradición? Clásicos universales había leído solo unos pocos; clásicos contemporáneos, apenas algunos más. Como sobre casi todo, mis nociones sobre el asunto eran vagas, pero confiaba en mi intuición, en mi energía vital y en mi capacidad de sobreponerme al fracaso.

En un cuaderno de apuntes reciente había anotado los nombres de dos personajes; no se trataba de nombres en sentido estricto sino más bien de juegos de palabras que sugerían de entrada algo paródico. Revisé cuadernos más antiguos y encontré varios nombres parecidos; también figuraban lugares, asomaba una geografía con poblados y ciudades que, desde sus toponimias, prefiguraban un mundo ridículo y fantástico. La única realidad que conocía, o que medianamente creía conocer, era la de mi provincia, y en muchos sentidos la encontraba ridícula, de modo que parodiarla, burlarme de ella, resultaría fácil. (Sólo hay algo más ridículo que un provinciano cuya medida del mundo es su terruño, y es alguien con aires cosmopolitas que se comporta como si lo hubiera visto y lo conociera todo…) Pero las historias, para ser tales, deben relatar hechos que le suceden a alguien. Más allá de sus nombres, lo ignoraba todo acerca de mis personajes.

Aunque no había leído *Don Quijote de La Mancha* completo, sabía que parodiaba las novelas de caballería… Quizás una novela de aventuras situada en aquella geografía absurda y protagonizada por dos antihéroes ridículos podría funcionar. Además, las novelas de aventuras tenían la ventaja de su estructura episódica —cada aventura debía iniciar y terminar— y eso facilitaría las cosas para alguien que, como yo, sólo había escrito cuentos…

De un tirón, escribí en mi cuaderno el sumario de una veintena de capítulos al estilo de los del *Quijote*; la mayoría iniciaban con frases rimbombantes y en desuso, del tipo: «De lo que ocurrió», «De cómo…», etc., etc., con lo que a mis ojos el vínculo con la tradición quedaba establecido. La mayoría de las aventuras que haría vivir a mis héroes fueron ocurrencias del momento, aunque algunas recogían ideas anteriores adaptadas de la mejor forma que pude a ese nuevo contexto.

Tus lecturas mantienen el talante anárquico de siempre, siguiendo hallazgos y apetencias del momento, en una suerte de errancia por vastos campos de cultivo y bosques salvajes. En esa deriva alternan los deslumbramientos y las decepciones. Sin embargo, cada tanto hallás un autor que ensancha tus horizontes, tu manera de vivir y de entender la vida y la literatura. Entonces cesa el vagabundeo y, durante algunos meses, te concentrás en sus libros. Leés con avidez unos cuantos de ellos, mientras crecen tu admiración y tu sorpresa.

Tu vida se asemeja entonces a la de los personajes que habitan esos libros o, dicho con mayor propiedad, tu experiencia vital se tamiza por la de aquellos personajes. El hechizo desborda el acto de la lectura, irradia a tu mundo cotidiano, como si los personajes se apropiaran de tu vida o como si vivieras a través de ellos, sin olvidarte de quién sos ni despojarte por completo de vos mismo. Te sentís *fecundado* por aquellos personajes, por aquellos autores, por aquellos libros.

Mientras te embebés de la experiencia de esos personajes y de la perspectiva de esos autores, reparás en la forma en que los libros fueron urdidos: las voces que intervienen, la combinación de líneas y motivos que configuran el tapiz narrativo. Salvo raras excepciones, rehuís los estudios formales y académicos sobre literatura, pero en cambio leés con avidez lo que otros escritores, en especial aquellos a quienes admirás y amás, escribieron sobre el oficio. Como un mazazo en la cabeza, recibís la célebre frase de Hemingway: «El don más esencial para un buen escritor es tener un detector de mierda incorporado, a prueba de golpes. Ese es el radar de un escritor. Y todos los grandes escritores lo han tenido». Para entonces has constatado que, puestos a escribir, resulta fácil perderse en una cadena de dislates: una palabra o una imagen te conduce a la siguiente y hay algo seductor, hechizante, irresistible, en seguirlas. La víctima siente que encontró la vena que lo llevará a la veta madre y continúa cavando ciegamente… No obstante, en algún momento se descubrirá perdido en lo más oscuro y profundo de la mina o el túnel se desplomará sobre su cabeza… Sólo un buen detector de mierda prevenía contra esos extravíos.

A diferencia de la mayoría de tus amigos, que retienen infinidad de datos sobre la vida de escritores célebres y a menudo compiten entre sí para mostrar quién está más familiarizado con ellos —lugar y fecha de nacimiento y (en su defecto) de muerte; títulos y años de publicación de sus principales libros; familia, amistades y amores; viajes, trabajos y oficios; manías y aficiones; premios obtenidos (o no obtenidos por injusticia manifiesta); filiación política y orientación sexual (caso de no ser heterosexuales); enfermedades, exilios y otras experiencias traumáticas o determinantes—, apenas conocés nada sobre la vida de tus maestros y

maestras, tan sólo algunos datos básicos incluidos en las contratapas de sus libros, las leyendas urbanas que divulgan los diarios
o lo que ellos mismos sugieren o revelan en sus obras.

De igual manera te sentís en falta cuando, en las conversaciones con amigos, se abordan temas relativos a movimientos
literarios del pasado o a las últimas tendencias y autores, pues tus
conocimientos de historiografía literaria son vagos y fragmenta-
rios, y escaso tu interés por los libros del año. Escogés más bien
leer obras publicadas años o décadas atrás, que han superado
el revuelo efímero orquestado por las editoriales y los grandes
premios internacionales, Nobel incluido.

Con los libros de tus connacionales es distinto. Leerlo todo es
imposible, pero tratás de mantenerte al tanto de las publicaciones recientes, tanto de los autores que te anteceden como de tus
coetáneos y de algunos más jóvenes que comienzan a publicar.
Tus opiniones sobre las obras de los nuevos escritores tienden
a ser benévolas, tal y como sentís que los más viejos han hecho
con las tuyas, pues entendés que esa es la forma de animarlos a
perseverar.

Cada tanto recibís invitaciones a participar en programas ra-
diales y televisivos en donde invariablemente te presentan como
«un joven escritor» y «una de las nuevas voces» de la narrativa
nacional. Te esforzás por representar cumplidamente el papel,
ensayando el delicado equilibrio entre la crítica mordaz a quienes
los procedieron (no olvidás que estás ahí en condición de «joven
escritor» y, por tanto, en representación de una generación o algo
parecido) y la esperanza de ruptura, cambio, renovación, encar-
nada en tus coetáneos y, en menor medida, claro, también en
vos mismo... (Incluso en esto hay que guardar las normas de la
decencia y el buen gusto...) En tu calidad de joven escritor, podés
permitirte además la reivindicación apasionada de algunas voces
olvidadas, escritores o escritoras ya fallecidos cuya obra no ha
sido justipreciada, sino por el contrario, relegada y vilipendiada,
debido a la estrechez, la estulticia y los prejuicios del medio literario en la provincia...

En el entorno de los hombres de teatro argentinos, por fin encontrará pares, conocerá muchachos y muchachas como él, deseosos de formarse y de transitar por el camino de las artes. Uno de esos talleres será multitudinario; confluirán en él personas de todas las edades, de distintas formaciones y de todo el país. Desconcertado, descubrirá entonces su mirada torcida y prejuiciosa sobre los aprendices de distinta condición social o venidos desde regiones relegadas o remotas de la provincia: él, que se creía tan igualitario; él, que apenas unos años antes se sentía llamado a entregar su vida en nombre de la justicia y de la libertad… Apurará ese trago amargo sólo a medias, pues de manera instintiva su círculo de amistades se conformará con otros parecidos a él; entre ellos intercambiarán guiños y disimularán lo mejor que puedan su desdén…

Unos amigos lo llevarán a otros; inadvertidamente se introducirá en el medio artístico de la ciudad. En los bares nocturnos y en los cafés irá conociendo a quienes son tenidos por figuras legendarias; mujeres y hombres excéntricos, arrebatados, a veces enfermos de alcoholismo o víctimas de neurosis voraces. Cuando cuente con algún dinero —su único ingreso continúa siendo la mesada familiar—, beberá muchas cervezas, pero habitualmente habrá de contentarse con algunas tazas de café, en ocasiones compartidas y pagadas a medias con amigos. Diferentes drogas, ya no sólo el alcohol, pasarán a ser habituales en su entorno. Con sus amigos, conversará sobre literatura, teatro, música, cine y danza, pero con facilidad los diálogos derivarán hacia la política, la filosofía o el esoterismo. Parques, plazas y teatros se convertirán en sitios habituales para él. Reculará donde sus padres sólo para dormir, mientras su año sabático se consume y la decisión sobre sus estudios pesa como yunque sobre su cabeza.

El año de licencia negociado con sus padres tras concluir la secundaria pasa rápido y pronto tendrá que inscribirse en la universidad. Por los resúmenes biográficos que acompañan las fotografías de los Escritores en las solapas de sus libros, sabrá que muchos son abogados o médicos, algunos profesores y periodistas; los hay también publicistas y hasta ingenieros. A menudo se presentan con sus títulos de licenciados y de doctores. Pero él no conocerá ningún médico o abogado que le resulte digno de admiración y se sentirá atraído, en cambio, por los escritores que declaran haber ejercicio oficios extraños o diversos y por los que se identifican tan sólo como «escritores».

Siguiendo el ejemplo de un conocido a quien frecuenta entonces, resolverá por fin matricularse en la carrera de Filosofía. Considerará que esta puede ser un buen remedio para su extravío. Ciertamente, la idea de ser profesor de secundaria, o incluso universitario, no figura dentro de sus planes, pues habrá asumido su apuesta por la escritura como algo radical y definitivo: él será escritor, con todo lo que ello implica. Se sentirá dispuesto a enfrentar la precariedad económica, pero considerará una injusticia condenar a la pobreza a otras personas con él, y por ello asumirá que en el futuro no tendrá hijos. La apuesta debe ser suya, solo suya, sería injusto poner en juego la vida de otros. Sin embargo, asistir a la universidad parece un paso obligatorio, y de todas las carreras posibles sólo la Filosofía resulta compatible con su idea de un escritor.

La vida universitaria ensanchará sus horizontes. Tanto como los estudios, apreciará las tertulias informales en bares y cafés. Ahí encontrará a jóvenes interesadas por la literatura —ya no sólo por el teatro o por las artes en general—, e incluso conocerá algunas que también se proponen ser escritoras. Se sentirá atraído por las excéntricas, las raras, las que sufren o dicen sufrir, por las que desafían los convencionalismos con sus palabras o con sus acciones, aunque la mayoría no pasen de hacerlo con sus palabras, tal y como le ocurre a él mismo. Lo deslumbrarán muchas mujeres, con algunas establecerá relaciones sentimentales intensas, tormentosas y efímeras.

Empezará a experimentar la sensación de que paralelo o contiguo al mundo que habita existe otro, el de la imaginación, del que se nutre la literatura, y que para captarlo es preciso mantener sobre él una vigilancia distraída, si cabe la expresión. De modo que mientras realiza sus actividades diarias, una parte de su atención permanecerá al acecho de imágenes y palabras que puedan ser reveladoras de una historia o de un poema. Estas imágenes o palabras podrán venir indistintamente de aquello que lo rodea o de su mundo interior, pero habitualmente serán la mezcla o superposición de ambos: una palabra escuchada en la calle que su imaginación transforma en otra con un sentido distinto y revelador, un gesto quizás de dolor en el rostro de una desconocida cuando baja del autobús le sugerirán de golpe una historia...

Sin apenas advertirlo empezará a sentir que posee una sensibilidad especial para captar los estados anímicos de las personas. Con frecuencia, al caminar por las calles de la ciudad, fijará fugazmente su atención en los transeúntes que se cruzan con él, registrando en un instante la impresión que le producen y diciéndose que en esas impresiones se encierra una historia que sólo es necesario descifrar o imaginar, lo que a fin de cuentas viene a ser lo mismo, pues aunque los hechos imaginados no coincidieran con los verdaderamente ocurridos, cumplirían la función de desvelar o hacer comprensible ese rostro. En ocasiones se concentrará sólo en un detalle de la persona que se cruza con él —las cejas, los pómulos, unos pechos voluminosos— y derivará de ahí una historia. Descubrirá con el tiempo que la mirada y la sonrisa concentran la mayor cantidad de información. Se convencerá de que un golpe de vista basta para conocer a alguien, lo difícil es mantenerse fiel a esa impresión y resistir la tentación de corregirla con las informaciones que brinda el trato continuado, con sus máscaras y convencionalismos.

Su hermano marchará pronto de la casa familiar y él dispondrá entonces de la que fuera habitación común. Esto le permitirá escribir por las noches, a menudo hasta la madrugada, en la máquina de escribir que le regalaron sus padres cuando cursaba la secundaria y en el escritorio que su madre mandó a construir para él. Siempre que venga al caso, incorporará a sus relatos escenas de sexo, pues al escribirlas tendrá a menudo una erección o, a lo menos, registrará el lento cabeceo de su miembro conectándolo con las savias de la vida. Mientras escribe, fumará un cigarrillo tras otro; en las pausas, cuando medita antes de acometer la siguiente parrafada, refregará su cuero cabelludo y disfrutará con la imagen melancólica del teclado tiñéndose de blanco con las escamillas de la caspa…

Entre los amigos debatíamos ardorosamente la conveniencia de servirnos o no de las computadoras para escribir. Muchos opinaban que hacerlo era una especie de traición o deslealtad con la literatura. Los defensores de una y otra posición argumentaban con pasión y descalificaban a los adversarios. Es verdad que poder borrar lo escrito en el acto sin dejar rastro de ello trastocaba mi forma de trabajar, pero sabía de sobra lo tedioso que resultaba transcribir una y otra vez los textos tras cada pequeña corrección. (En este punto algunos soñaban con dar un día con su propia Sofía Bers, la sufrida esposa de Tolstói, quien transcribió a mano siete veces el manuscrito completo de *Guerra y paz*.) Por otro lado, mi hermano había estudiado informática y, antes de marcharse de la casa familiar, profetizó la revolución que viviríamos y que no demoró muchos años en llegar. Dirigiéndose exclusivamente a mí, agregó que si al final me dedicaba a escribir, las computadoras constituirían una herramienta excepcional para mí.

En nuestro cuarto común vi las primeras computadoras personales. Él trabajaba en ellas con el mismo frenesí con el que años antes se dedicó a la iluminación de los espectáculos colegiales. Tal vez por eso yo era menos reacio que la mayoría de mis conocidos a servirme de ellas: los últimos cuentos los había escrito en mi primer computador personal; incluso me había tomado el trabajo de transcribir en él algunos de los más viejos, escritos originalmente a máquina. Los había reunido dentro de una misma carpeta electrónica de la que tenía el cuidado de grabar regularmente respaldos en un disquete, pero ignoraba si, para mi proyectada novela, me convendría crear distintos archivos —según capítulos o secciones, por ejemplo—, o si lo más indicado sería crear un único documento sobre el cual trabajar. Tomé la primera opción, tras valorar la conveniencia de enfrentarme a la pantalla en blanco al iniciar cada capítulo, sin tener que considerar todo lo ya escrito, en cuyo caso sin duda me perdería corrigiendo y revisando sin producir materiales nuevos. Más adelante vería la forma de integrar todos los capítulos de la novela en un solo documento.

No deseaba que mi héroe resultase exclusivamente ridículo; pretendía que por momentos lo fuese, pero que en ocasiones revelase por contraste, por oposición, nuestra ridiculez, la de mis coterráneos pero también, ¿por qué no?, la de mis congéneres humanos. También quería satirizar al antihéroe de la literatura existencialista; quería una novela de aventuras y quería, al menos en algunos pasajes, una novela alegórica y simbólica... ¡Quería tantas cosas a la vez!

De entrada me ceñí al plan original, es decir, a los sumarios que había escrito en mi cuaderno de notas meses antes, y de ese modo escribí una decena de pequeños capítulos, pero pronto se me ocurrieron otros episodios inspirados en cosas que había visto o vivido recientemente. Al principio me rehusé a apartarme del plan, temeroso de repetir lo que me había ocurrido antes, cuando me lancé a escribir a tientas, pero luego cedí al impulso y comencé a desarrollar las ideas que brotaban fluidamente, diciéndome que si luego me sentía perdido, podría dar marcha atrás y retomar el plan inicial. En algunos casos mi protagonista era un mero espectador, un testigo a quien el azar colocaba en el lugar de la acción; en otros cumplía la función de desenmascarar una farsa social o de revelar un equívoco. Luego, para mi sorpresa, la vida familiar del héroe —sus padres, su infancia, etc.— comenzaron a ganar relieve. Las ideas solían ocurrírseme en el mismo código paródico que había previsto, pero ninguna relación tenían con la novela de aventuras que pretendía escribir... ¿A quién le importa la infancia de Ulises, la niñez de Alonso Quijano?

Pronto me enfrenté a otra dificultad: la forja del héroe. Es verdad que ya durante su niñez surgían indicios, pequeños acontecimientos que lo señalaban y auguraban su destino, pero devenir héroe requería de mucho más que eso, de verdaderas pruebas que, tras superarse con éxito, confirmaran las cualidades excepcionales y el destino superior de mi protagonista, su condición de predestinado a cumplir una misión... Ahora me parecía insostenible que él apareciera de pronto enfrascado en sus aventuras sin antes haber relatado la forma en que adquirió las cualidades que le permitían sobreponerse a las adversidades, pero nada de esto estaba contemplado en mi plan.

También me dije que, en algún momento, mi héroe debía experimentar una suerte de revelación acerca de su misión o su cometido, pues de otra forma, ¿cómo podría saberlo? Y otra cosa además: que ningún héroe lucha solo, y esto en dos sentidos: por un lado, en diversos momentos recibe la ayuda o la complicidad de otros —dioses, humanos, animales, insectos—, pero también —y esto jamás lo había considerado—, porque el héroe siempre tiene en mente y como inspiración a otros que lo precedieron, desea inscribir su huella en la senda luminosa de la tradición… Alguien debía abrirle las puertas de esa tradición, ponerlo en contacto con ella. En resumen, todo héroe tenía mentores y maestros; sólo así se establecía y perpetuaba la tradición.

Nada de esto me había planteado yo. Todo se tornaba confuso y difícil; me encontraba perplejo. Así, tras algunos meses de escritura, las acometidas se volvieron más y más titubeantes, más y más infrecuentes, hasta cesar por completo.

Enredadas en sueños llegan a tu conciencia hilachas de historias que transcribís en cuadernos de notas, con la esperanza de que más adelante algunas fructifiquen en cuentos, se conviertan en novelas. Hay sueños que son como telegramas urgentes que exigen atención inmediata; parecen mensajes crípticos dirigidos sólo a vos. Como primera tarea te proponés convertirlos en cuentos, convencido de que sólo así podrás descifrarlos. Una vez escritos, los releés con la esperanza de entender el mensaje secreto que encierran, pero invariablemente terminás de leerlos con la sensación de encontrarte en el umbral del misterio.

Otros sueños parecen venir de territorios aún más remotos. Son semillas borrosas que anotás en tus cuadernos con la esperanza de que tal vez, en un futuro lejano, consigan germinar como novelas: frases enigmáticas y relampagueantes, nombres de personajes, imágenes densas como si hubieran reposado mil años bajo la tierra…

Bajo la tierra… Ya son muchas ocasiones en que te has soñado cavando la tierra en busca de cuencos cerámicos, vasijas, pendientes y otros objetos de origen indígena. Mientras cavás, te domina la ilusión de encontrar un recipiente espléndidamente decorado con vivos colores y figurillas que representen ranas, lagartos u otros animales del bosque tropical… Rara vez encontrás algo, pero cuando esto ocurre, la ilusión y la dicha te embargan al punto de hacerte despertar. Tu corazón late azorado y, en la oscuridad de la noche, las imágenes de las piezas halladas se desvanecen al tiempo que lo hace tu felicidad… A tu lado duerme una mujer que nada sabe de esto; nada sabe de lo que significan para vos estos sueños, estas imágenes. Le has hablado de tu infancia, claro, de los trozos de cerámica que vos y tus amigos encontraban en tu barrio de crianza cuando se iniciaba la construcción de una vivienda; sabe también que después, cuando se realizó el movimiento de tierras para la construcción de una autopista cerca de ahí, emergieron miles de restos cerámicos y de piedra y también algunas piezas íntegras. Todo se lo has contado, pero de sus reacciones sacás en claro que nada de esto representa algo para ella. ¿Cómo podrías contarle lo que significan estos sueños para vos? ¿Cómo podría ella entender la ilusión que experimentás cuando te encontrás cavando la tierra y sentís que allá, un poco más abajo, se encuentra un tesoro que podrías hallar, o tu decepción cuando no ocurre esto? ¿Qué es exactamente lo que yace enterrado allá abajo?

Una tarde de sábado, después de fumar un poco de marihuana, en un arrebato similar al que hace unos años te impulsó a escribir los sumarios de los capítulos de tu primera novela, garabateás de un tirón una larga lista de recuerdos relacionados con tu niñez: imágenes, nombres, apodos, palabras olvidadas y anécdotas brotan a borbollones, entremezcladas, y las transcribís febrilmente a lo largo de varias páginas de tu cuaderno. Aquello parece un caos, pero sabés que en ese conjunto de piezas late un mundo, todo es cuestión de organizarlo…

Organizarlo… Alguna vez leíste que el poeta cubano Eliseo Diego definía su trabajo como «un programa de paciencia y astucia». Por eso y porque muchas veces te has precipitado sobre una idea para darte luego de bruces contra la impotencia y la frustración, sabés que conviene esperar; que ese conjunto de palabras —imágenes, recuerdos, sensaciones— tarde o temprano se transformarán en una historia.

Con los jóvenes aprendices de escritores que ha conocido en el entorno universitario pasará largas horas en los cafés, mientras aguardan la hora de la siguiente lección. Hablarán con pasión de los autores que leen entonces o que leyeron recientemente: querrán ser como ellos, escribir como ellos, que al hacerlo descubren o iluminan su vida, su realidad... En estas conversaciones el universo de los literatos —hasta entonces uniforme e indiferenciado— se dividirá tajantemente entre los escritores buenos y los escritores malos. Ser héroe o villano no dependerá exclusivamente de los logros de los autores en cuestión, intervendrán otros factores como la corriente literaria a la que se adscribe su obra y, en algunos casos, también de su adhesión ideológica y política (aunque en esto siempre existirán excepciones, Jorge Luis Borges la primera y más incómoda).

Preferir a un autor sobre otro podrá desembocar en una discusión amarga, incluso en una enemistad. Él adherirá con fervor al bando de los admiradores incondicionales de la novela que puede leerse siguiendo este o aquel orden de los capítulos; memorizará breves pasajes de la obra y, con una contertulia, fundarán una hermandad secreta basada en su admiración por el autor y en su amor por esa novela.

Denostarán con ligereza y asombrosa ignorancia a muchos autores de cuya obra tienen apenas una idea vaga formada a partir de referencias. Simpatías y antipatías, admiraciones y rechazos, panegíricos e insultos alternarán en aquellas conversaciones. Abundarán en ellas términos que por sí mismos suponen el oprobio y la descalificación: costumbrismo, realismo mágico y cultura oficial, los más señalados. Ni siquiera cabrá detenerse a definirlos; «costumbrismo» será todo aquello que hable del mundo rural o campesino; «realismo mágico» cualquier relato en el que asome algún tufillo a mariposas amarillas o a guayabas podridas; «cultura oficial» quienquiera que en la provincia haya recibido un premio literario —el sistema es intrínsecamente corrupto, está viciado de amiguismo— o esté vinculado a las editoriales públicas.

Una mañana, se enterará por un cartel de que la asociación de estudiantes universitarios ha convocado un certamen de poesía y cuentos. Recordará la frustrante experiencia del certamen colegial en el que participó pero, tras titubear durante algunos días, decidirá presentar tres de sus creaciones recientes. Dos meses más tarde recibirá una notificación escrita en la que se le informa de que ha resultado ganador y de que sus cuentos serán publicados en una revista literaria. Además, le piden presentarse en las oficinas de la asociación de estudiantes universitarios. Se paseará exultante por los pasillos y se dirigirá a una de las sodas donde suele encontrarse con sus amigos, para compartir con ellos la noticia y recibir sus felicitaciones.

Días más tarde se presentará a las oficinas de la asociación de estudiantes, donde le harán entrega de un enorme diploma suscrito por el presidente de la asociación y por los jurados del certamen, entre ellos un escritor conocido. Las dimensiones del diploma, incluyendo las rúbricas que lo avalan, lo desconcertarán pues le parecerán más propias del Premio Nobel o de otro concurso similar, tanto así que para depositarlo en una de las gavetas de su escritorio, deberá arrollarlo en forma de pergamino.

¿Cuáles serían las pruebas que vencería mi héroe? ¿Quiénes serían sus mentores y maestros? ¿Cómo le sería revelada su misión, su destino? Tras dos años de trabajo y meses de parálisis llegué a la conclusión de que era necesario olvidarme del plan original, enterrar los sumarios y descifrar un orden, una dirección a partir de lo ya escrito. El plan me había dado el empujón inicial, pero no debía convertirse en un lastre o una camisa de fuerza que me impidieran avanzar.

Revisando los materiales escritos y algunos que había previsto pero aún no escribía, concluí que las únicas y verdaderas pruebas a la que se enfrentaba mi protagonista hasta ahora eran la locura y el delirio, de modo que traté de orientar el argumento en esa dirección. De esta forma, la niñez y temprana juventud de mi héroe serían la materia de la primera parte de la novela, que concluiría con la asunción de su locura y su ingreso en una institución psiquiátrica. La segunda tendría lugar dentro del hospital psiquiátrico, donde el protagonista enfrentaría y vencería sus pruebas y se le revelaría la misión heroica que debía cumplir. La tercera parte estaría dedicada a las hazañas de mi héroe hasta consumar su destino.

Cuando escribí los sumarios de los capítulos, imaginé que mi protagonista iría acompañado en sus aventuras por un ayudante —el primero, optimista e ingenuo; el segundo amargo y oscuro—. La alusión a Don Quijote y a Sancho caería de su peso. Pero en lo que llevaba escrito, el ayudante no aparecía ni por asomo. Hasta una noche en que emergió intempestivamente y prorrumpió en una larga alocución que me dejó estupefacto por su lucidez amarga y su desprecio rabioso por la vida mediocre del ciudadano común. Era una voz oscura, demoníaca incluso, que emergía de lo profundo trayendo su verdad.

Pasaron meses antes que comprendiera que una de las pruebas que mi protagonista debería enfrentar sería encararse con esa voz y vencerla. Ese personaje, que de ayudante había pasado a ser adversario o antagonista, era una faceta o dimensión del héroe que emergería durante su permanencia en el hospital psiquiátrico. Ahí, mi Don Quijote degollaría a su Sancho, lo acuchillaría, lo colgaría de lo alto de un árbol para librarse de él y poder salir al mundo a desfacer entuertos… Sin embargo, nada de esto ocurrió, pues tan pronto ambos personajes se encararon, mi héroe terminó arrancando a su antagonista de las tinieblas, redimiéndolo de su condena y, de esta forma, liberándose a sí mismo…

En el hospital psiquiátrico mi héroe conocería además a quien se convertiría en su mentor y lo pondría en contacto con la tradición, revelándole de paso su misión o cometido... Las pruebas iniciáticas que a partir de entonces debería enfrentar y superar el héroe serían deliberadamente ambiguas, en el sentido de que para los lectores no quedaría claro si se verificaban en el plano de «la realidad» o si eran parte de su delirio.

Descubrir todo esto —hallar la forma de encajar los cambios dentro de la que seguía considerando mi invención— me tomaba meses durante los cuales no escribía nada o solo pequeños apuntes. Pero me negaba a abandonar el proyecto. No sólo me había encariñado con el personaje principal; me gustaba lo que había escrito —unos pasajes más que otros— y estaba convencido de su valor.

Uniendo por el reverso varias hojas, armás un gran pliego de papel en el que te dedicás durante varios días a dibujar el mapa de tu vecindario de infancia. Pero no se trata de una mera representación a escala de la realidad física, sino de una especie de mapa emocional, en donde no sólo figuran lugares sino también personas, palabras y acontecimientos significativos, y en donde las dimensiones que estos ocupan responden a la importancia que tuvieron para vos... En uno de los extremos del dibujo emerge la representación de los terrenos baldíos donde luego sería construida la autopista, y ahí, en medio de árboles, arbustos y gatos cimarrones, dibujás con trazos torpes lo que pretenden ser piezas cerámicas y líticas precolombinas.

Mientras dibujás —a veces complaciéndote durante horas en repasar con la punta del lapicero pequeños detalles, casi hasta romper el papel—, recordás nuevos episodios, recuperás sensaciones olvidadas y comenzás a fabular una historia que gira en torno a los vestigios de aquel mundo irrecuperable —¿la infancia?, ¿los antiguos habitantes indígenas de ese espacio?— y de la fascinación que les producía a todos en el grupo de chiquillos pubescentes asomarse a él por medio de los vestigios que emergían de la tierra, y de cómo esa excitación se confundía con la que brotaba de los cuerpos en plena transformación, y de la violencia sorda que envenenaba la vida de muchas familias del vecindario, incluyendo la tuya, y de cómo ustedes se nutrían de todo esto sin ser conscientes de nada.

En el curso de unos pocos días la historia termina de tomar forma. Resolvés así que hablarán varias voces infantiles, para asomarte a través de ellas al universo íntimo de igual número de familias. En estos días de introspección o retraimiento descubriste que, en lo profundo de tus recuerdos, yacen fosilizadas, suspendidas, las impresiones que te producían como chiquillo otras familias del vecindario; cómo percibías, cuando ingresabas a las casas de tus amigos, las tensiones y violencias subterráneas que las habitaban, los resentimientos y los reclamos no dichos entre los miembros de la familia. Las voces infantiles relatarán asuntos variados —cosas de niños—, pero la violencia familiar y los restos arqueológicos que aparecen en el vecindario serán el telón de fondo común. Y todo concluirá con la destrucción intempestiva de ese mundo cuando irrumpan los tractores para dar inicio a la construcción de la autopista.

Una madrugada, semanas después, despertás con unas frases atragantadas en tu garganta. Te precipitás al «cuarto de visitas» donde tu cuaderno de apuntes aguarda sobre el escritorio, y las anotás aturdido, sin saber muy bien de qué se trata. No es hasta la mañana siguiente, al releerlas, cuando caés en cuenta de que son el inicio de la historia que has venido imaginando durante las últimas semanas.

En esa época te encontrás sin trabajo, de modo que te lanzás a escribir el relato. Pegás delante de tu escritorio, a la altura de tu rostro, el mapa del vecindario, y durante tres semanas te dedicás casi exclusivamente a escribir. Por las mañanas te despertás temprano a trabajar, cuatro o cinco horas, hasta medio día. Por las tardes salís a caminar para despejarte un poco, pero no telefoneás ni ves a nadie, salvo a tu mujer.

Los cuentos ganadores del certamen universitario aparecerán publicados tres meses después, en el siguiente número de la revista literaria de la asociación nacional de escritores. Tratándose de su primera publicación, él los contemplará lleno de orgullo, preguntándose a qué manos llegarán, quiénes los leerán en el futuro. Durante esos días, mientras asiste a sus clases en la universidad, se preguntará a menudo si en ese mismo instante alguien estará leyendo alguno de sus cuentos, y tratará de anticipar las reacciones de sus imaginarios lectores ante lo que él escribió.

Es verdad que la revista se distribuye apenas en unas pocas librerías, y que las únicas personas interesadas en ella son otros escritores o aspirantes a escritores como él, pero en adelante, cuando alguien se interese por su trabajo podrá remitirle un ejemplar de la revista, y en futuras publicaciones podrá mencionar este antecedente. Habrá dejado de ser un escritor inédito; incluso, para los efectos, habrá dejado de ser un escritor anónimo, puesto que ya tiene una carta de presentación ante los lectores, ante los editores, ante otros escritores.

Sin embargo, se enfrentará a un contratiempo inesperado: la revista es publicada conjuntamente por la asociación nacional de escritores y por la principal editorial pública del país y, tras ganar un premio literario, para algunos de sus contertulios él se habrá convertido en sospechoso de complicidad o connivencia con la odiada y deletérea «cultura oficial». Algunos, más benévolos, le advertirán que esta es la forma como «ellos» ganan lealtades y se garantizan adeptos, aconsejándole mantenerse alerta. Él les dará la razón, están perdidos «ellos» si pretenden comprarlo con un premio literario y una publicación.

Los estudios de Filosofía no marcharán bien. Aunque las calificaciones sean buenas, e incluso excelentes, cada semestre disminuirá la cantidad de cursos matriculados. El mundillo literario de la ciudad pero, sobre todo, la exploración de mundos vedados, subterráneos, que irán abriéndose ante él en círculos concéntricos (¿cielo o infierno?) consumirán cada vez más de su tiempo y de su energía. Seudosaberes esotéricos y sustancias prohibidas, radicalismo político y exploración sexual se mezclarán en su deriva.

Durante un tiempo conseguirá despistar a sus padres que, sin pedirle cuentas de nada, lo habrán seguido manteniendo, pero al concluir su tercer año de universidad, alarmados por su ya inocultable extravío, le pondrán un ultimátum: o se dedica en serio a los estudios o deberá ponerse a trabajar. Tras reflexionar un poco, él terminará por reconocer su confusión y optará por retirarse durante algunos meses a una zona apartada y agreste de la provincia, donde realizará labores de peón agrícola. Ahí revivirá sus temporadas como voluntario en las excavaciones arqueológicas del Museo Nacional, reestableciendo mediante el trabajo físico la comunicación con la dimensión más primaria y vital de su ser; además conocerá de cerca la realidad descarnada de los desposeídos, aquellos que no cuentan con absolutamente nada más que con su fuerza de trabajo para sobrevivir, y escuchará la cadencia de sus voces y sus giros idiomáticos, sus valores y creencias, tan distintos de los suyos y de los de sus amigos de la universidad.

Al cabo de cuatro o cinco meses regresará sintiéndose otro, renovado, ligero y distendido. Se dirá que ha sido una cura dura, pero no amarga, de realidad. Sentirá que ha crecido.

No retomará los estudios. Con la ayuda de un amigo obtendrá un empleo público mal remunerado pero atractivo —casi una beca para aprender un oficio—, y se marchará de la casa de sus padres en buenos términos, convencido de que a la vuelta de la esquina se abrirán nuevas oportunidades para él.

Pronto me enfrenté a otra dificultad. Sabía que además de vencer a su sombra, a su adversario interior, a su «otro yo» opuesto y complementario, el protagonista de mi novela debería superar otras pruebas para devenir héroe, pero una cosa es pasar una noche solo a la intemperie y otra muy distinta vencer la soledad; una cosa es ascender a una escarpada montaña, y otra muy diferente conquistar la sabiduría; una cosa es llegar a un cruce de caminos, y otra encontrarse en una encrucijada ética o existencial; una cosa es tropezar con un ser que despierta temor o desconfianza, y otra significar que ese ser encarna un temor emergido de lo más oscuro de nosotros mismos...

¿Cómo enfrentaría a mi personaje a la soledad; de qué forma lo haría conquistar la sabiduría; cómo podría representar cuando él se hallara en una encrucijada ética; cómo pondría en claro que ese personaje con el que tropezaba no era una persona cualquiera sino un reflejo de sus temores atávicos? ¿Cómo haría todo esto sin que cada prueba consumiera centenares de páginas como lo exigiría un tratamiento, digamos, «realista»? No tenía la menor idea.

Durante meses busqué respuestas. Encontré una pista en las parábolas de Jesús, que hablaban de semillas y frutos y agua que corría, pero se referían a otras cosas. Había algo indestructible en este tipo de «metáforas», como si su significado más profundo quedara resguardado de la corrosión de las palabras, o como si estas últimas fueran apenas cascarones que albergaban el significado, el precioso fruto que se revelaba a la mente sirviéndose de las palabras pero con independencia de su significado literal... ¿Cómo se lograba este prodigio tan fácil de entender y tan difícil de explicar?

Con la ayuda de varios libros —estudios académicos unos, ensayos literarios y apasionados, otros—, aprendí que las parábolas de Jesús se inscriben dentro de una tradición narrativa vieja como la humanidad (la encontramos en los mitos y en otras formas de relatos antiguos, y a menudo también en los sueños). En ella las situaciones humanas más complejas son simbolizadas mediante elementos comunes —si se quiere, arquetípicos— del entorno: montañas, ríos, cuevas, valles, casas (puertas, pasadizos, ventanas), puentes, caminos, escaleras, árboles, sembradíos, toros, perros, aves, escarabajos, etc., etc., etc. Estos elementos pueden significar, y de hecho significan, no una cosa sino varias, es decir, pueden y suelen asumir significados distintos e inclusive opuestos según el contexto y la forma en que se utilizan.

Pero no sólo los mitos y los sueños se valían de este recurso. La pintura medieval y renacentista estaba llena de ejemplos. En las mejores obras, cada elemento de la composición tenía un sentido, un significado, pero en conjunto representaban un paisaje perfectamente coherente y verosímil para los personajes. (Aunque a menudo lo olvidamos, el arte pictórico tenía entonces propósitos eminentemente narrativos.) ¿Y qué decir de la pintura y la poesía tradicionales china y japonesa, donde los elementos de la naturaleza —viento, agua, ave, montaña, río— revelaban el estado anímico de los personajes?

Grandes narradores de todos los tiempos habían hecho lo mismo. Pensé en el inolvidable final de *Los 400 golpes*, la película de François Truffaut: tras su durísima vida, el muchacho huye del orfelinato y corre durante largos minutos por las calles de una ciudad... hasta llegar al mar. Ese mar que de pronto se nos revela a los espectadores es real, es el mar de la ciudad costera donde se desarrolla la acción, pero es mucho más que eso; está henchido de significados ocultos, construidos a lo largo de toda la narración, de ahí la emoción indescriptible que nos produce la imagen del muchacho al llegar ahí... De esta forma, aún en el marco de un tratamiento realista era posible valerse de este recurso. Contar una historia interesante o entretenida era una cosa, pero hacer de ello un arte era otra muy distinta...

Me maravilló comprender que nuestro entorno —el mundo natural, pero también las creaciones humanas, incluyendo artefactos y oficios— está plagado de símbolos: una casa es una Casa. Una rosa es una rosa es una rosa. Las cosas no solamente *son*, además *significan*, pues en el curso de la historia han sido dotadas de múltiples significados que se nos transmiten y nosotros recreamos. Extremando un poco (pero no mucho) las cosas, podía decirse que vivimos encerrados o cautivos dentro de los símbolos.

Entrever todo esto resultaba novedoso y desconcertante. De un lado, la posibilidad de valerme de este recurso en mi novela, pero también en futuros proyectos narrativos, abría un campo enorme de búsqueda y exploración. De otro lado, advertía que también había peligros de por medio, pues al vaciar de su singularidad, de su carácter específico y concreto las situaciones por las que pasaban los personajes, estas tendían a volverse vagas y abstractas, o bien porque si se abusaba del recurso o no se lo empleaba con destreza, el relato se tornaba confuso. Como bien anotaba Cesare Pavese en su diario, el reto consistía en alcanzar «la riqueza de experiencias del realismo y la profundidad de sentidos del simbolismo».

Habías imaginado tu relato sobre la infancia enterrada y los vestigios del mundo precolombino como una novela, pero al cabo de tres semanas de trabajo comprendés que serán a lo sumo 50 o 60 páginas. Sin embargo, el relato te satisface. Además de recrear con razonable fidelidad tus impresiones y recuerdos de entonces, combina voces infantiles masculinas y femeninas que, a tu juicio, resultan convincentes y diferenciadas. Al mismo tiempo queda claro que aquel haz de impresiones y recuerdos tiene como eje central a un personaje masculino que lo evoca todo desde un tiempo lejano en el futuro. El lenguaje infantil y otras referencias de la época (juegos, música, programas televisivos, etc.) están presentes, pero no al punto de oscurecer lo que de verdad te interesa: la violencia difusa que lo permeaba todo, el hallazgo progresivo de los vestigios arqueológicos y la fascinación que les producía a vos y a tus amigos encontrarlos.

Tras concluir la escritura, imprimís el relato y lo releés un par de veces introduciendo a mano correcciones menores. Luego decretás para él un destierro implacable en lo más oscuro de tu escritorio. Al cabo de unos meses lo rescatás para releerlo y descubrís con sorpresa que no hay mucho que cambiar, pues a diferencia de tus otros escritos, en donde el lenguaje tiende a ser general y vago, este mundo es concreto y específico; aquí no existen los «árboles» y los «arbustos», sino los «guarumos», los «porós», el «güitite» y las «higuerillas».

En la incursión por las gavetas del escritorio tropezás con tu novela inédita. Tras las últimas tentativas de publicarla en el extranjero, hace más de un año, permanece olvidada. La rescatás de su exilio y la ponés a la vista sobre tu mesa de trabajo. En los días siguientes la releés con calma. Conforme lo hacés, toma forma en tu mente una idea descabellada: ¿qué ocurriría si integraras el relato sobre la infancia a la novela? Fueron escritos en momentos diferentes y en principio no guardan relación entre sí, pero la idea regresa como un moscardón impertinente. Tras espantarla una y otra vez, accedés a considerar esto como una posibilidad.

La novela gira en torno al encuentro efímero, una noche, de un profesor universitario, su esposa y una pareja de jóvenes estudiantes. La cena que los reúne es un pretexto para asomarse a esas cuatro vidas, tan parecidas en algunos aspectos y tan diferentes en otros, y para ensayar de paso un retrato colectivo de los sectores medios e intelectuales de la provincia en las últimas décadas del siglo XX. Aunque no se abordaba directamente, había abundantes datos sobre la niñez y juventud del profesor universitario, criado en una zona rural; además, él era bastante mayor que vos, y las referencias culturales y sociales de su infancia no coincidirían con las del personaje central del relato sobre la niñez. El joven estudiante de la novela es mucho más cercano a tu experiencia: sobre su niñez apenas se dice nada: había crecido en la ciudad y tenía más o menos tu edad; por tanto, el relato que recién escribiste bien podía corresponder a su experiencia infantil…

Por un tiempo te detiene el pudor. *Sabés* que el personaje del relato sobre la infancia no tiene relación con el joven estudiante de la novela, y te decís que fundirlos sería un fraude, un engaño a los eventuales lectores. Hace unos años, cuando escribías la novela, te enfrentaste a un dilema parecido con la esposa del profesor, pues combinabas en su historia experiencias, fantasías y recuerdos de distintas personas, incluyéndote a vos mismo. Sin embargo, en el caso de la esposa del profesor, ese conjunto heterogéneo de hechos había sido escrito bajo el artificio de que respondían a la experiencia del mismo personaje; aquí el joven de la novela y el personaje central del relato habían sido concebidos, *sentidos*, escritos, como entes autónomos, sin relación entre sí.

Tras muchos titubeos te animás a ensayar. Una vez más, desarmás la copia engargolada de la novela y recortás y engrampás las diferentes escenas. Luego hacés lo mismo con el relato sobre la infancia y el mundo precolombino perdidos. Ensayás diferentes formas de ensamblaje, pero ninguna te convence. El relato sobre la infancia está construido con diferentes voces narrativas; aunque se estableciera la identidad entre el joven de la novela y el personaje que evoca su niñez, la diversidad de voces que intervienen en el relato destruiría la unidad de la novela, centrada en cuatro perspectivas.

¿Pero qué ocurriría si regresaras a la forma original de la novela, en donde las historias de los cuatro personajes se presentaban por separado, para cruzarse solamente en la sección donde se relata lo ocurrido durante la cena? De hacerlo así, la pluralidad de voces del relato infantil se confinaría a una sección de la novela y no desentonaría como ahora… Para establecer la identidad de los dos personajes bastaría unificar sus nombres, algo tan sencillo como eso.

Desandás lo andado en las últimas versiones, regresás a la forma original de la novela y cambiás el nombre del protagonista del relato infantil para que corresponda con el del joven estudiante que asiste a la cena… Y, para tu sorpresa, el truco resulta, el círculo se cierra.

Esta vez no te quedan dudas de que has dado con la forma definitiva de tu novela y, en medio de la exaltación que te embarga, agradecés a quienes antes maldijiste por haber rechazado la publicación de tu libro.

Imprimís el manuscrito y esa misma semana se lo llevás a un amigo que dirige una pequeña editorial independiente. Sin mayor dificultad acuerdan los detalles para la publicación: deberás pagar un poco un dinero, pero tendrás el respaldo de un sello bien considerado en la provincia; el tiraje será de sólo 500 ejemplares de los cuales te corresponderán cien. Conservarás los derechos para el caso de que alguna editorial del extranjero se interese por la publicación... Todo te parece bien, nada importa ya: sólo querés ver publicado tu libro, tener entre tus manos el resultado de tantos años de búsquedas y empeño...

Alquilará un apartamento de una sola habitación, no muy lejos de la universidad. Ahí dispondrá un colchón sobre el piso y el escritorio regalo de su madre, sobre el que yacerá, en permanente posición de alerta, la vieja máquina de escribir, primero, su computador personal, después. El escritorio no mirará a la ventana —peligrosa fuente de distracciones— sino a una pared en blanco. Por encima del eje de su mirada, de modo que no se constituya en presencia intimidante sino en benévolo ángel tutelar, colocará el retrato de alguno de sus maestros, por ejemplo, uno del autor de la novela que puede leerse así o asá en el que aparece recostado contra una pared, con un cigarrillo entre sus labios, que más adelante reemplazará con uno del autor que en su miseria devoraba Nueva York y París, y que escribió esa trilogía delirante sobre el amor, el sexo y el anhelo de convertirse en escritor, y más tarde con otro de la escritora que para ahorrarle a su marido el tormento de su enfermedad mental caminó hacia el río para no salir de ahí. En el comedor improvisará una biblioteca hecha con ladrillos y tablones rústicos. Con el tiempo perfeccionará criterios para organizar sus libros. Cuando lo visiten amantes ocasionales y amigos, discutirán sobre la forma más idónea de hacerlo, defendiendo diferentes puntos de vista sobre el tema y, en ocasiones, recordando a Borges, autoridad indiscutible en la materia.

Cada día, tras concluir la jornada laboral al finalizar la tarde, se acercará a los bares y cafeterías usuales, donde se reeditarán con pequeñas variantes las discusiones con los amigos. Conocerá a otros escritores, algunos mayores que él. Con ellos aprenderá que haber publicado libros, incluso con las editoriales públicas, no convierte automáticamente a alguien en cómplice o partícipe de la odiada «cultura oficial», pues ellos lo han hecho y, no obstante, se quejan con amargura, se consideran marginales y excluidos y no tienen reparos al criticar y maldecir a otros que, en su opinión, son los verdaderos detentadores del poder, pues se publican entre sí y reparten a su antojo premios e invitaciones al extranjero para participar en encuentros y congresos de escritores…

Comenzará a asistir a presentaciones de libros de sus conocidos y amigos, e incluso a las que organizan cada tanto las editoriales para publicitar sus nuevos títulos. Ahí tendrá ocasión de conocer a algunos de los escritores a quienes sus amigos consideran conspicuos miembros de la «cultura oficial», pero para su sorpresa también ellos hablarán con desdén de otros escritores, por ejemplo de los más viejos o de los vinculados con X o Y partido político, a quienes a su vez acusarán de corrupción, mediocridad y descarado amiguismo.

Todo esto, además del trabajo y su tormentosa vida sentimental, no le dejará mucho tiempo para escribir, mas no por ello renunciará a tomar apuntes acerca de cuanto vive, observa, piensa, sueña, imagina, recuerda y lee. De vez en cuando se sentará frente a la máquina para transcribir un poema que ha garabateado previamente en su libreta de notas o para hurgar en sus cuadernos en pos de una idea atractiva para un cuento, a cuya escritura consagrará un fin de semana completo.

La mayoría de sus noches libres las dedicará a la lectura, pero de vez en cuando optará por rescatar de la carpeta donde los guarda viejos cuentos, que releerá lapicero en mano, tachando palabras, suprimiendo adjetivos, reconsiderando verbos. Cuando la cantidad de correcciones y tachonazos dificulte la lectura, los transcribirá de principio a fin. En caso de que tenga dudas sobre el acierto de sus últimas intervenciones guardará la versión previa para una consideración ulterior. Nunca ha dado marcha atrás; cuando mucho, ha vuelto a escribir un adjetivo o un adverbio que había suprimido, y en no pocas ocasiones ha vuelto a tacharlos posteriormente. Ante la evidencia del círculo vicioso, del vaivén recurrente, no le quedará más que admitir que el trabajo de corrección ha llegado a su fin.

Sólo después de comprender esto fluyó la escritura de la novela. No digo que fuese fácil — a menudo tropezaba o me encontraba ante situaciones que no había previsto y que ignoraba cómo resolver —, pero al menos avanzaba. Tras narrar algunos hechos relevantes de su infancia y juventud, mi héroe descendía a los infiernos de la locura donde enfrentaba sus pruebas iniciáticas y recibía la revelación y el mandato de su misión. En la tercera parte regresaba al mundo y emprendía su camino heroico, realizando las proezas que confirmaban su destino superior. Puesto que se trataba de una parodia, estas hazañas tenían algo de absurdo o de ridículo. Pero la mayor disonancia surgía del hecho de que, fuera de él mismo, nadie más consideraba heroicas sus acciones ni les encontraba sentido, sino por el contrario, estas eran recibidas con burla y escarnio, un poco a la manera de Don Quijote. Al final, derrotado, mi héroe reconocía lo vano de su propósito y el fracaso de su misión, encomendando al Tiempo cualquier juicio sobre su figura y, sobre todo, el cumplimiento de su fallida misión.

Cada una de las tres partes que componían la novela estaba en un archivo informático independiente. Hasta el final pude integrarlos en un solo documento y pasearme por sus páginas saboreando la sensación de triunfo y de realización que representaba el haberla escrito. La imprimí enseguida para experimentar su volumen y su peso —algo menos de 150 páginas a espacio y medio—, y luego dediqué un domingo completo a leerla. Como casi siempre ocurría, esta primera lectura fue entusiasta y benevolente: la encontré bien lograda y divertida.

Luego sepulté el manuscrito en mi escritorio durante algunos meses y me olvidé de él. Cuando volví a tomarlo, lo trabajé a conciencia, como había aprendido a hacerlo con los cuentos, suprimiendo palabras, a veces párrafos enteros, buscando precisión y concreción en las frases, vivacidad en los personajes, originalidad en las imágenes, concisión y veracidad en los diálogos. Me esforcé cuanto pude por seguir el ejemplo de mis amados maestros y maestras. Compartí las primeras versiones con algunos amigos que me alentaron a seguir trabajando, pero que invariablemente señalaron pasajes que consideraban innecesarios o fallidos. Acepté algunos consejos y rechacé la mayoría.

Produje una segunda versión del manuscrito de la que imprimí dos copias, una de las cuales entregué a una buena amiga, pidiéndole que la conservara hasta que la novela fuese publicada, para la eventualidad de que mi apartamento se quemara o de que algo me ocurriera a mí. Aquel sería mi testamento literario.

Envié el manuscrito a una editorial universitaria interesada en publicar autores noveles, según me había informado un miembro del consejo editorial. Tras cinco o seis meses de espera, me informaron que publicarían la novela. A diferencia de lo que había sucedido con mi libro de cuentos, esta vez al menos pude pedirle al responsable de la edición que mi nombre como autor figurara con un solo apellido. Demoraron más de un año en publicar el libro. Para ahorrar papel, utilizaron un tamaño de letra reducido y una caja de diseño enorme, con lo cual el libro impreso no alcanzaba las cien páginas. El tiraje no superaba el de las revistas literarias de mis años de universitario.

Con todo, me encontraba feliz y confiaba en que la novela sería un éxito. Con la complicidad y la ayuda de algunos amigos, organicé un evento de presentación que, en consonancia con el espíritu de la novela, pretendía ser polémico, divertido y provocador, y creo que en efecto así resultó.

La novela, en cambio, fue un completo fracaso. El único comentario que se publicó hablaba de lo absurdo y pretencioso del libro, y de lo penoso que resultaba leerlo tras el promisorio debut que representó mi libro de cuentos.

Cuando mi libro de cuentos salió publicado, me resultó evidente que debía colocarlo en mi biblioteca junto a los otros volúmenes de la misma colección. Me parecía justo e incluso me enorgullecía de su ubicación. Pero ahora que publicaba mi novela se me planteaba el dilema de si debía colocar juntos los dos libros, lo que según los criterios con los que organizaba mi biblioteca me otorgaría la categoría de «autor», o si sería más justo conservar el libro de cuentos junto a los otros de su colección y disponer la novela por aparte, al lado de otros libros de mis contemporáneos. En cualquier caso, era claro que carecía de la humildad de Borges, que en numerosas entrevistas había declarado no conservar en su biblioteca copia de ninguno de sus títulos. Tras muchos devaneos llegué a una solución de compromiso: reuní mis dos obras publicadas, pero las dispuse en el lugar menos visible de la estantería, ocultas detrás de otros libros.

III

LAS PALABRAS DANZAN

En el mundillo estrecho pero denso de las letras provincianas, terminarás por encontrar espíritus afines. Aunque entonces no te preguntarás por el origen ni la naturaleza de esta afinidad, más tarde caerás en la cuenta de que varios cursaron estudios en el mismo colegio privado donde lo hiciste vos antes de desertar al liceo nocturno, y aun los que no lo hicieron ahí pertenecen a familias de sectores medios y acomodados, aunque se consideren —y a menudo sean considerados— la oveja negra de la familia. En cualquier caso, nada les impide sentirse excluidos, marginales, ninguneados, y quejarse amargamente por ello y criticar, a veces con ironía, a veces con rencor, a veces con envidia, a otros a quienes consideran detentadores del poder y representantes conspicuos de la odiada «cultura oficial».

La afinidad que experimentan los llevará a buscarse con regularidad y así, casi sin proponérselo, empezarán a reunirse una noche por semana para leer y comentar sus escritos o bien poemas y textos de otros autores que los hayan impresionado. El número de asistentes variará de una reunión a la siguiente, aunque habrá cinco o seis que rara vez se ausenten. Durante las reuniones beberán y fumarán descomedidamente y, aprovechándose de la hospitalidad y las dotes culinarias del anfitrión, a menudo también se hartarán. Todo lo harán entre grandes voces y carcajadas, gozando de su juventud, o en medio de enconadas discusiones cuyo tema podrá ser el poema o el cuento que acaban de leer o un asunto de actualidad política. En este respecto y con pequeños matices, reinará en el grupo una especie de unanimidad, un consenso tácito sobre el papel ominoso de los Estados Unidos y de Europa Occidental —aunque también de la Unión Soviética y de cualquier potencia con vocación imperial— y sobre el carácter heroico de quienquiera que intente sustraerse a sus imposiciones y designios. En cuanto a política nacional, el consenso será que los gobiernos y los partidos mayoritarios son corruptos y sin excepción responden a los intereses de pequeñas y poderosas minorías, pero la izquierda no tiene ninguna oportunidad, más desde que Gorbachov inició su proceso de reformas y el partido aquí se dividió. En estas discusiones a menudo te sentirás llamado a asumir el papel de provocador abogado del diablo, defendiendo posiciones divergentes y cuestionando el soso consenso de la izquierda biempensante. Sobre tu cabeza lloverán los improperios; por momentos te cubrirá un manto de oprobio, aunque luego, cuando la discusión tome otros derroteros, todo volverá a ser como antes.

Con el paso de los meses surgirán también consensos tácitos y explícitos respecto de los autores que han de considerarse maestros y aquellos de cuya poética es imperativo huir como de la peste. De entrada se negarán a considerar el grupo como un «taller literario», pues el término remite a formas perversas de relacionamiento en las que todo gira alrededor de la figura de un gurú que pontifica. Ese no será el caso ahí, aunque con el paso del tiempo el criterio de dos o tres de los miembros más experimentados del grupo terminará por imponerse, y su opinión pesará más, mucho más, que la de los demás.

Cuando el grupo se regularice, otros escritores del mundillo lo bautizarán con el nombre del día en el que se reúnen, y los miembros empezarán a llamarlo de la misma forma. El grupo estará integrado sobre todo por poetas —la narrativa ocupará ahí un segundo plano—, pero vos asistirás puntualmente, fervorosamente, y vivirás como una pérdida cada vez que un viaje o una enfermedad te impida hacerlo. Disfrutarás de las lecturas y de las discusiones, del alcohol, la marihuana y la comida. En la voz de tus colegas escucharás a nuevos autores, y en el trabajo compartido sobre las palabras, te asomarás con vértigo a la alquimia del lenguaje.

A fuerza de compartir la luz sinuosa de las noches, se tejerán entre los más asiduos vínculos amistosos más allá de lo literario.

Por primera vez desde que emprendiste este camino, asomará el sentido de comunidad, de pertenencia a un grupo. No obstante, en cada reunión todos repetirán a modo de estribillo que cada quien tiene su voz, que el objetivo del grupo es ayudarlo a encontrarla...

El sonado fracaso de la novela de aventuras a la que dedicó los últimos siete años de trabajo lo toma desprevenido y lo desconcierta al principio, pero su reacción visceral es prometerse que en algún momento de su vida, probablemente en la vejez (si la hay), escribirá una segunda parte de la novela, tal y como hizo Cervantes con su *Don Quijote*. En ella, su héroe emprenderá nuevas aventuras y se confrontará por segunda vez con la ceguera y estulticia de sus coterráneos... Sin mejores resultados, desde luego, pues está escrito que en un mundo perdido como este, el destino de todo héroe verdadero no puede ser otro que el fracaso. Tal vez entonces su obra será justipreciada.

Otras veces se consuela pensando que, después de todo, el trabajo que realizó no ha sido vano, pues las enseñanzas que le dejó la aventura de escribir su novela justifican el esfuerzo realizado. Borrosa e insistente, asoma la idea de que escribir no se distingue en esto de cualquier otro oficio: nos da en la medida en que nos entregamos, nos forma al tiempo que damos forma a nuestras creaciones... Desea el éxito, anhela el reconocimiento, sí, pero estos son accesorios, pueden llegar o no y si lo hacen será por añadidura: el sentido primordial de su trabajo es la enseñanza que deriva él de realizarlo... Y, como si no fuera suficiente, aunque escasas, recibe algunas gratificaciones: un conocido le comenta que se divirtió leyendo tal pasaje; en medio de una conversación en un bar alguien lo llama, a modo de burla, con el nombre del protagonista de su novela; un día, mientras camina por la universidad, se cruza en un pasillo con un joven estudiante que lleva su libro a mano...

La creación del libro lo ha dejado exhausto y, por un tiempo, no quiere saber nada de escribir. Es un lugar común entre sus colegas hablar de la «depresión posparto», y eso es lo que está experimentando. Cuando escribe, cuando tiene algún proyecto literario entre manos, la vida adquiere mayor relieve e intensidad, sus percepciones y sensaciones parecen más reales, más intensas, o al menos él está más consciente de ellas. Crear, escribir, es como trepar a una montaña: dificultoso, pero gratificante. En cambio habitar este valle de luz mortecina donde ahora languidece resulta lamentable. La vida no es esto, no es para esto. Está, desde luego, en otra parte...

La publicación de mi segunda novela la viví de forma muy diferente a la de mis anteriores dos libros. Por un tiempo, me sentí satisfecho y tranquilo, consciente de que en el trance de escribirla algo había cambiado, algo me había ocurrido. De un lado me sentía más seguro acerca del resultado, pero también entendía más —y mejor— lo que me había propuesto. Me gustaba también la portada del libro —sobre la que había podido opinar— y, en general, me sentía más consciente y más identificado con lo que había escrito. Aunque los personajes eran más cercanos a mi propia experiencia, o quizás por ello mismo, su dibujo era más convincente, más preciso. En vez de hablar de montañas simbólicas y de pruebas iniciáticas, había descendido humildemente a mi propia realidad provinciana de joven de las clases medias. No había ahí nada de heroísmo, sólo escenas cotidianas que revelaban la confusión, los manoteos y las búsquedas de personajes a quienes yo mismo me parecía demasiado, que sintetizaban mis impresiones de muchas personas conocidas desde hacía años. En resumen, mucha observación y experiencia condensada y tamizada por una gota de amargura, otra de ironía y algo de humor.

Coloqué una copia del libro junto al volumen de relatos y a la novela publicados años atrás. De entrada dudé si debía mantener mis tres libros discretamente ocultos en la segunda hilera de su estante o si merecían un sitio más visible dentro de mi biblioteca.

En el curso de los siguientes meses cambiaron varias veces de lugar, aunque finalmente, por pudor, resolví mantenerlos donde estaban.

El libro recibió un par de comentarios, diría favorables, en la prensa, pero básicamente pasó inadvertido, sin pena ni gloria. Algunos amigos y amigas me hablaron de él con un entusiasmo similar al que mostraron las primeras dos amigas a quienes di a leer el manuscrito, pero la edición de 500 ejemplares demoró años en venderse. Sin embargo me sentía satisfecho con el trabajo realizado y, a diferencia de lo ocurrido con mi novela anterior, no experimentaba frustración ni me sentía injustamente tratado.

Sin embargo, la historia no terminó ahí. Diez años más tarde recibí la propuesta de una editorial del extranjero para publicar la novela. En su comentario del libro, el editor escribió una frase en apariencia inofensiva que a mí me produjo el efecto de un cataclismo y me instaló de nuevo en el epicentro creativo, en el núcleo de la obra. Sin pensarlo mucho, me lancé a escribir de nuevo, añadí una sección completa y suprimí la que hacía referencia a la niñez del joven universitario y los vestigios arqueológicos en su barrio de crianza. Así fue publicado el libro en el extranjero. Gracias a ello ganó una segunda vida y tuvo una nueva oportunidad incluso en la provincia, donde de mi cuenta hice una segunda edición que recibió, ahora sí, numerosos comentarios y reconocimientos, y que por vueltas del destino me permitió ganar, por primera y única vez en mi vida, algo de dinero con uno de mis libros.

Ocasionalmente invitarán a las reuniones del grupo a pintores y escultores conocidos, así como también a poetas y narradores extranjeros de paso en la ciudad. Cada uno arrojará su luz, su perspectiva particular sobre el oficio: atracciones y repulsiones, fervores y rechazos, simpatías y antipatías... Las palabras serán desmenuzadas como pétalos de rosa, de margarita: me gusta-no me gusta, una vez tras otra. En las discusiones a menudo mezclarán las opiniones estéticas y el chismorreo, los juicios sobre la corrección política y las intrigas de alcoba. No siempre coincidirás con los invitados, tampoco con tus compañeros y amigos, pero después de innumerables choques, de muchas diferencias, aprenderás a escuchar sus puntos de vista, incluso a apreciarlos, pues gracias a ellos se te hará patente la parcialidad —y relatividad— de cualquier juicio, empezando por los tuyos, desde luego.

De vez en cuando invitarán también a venerables escritores de la provincia, a incomprendidas poetas que asoman con espanto al precipicio de la senectud, quienes como por encanto recuperarán por una noche la lozanía y se embriagarán y reirán a grandes voces, mientras los demás escuchan sus opiniones y anécdotas de su vida con devoto respeto.

Tras conocerlos te harás el propósito de releer sus libros, alguno de sus libros. Al cabo de algunas semanas, cuando hayás terminado el que leías y por fin te decidás a hacerlo, constatarás que tu forma de leerlos, de entenderlos, ha cambiado: ya no escucharás tu voz sino la de ellos, verás sus rostros, reconocerás claves y guiños antes inadvertidos.

Con vergüenza te verás forzado a admitir que antes te asomaste a sus obras cegado por la ignorancia y los prejuicios, en un afán estúpido por descalificar lo anterior para resaltar la importancia de lo que ustedes hacen (que bien considerado, y al lado de lo que ellos han hecho, ¡es tan poquito!). Así descubrirás que cuando abrimos un libro tenemos ya un conjunto de ideas acerca de lo que cabe esperar de él, muchas veces incluso un juicio acerca de lo que vamos a leer. Leer con apertura mental y generosidad es más difícil y mucho menos frecuente de lo que en principio estamos dispuestos a admitir.

Poco a poco comprenderás que en la escala que te transmitieron (¿quiénes?, ¿cuándo?) o que te formaste (¿cómo?, ¿cuándo?), los escritores de la provincia ocupan el último peldaño de la evolución zoológica, y que ese es un resabio colonial, un complejo del que todos aquí han sido víctimas durante generaciones. Es cierto que ningún movimiento literario de alcance internacional ha surgido en la provincia, ni siquiera un autor de resonancia, pero eso no significa que no haya creaciones vigorosas y auténticas, obras notables, destellos de genialidad. En su afán por dibujar las contradicciones de este singular rincón del mundo, los escritores, las escritoras de la provincia han sido honestos, radicales, atrevidos… Al menos algunos. No todo aquí es despreciable; por el contrario, escribir desde el destierro supone asumir, de antemano, que ninguna de las fantasías asociadas al oficio (fama, reconocimiento… ¡y hasta dinero!) llegarán nunca, pues eso sencillamente no existe, no es posible aquí. Y ese es un mérito adicional que te hermana con ellos y te lleva a respetarlos.

Además está el lenguaje, la necesidad de recoger las vibraciones, resonancias y matices del habla local —habla y sensibilidad; habla y alma—, y eso nadie, sino ustedes, pueden hacerlo… «¡Allá en Cielo Roto está lloviendo sabroso!», escucharás exclamar una tarde a tu vecina de asiento en el autobús, señalando a lo lejos las montañas, y anotarás fervoroso en tu cuaderno. Y otra noche, en una cantina: «Con un chilillo de verga de toro nos daban a nosotros de chiquillos, y fue así como nos hicimos buenos…». Y así y así y así… Aprenderás a cultivar el vagabundeo y la errancia, a amar los encuentros fortuitos con desconocidos y desconocidas, pues encontrarás en ellos una fuente inagotable de materiales para tu trabajo.

Así comprenderás que recoger historias, apropiarte de historias escuchadas o vividas para transformarlas con tu imaginación y darles forma literaria es parte del juego, otra es atender, escuchar, recoger las pulsaciones del lenguaje, las transformaciones de las palabras en su alquimia o simbiosis con un paisaje y un paisanaje, esos hombres y mujeres que, arraigados desde hace siglos en estas tierras, conviven e interactúan con otros venidos más recientemente de mil latitudes que decidieron establecerse aquí. Lo singular, lo concreto, lo específico: tres hojas del trébol hacia la común humanidad… La cuarta sería el genio, pero con esa no puede contarse: en raras ocasiones llega por azar o como un don.

Tras algunos meses de desasosiego, de sueños confusos y turbios, de roces frecuentes y mal sexo con su mujer, comienza a sentir que pasa la tormenta y que todo vuelve a la normalidad. Todavía toma a veces una copia de su novela y relee algunos pasajes preguntándose en qué falló, por qué motivos nadie captó sus verdaderas intenciones, la originalidad de su propuesta. Pero esto es cada vez menos frecuente. En cambio, a menudo asoma en su biblioteca y husmea, rebusca entre los libros preguntándose cuál leerá. Prueba con algunos y los deja de lado tras sólo algunas páginas, hasta que de repente uno prende, lo enciende, lo transporta y se engancha en la aventura. Por unos días se pierde en sus páginas, se deslumbra con los prodigios, los hallazgos, la inventiva de esa autora que, de aquí en adelante, ha de considerar su maestra, otro ángel tutelar, y que sólo por pereza, por descuido y desorden —definitivamente está lejos de ser un buen lector— no había leído hasta ahora.

Un fin de semana viaja con su mujer a un balneario popular en una zona alejada de la ciudad. Quieren relajarse y descansar un poco y pasar tiempo juntos. Al atardecer, su mujer se retira a la habitación y él comparte una de las piscinas con una mujer algo mayor que él. Se trata de una campesina de la zona, con quien entabla, como es su costumbre, una conversación distendida. Ella le cuenta cosas de su vida, de su marido y sus hijos, y en cierto punto le pregunta a qué se dedica él. Como siempre, responder esta pregunta le genera un conflicto, pero esa tarde el ambiente es agradable y él se siente relajado y le confiesa que escribe libros. Como es previsible, la mujer le pide que hable de ellos, y tras una tentativa breve y torpe, él se da de bruces por segunda vez con su incapacidad de explicar de manera sencilla y convincente de qué tratan o qué se propone al escribirlos.

Al cabo de pocos meses despunta, tímida, una energía nueva, renovadora, que se traduce en la escritura de un cuento. Mientras escribe, revive una sensación extraña, que ha experimentado en otras ocasiones cuando hace yoga o ejercicios de respiración: por un momento se siente traspuesto, su mente queda en suspenso, vacía de pensamientos. Recuerda entonces que en otros momentos ha experimentado lo mismo, pero lo singular, lo extraordinario, es que solo puede recordar esto mientras se repite la experiencia. En esos momentos recuerda haber vivido esto antes y se propone conservar el recuerdo, al menos ser capaz de recordarlo a voluntad, pero cuando la experiencia se desvanece, lo hace también todo vestigio de su recuerdo y hasta la posibilidad misma de recordarla… Algo similar le ocurre a veces cuando escribe: «Esto ya lo he vivido antes», pero sólo se da cuenta de ello y puede recordarlo en lo que vuelve a vivirlo.

Y entonces por fin un día de tantos descubrí que me había convertido en escritor. No fue algo repentino, fue una toma de conciencia progresiva. Las palabras que escribía tenían ahora más peso y densidad, ya no las arrebataba el viento como al inicio. También había entendido algo del motor, de la combustión interna que impulsa a las historias en su trazo evanescente hacia adelante, hacia su desenlace. Y había comprendido además que los destellos que irradian de ellas tienen como único propósito iluminar por un instante la realidad y el corazón de los lectores para que reconozcan el horror y la belleza que ahí se guarda.

Me había convertido en escritor. Lo había intuido en el largo proceso de escribir mi segunda novela; me había percatado de que mi relación con la palabra escrita se estaba transformando, ahora era más consciente de ellas, de su realidad, su efecto y su artificio. No sentía, como años antes, que darles forma era como manotear en la niebla en un empeño inútil por asir algo real. Recordaba mi perplejidad ante las primeras frases que hilvané, el sentimiento de inseguridad, de duda permanente que me embargaba, la incertidumbre acerca de si lograrían transmitir algo de lo que yo pretendía depositar en ellas. Tras innumerables escaramuzas con las palabras, había logrado hacer consciente una tendencia muy arraigada en mí a utilizar sustantivos abstractos y genéricos, que desdibujaban las situaciones por las que atravesaban mis personajes y, más odiosa aún, la inclinación a explicar a los lectores las razones por las que mis personajes actuaban de una forma o de otra. Explicar es lo opuesto que narrar. Relatar es presentar, mostrar lo visto y vivido. (También lo imaginado.) No es que el pensamiento abstracto no tenga cabida en un relato —como lo tiene en nuestra vida—, pero su papel aquí es subsidiario —como lo es en nuestra vida—. Antes que pensamiento somos nervio, pasión, impulso, músculo, cuerpo, hábitos, historia...

En cuanto a la imaginación, a final de cuentas se nutre de la experiencia. Los de la imaginación son trabajos de *ars combinatoria* por excelencia: tomar algo de aquí y otro poco de allá para crear con esos elementos la simulación o la máscara de una realidad nueva. Una máscara que disfraza y revela la verdad.

El reto es aterrizar en lo concreto, nombrarlo, dibujarlo con palabras, aprehender lo único, lo singular, ese es el norte al que siempre debía aspirar, y la única forma de lograrlo era exponiéndome, revelándome, escarbándome, indagándome, inquiriéndome... No porque me interesara o me propusiera hablar solamente acerca de mí, sino porque sólo a partir de una observación atenta de lo que ocurre en los diferentes planos de mi existencia sería capaz de hablar con alguna propiedad acerca de la vida de otros... Esa era la paradoja: transitar por lo singular para llegar a lo común. Porque no hay nada común. Porque todo es singular. Porque todo es común. Porque nada es singular.

Me había convertido en escritor y, sin embargo, cuando alguien me preguntaba mi oficio o debía escribirlo en algún documento oficial, titubeaba y no sabía qué responder. Sentía que pretender ser escritor, que declararme escritor en la provincia —quizás también en cualquier otro lugar del mundo—, resultaría ridículo para mis interlocutores, pues el mío no era un oficio respetable ni yo no vivía de él. Por ello, cuando me veía en esos trances a menudo me declaraba «comunicador» —una palabra ambigua que más o menos incluía las cosas que hacía para ganarme la vida, pero tampoco excluía mi trabajo como escritor—. Otra fórmula que encontré para salir de aprietos, según fuera la conversación, señalaba que había estudiado Filosofía en la universidad, pero me dedicaba a escribir.

Por otra parte, con los años había llegado a ser más o menos conocido en el mundillo literario de la ciudad y en algunos círculos académicos interesados en la literatura, y eso de alguna forma me facilitaba las cosas, pues me daba prestigio y legitimidad para conseguir los trabajos con los que me ganaba la vida… Y aunque mi forma de vida era austera, no podía decir que me fuera mal: una sola vez me había visto en una situación verdaderamente apremiante, y con la ayuda de amigos y mi organización y disciplina, siempre me las arreglaba para salir adelante.

Y otro día cualquiera, sin que medie algo en particular, se dice que ha llegado el momento de plantearse la escritura de una segunda novela, «un escritor escribe, ¿no?». Tan pronto empieza a considerar la idea, intuye que esta vez será diferente. En realidad, cada vez la experiencia difiere, pues se trata de inventar nuevos personajes, de ensayar una estructura inédita, de abordar un tema inexplorado. También él es distinto, ha ganado experiencia aunque de poco le sirva, pues cada empresa pretende ser radicalmente nueva. No obstante, el haber superado el desafío en otras ocasiones, ha fortalecido su confianza en su capacidad de salir del laberinto que él mismo debe construir. En eso radica el juego.

En esta oportunidad no tiene una idea precisa de las cosas que acontecerán a los personajes, pero en cambio sí del asunto sobre el que se propone indagar. De un tiempo a esta parte «la identidad» se ha convertido en una especie de mantra, un tema sobre el que todos hablan en los cafés y en los bares — la identidad para arriba y la identidad para abajo—, pero en cuanto él desafía a sus interlocutores a precisar a qué se refieren o él mismo intenta hacerlo, la palabra se desvanece en humo y cenizas.

Para sus adentros se plantea la novela como «una investigación literaria sobre la identidad». La expresión es pomposa considerando lo irrisorio del argumento: una noche cualquiera, cuatro personajes compartirán una velada. La protagonista y su marido recibirán en su departamento a una pareja más joven de estudiantes universitarios y compartirán una cena. Durante el encuentro no ocurrirá nada relevante —pequeñas tensiones producto de los prejuicios entre personas que apenas se conocen—, pero mientras sucede esto, la narración explorará las dimensiones más recónditas de los personajes: sus recuerdos, fantasías y frustraciones, incluyendo su vida futura más allá de aquel encuentro irrelevante.

Los personajes serán cercanos a su experiencia —la pareja de jóvenes estará directamente basada en ella— en tanto la protagonista y su marido tomarán como modelos a personas a quienes ha conocido o tratado en distintas épocas de su vida (el profesor universitario que fue jurado en el premio de cuento; varias novias y amigas de su hermano mayor...). La protagonista —si es que puede ser considerada así—, será una suerte de *primus inter pares*; desde el inicio le da preminencia por ser el primer personaje al que ve con alguna claridad. La narración se focalizará en los distintos personajes sucesivamente, de modo que al final los lectores tendrán la perspectiva de cada uno de ellos sobre los demás.

Recién ha leído un libro en el que el autor —Milan Kundera, un Escritor de verdad, a quien frecuenta con devoción en esa época—, refiere el procedimiento para componer sus libros. «Componer», nunca se lo había planteado así. Para él la palabra remitía al ámbito de la creación musical, no a la literatura, pero el Escritor la repite una y otra vez. Sin embargo, no se refiere a la organización o alternancia de las escenas para crear un determinado sentido del ritmo según la extensión o intensidad de los pasajes, sino a la armonización, en el mismo texto, de distintos temas o motivos temáticos. Estos motivos temáticos no tienen por qué ser conceptos relacionados de manera lógica (del tipo Yo - Ellos - Nosotros), antes bien suelen ser palabras inspiradoras que resuenan entre sí en el plano poético (del tipo Memoria - Piel - Mirada, por ejemplo, o bien: Silencio - Espuma - Pasado - Camino...). Una o varias de estas palabras gobiernan cada una de las secciones de un libro, imprimiéndole al conjunto una unidad misteriosa y profunda. Pero, además, estas palabras erigidas en motivos temáticos resultan útiles para concebir y desarrollar los personajes, puesto que cada personaje, lo mismo que cada ser humano, está formado por un puñado de palabras insufladas como código genético en su espíritu. Aunque a menudo no somos conscientes de ellas, estas palabras rigen nuestro destino, ya sea porque vivimos en permanente rebelión contra su influjo hechizante o porque las perseguimos como al espejismo de un oasis en el desierto.

Todo esto le revela una perspectiva fascinante. Pero, de ser así, ¿cuáles palabras organizarán su libro y marcarán a sus personajes? Y más inquietante aún: ¿cuáles lo marcan y lo constituyen a él?

Entregarás ejemplares de tus libros a un par de viejos escritores de la provincia. Ellos los leerán amablemente y te los comentarán la siguiente ocasión que se encuentren. No los encontrarán geniales ni ridículos, te animarán a continuar, te hablarán de la importancia de las preposiciones, de la amenaza del gerundio, de los adjetivos de doble filo y del corazón del verbo que latiendo alimenta las frases. Te relatarán anécdotas de su juventud, de lo difícil que era antes, de lo geniales que eran algunos, algunas de sus contemporáneas, jóvenes insolentes y provocadores como vos, como ustedes, que desdichadamente murieron pronto o hubieron de marchar de la provincia porque aquí la gente no estaba preparada para escuchar sus voces, para soportar sus visiones.

Como en cualquier quehacer, en las artes lo importante es perseverar, te dirán, y evocarán a talentosos contemporáneos suyos que en su juventud publicaron un libro brillante y luego desistieron porque esperaban recibir mayor eco y reconocimiento. En cambio ellos, te dirán, tan limitados de talento pero tan resueltos a perseverar, continuaron escribiendo y ahí estaban, a punto de ser convertidos en «vacas sagradas» de la literatura local, ironizarán.

El desdén que habías sentido por los que te precedieron en la provincia mutará poco a poco en curiosidad y respeto y, en algunos casos, también en admiración. De vez en cuando te invitarán a participar en coloquios, conversatorios u homenajes a algunos de ellos, vivos o muertos, y aceptarás siempre que te sea posible.

Encontrarás ahí pretextos para leer o releer sus libros, que casi siempre te darán sorpresas revelándote algún aspecto insospechado de la vida en la provincia, de las contradicciones, aspiraciones, temores y luchas de otros que vivieron aquí antes que vos, hijos de una geografía y de un historia que sentís y entendés mejor, más profundamente, que ninguna otra sobre la tierra...

De manera inevitable, esto te llevará a preguntarte por las razones por las que los libros de los escritores de ciertos países circulan más, son más comentados y leídos y se encuentran con mayor facilidad, que los de otros. Además, las literaturas más prestigiosas y difundidas coinciden con los países que en algún momento han ejercido hegemonía colonial. Hasta cierto punto la excepción era Latinoamérica; aquí la difusión y visibilidad de los autores dependía del tamaño del país y de la población, del vigor de su industria editorial y de la influencia política que ejerciera el país dentro de la región. «Hemingway es Hemingway más los cañones norteamericanos», leerás en la respuesta que brinda el español Camilo José Cela a un periodista que lo interroga sobre estos asuntos. Los primeros novelistas africanos cuyos libros traducidos al español llegarán a tus manos por esos mismos años serán surafricanos y blancos. ¿Por qué? Luego los de un egipcio.Pero lo mismo, o muy parecido, ocurre también en la provincia, donde los escritores de las principales ciudades tienen muchas más posibilidades de ser publicados y de recibir atención que los que viven en regiones relegadas y remotas. Y, desde luego, las cosas tienden a facilitarse todavía más a quienes pertenecen a familias conocidas o vinculadas al poder económico y político.

Todo ello te obligará a preguntarte dónde te situás vos en este panorama, a qué realidad pertenecés. Las respuestas que poco a poco ensayarás son ambivalentes y nada satisfactorias siquiera para vos mismo: en ocasiones reivindicarás y harás valer sutilmente tu pertenencia a un sector social de la provincia a todas luces privilegiado (la ruina económica de tu familia no contradice este hecho), pero con la misma facilidad, sobre todo de cara al extranjero, adoptarás la perspectiva de los relegados, los excluidos y los injustamente marginados. Todo un colocho, un ejercicio de malabarismo intelectual en la cuerda floja de la ideología política.

Un par de años después de la aparición de mi novela, un amigo con quien habíamos transitado juntos desde el inicio en el aprendizaje de la escritura, publicó también su segunda novela. A diferencia de la mía, la suya fue publicada por un afamado sello editorial recién desembarcado en la provincia que nos hacía soñar con la distribución de nuestros libros en todo el mundo de habla hispana, con traducciones a lenguas extranjeras y con entrevistas y reseñas en prestigiosos diarios de las metrópolis, etc. Me carcomía la envidia. Además, la novela de mi amigo era buena, era muy buena. Con un lenguaje impetuoso, nos sumergía a los lectores en un mundo rocambolesco donde se combinaban intrigas políticas, asesinatos en los bajos fondos y el paisaje desolado tras el fin del sueño revolucionario en Centroamérica. Pero, en última instancia, la novela relataba la historia de tres amigos de la adolescencia y de cómo la vida los había llevado por diferentes caminos. Me sabía incapaz de hacer nada parecido a lo que él había hecho en cuanto a las intrigas políticas y los asesinatos en el bajo mundo, pero en cambio la posibilidad de escribir una historia sobre un grupo de adolescentes y sus destinos me parecía muy accesible. Me reproché el que no se me hubiera ocurrido antes, pues estaba convencido de que yo podía hacer eso mil veces mejor que él. Y, de esa forma, comencé a pensar en mi siguiente libro.

Empecé por los personajes. Tomé como punto de partida a amigos y amigas de mi época de niñez y adolescencia, en el vecindario donde viví hasta que me marché de casa de mis padres. Hacía quince años habíamos perdido todo contacto, no tenía idea de lo que había sido de ellos. Pero lejos de tomar como modelo a amigos concretos de esa época, mi imaginación sintetizaba las características más llamativas de varios en un solo personaje imaginario: la risa de una se combinaba con la forma de hablar de otro; las aficiones deportivas de alguna se sumaban a la forma de vestir de otro, etc., etc.

Los personajes que empezaron a tomar forma en mis cuadernos de notas eran como Frankenstein: seres hechos con los pedazos de muchos otros, que mi memoria y mi imaginación fundían en seres que a mis ojos resultaban verosímiles, plausibles. Frases, expresiones, gestos, anécdotas de muchas personas que conocí en aquella época tendían a refundirse en los perfiles de cinco seres imaginarios.

En esas semanas descubrí con asombro que el número de personas a quienes podía decir que conocía, que conocía en un nivel de veras profundo, era extremadamente reducido, y que la mayoría eran mis familiares más cercanos o personas ancladas en el pasado remoto de la infancia y la primera juventud. Más allá de ellos, tan sólo podía agregar a la lista a mi pareja y a algunas ex-parejas y, tal vez, a algunos de mis amigos y amigas más íntimos.

Un sueño reciente me había revelado lo que decidí sería el núcleo central de la intriga o argumento de mi libro: cinco muchachos —tres hombres y dos mujeres— estrecharían vínculos durante algunos años de la adolescencia, años intensos, plenos de hallazgos y descubrimientos. Juntos elaborarían proyectos vitales que luego, por diferentes circunstancias (en donde el azar y las corrientes históricas se mezclaban a partes iguales) la vida los lanzaría en diferentes direcciones, hasta que al cabo de quince o veinte años volvían a reunirse fugazmente. Entonces, reflejado en el espejo de los otros, cada uno tenía una imagen clara de su propia y rotunda transformación, del abismo entre sus sueños de entonces y las realidades de hoy.

Cuatro de los personajes se me habían revelado con relativa claridad, pero el quinto y último me eludía, se me escurría de las manos… Tras numerosas tentativas fallidas llegué a la conclusión de que, a diferencia de los restantes personajes, el quinto miembro del grupo de amigos no sería la síntesis o la suma de varios conocidos de mi adolescencia y juventud, sino que debería basarse en mi propia experiencia. Más aún: al final de la historia, cuando se revelara el destino o la suerte que habían corrido los personajes y los encontráramos en su edad adulta, descubriríamos que ese último personaje se había convertido en escritor y era el autor de la novela que el lector tenía entre sus manos. Me pareció un cierre natural y necesario; además de tener elegancia estilística, resolvía así numerosos problemas relacionados con el narrador y el punto de vista, etc.

Siguiendo a medias el procedimiento compositivo descrito por el Escritor, resuelve que para la protagonista de su novela, la palabra clave alrededor de la identidad ha de ser *memoria*, de modo que en la narración la presentará en una suerte de evocación suspensa de su pasado, preguntándose cuáles de los hechos vividos resultan determinantes para hallarse en la situación en la que se encuentra y ser la que es hoy. Esta evocación, de acentos forzosamente melancólicos, desembocará en una nueva perspectiva acerca de su propia vida y, quizás, en decisiones y cambios significativos…

Asociado a la memoria figura el pasado, de modo que la protagonista se sentirá intelectualmente atraída por las disciplinas que se ocupan del pasado y las formas «primitivas» o «antiguas» de organización social. En algún momento de su vida, esto la llevará a vivir fuera de la ciudad, en una comunidad que para ella simboliza todo lo puro y fascinante del pasado: la comunión, la unidad antes de la individuación. Esa comunidad, cómo no, estará junto al mar: el origen por antonomasia…

Estas asociaciones no son racionales: emergen, se le presentan de manera orgánica, unitaria, total; él toma nota de ellas y va convalidándolas, asombrado por su coherencia inasible, forzosa. Por su *necesidad*.

El otro personaje femenino de su novela es una joven de no más de veinticinco años, exalumna del marido de la protagonista en un curso universitario. Para ella, la palabra clave relacionada con la identidad será *cuerpo*. Y, de manera similar a como le ocurrió con la protagonista, asociadas a esa palabra surgen otras —sexo, mirada, sonrisa, danza, tiempo—, que condicionan o determinan la suerte del personaje, sus decisiones a lo largo de su vida, muchas veces sin que ella lo sospeche ni lo sepa. También en este caso, él es apenas un testigo asombrado de la coherencia secreta de estas asociaciones y de la forma como ellas condicionan o determinan la vida de su personaje.

Para el esposo de la protagonista las palabras decisivas serán *lluvia* y *viaje*. Partiendo de ellas, imagina y desgrana su destino. Pero para el otro personaje masculino, el joven cuya experiencia será cercana o parecida a la suya, no consigue dar con las palabras decisivas *que lo iluminen desde adentro*. La vida de ese personaje está signada por su búsqueda del amor, o más bien de redención por medio del amor: una serie interminable de relaciones efímeras que parece condenado a prolongar sin que avizore un cierre o un final.

Sin embargo meses después, en lo que escribe un episodio de la vida de este personaje, irrumpe su madre —¿la madre de él o la de su personaje?— y como un rayo, le revela las palabras mágicas: *demonio, daño, mal...*

Todo somos Frankenstein bajo el hechizo de un puñado de palabras mágicas.

Pero, de la misma forma como se formó, sin que medie una conversación ni un acuerdo, el grupo de poetas y escritores que se reúnen semanalmente por las noches terminará por disolverse. Varios recibirán premios nacionales, algunos también internacionales, y entre ellos se desatará una competencia velada por el liderazgo y el reconocimiento. Recibir premios ya no será sinónimo de corrupción y envilecimiento del oficio poético. Algunos, más que otros, recibirán invitaciones para participar en antologías, lecturas y festivales en el extranjero, y ello derivará en roces y resentimientos.

Por un tiempo echarás de menos las magníficas borracheras, las interminables discusiones sobre estética literaria y sobre la cuadratura del círculo, la complicidad, la fraternidad a grandes voces, y cuando se encuentren por casualidad en un bar, en un café o en la presentación de un libro, todos proclamarán invariablemente que deben volver a reunirse, que fue estupendo, que nada como los buenos viejos tiempos...

Pero no volverán a reunirse, al menos no como entonces, porque inexorablemente la vida los irá separando —cada uno asumirá retos y obligaciones que consumirán cada vez más de su tiempo—, y porque cada momento es irrepetible y nada nunca vuelve a ser lo que fue.

Con el paso de los años, los recuerdos de esa época se irán decantando en un conjunto de imágenes borrosas pero indelebles, sensaciones difusas, palabras como fantasmas flotando en la penumbra de tu conciencia. Pero no por ello se desvanecerá lo entrevisto y aprendido en su compañía durante esos años.

Tampoco cesará tu aprendizaje, tu exploración de los entresijos y desdoblamientos que unen vida y escritura, existencia y literatura, y aunque tus lecturas disminuirán y continuarán siendo tan azarosas y desordenadas como al principio, cada tanto surgirá una revelación, un hallazgo, y volverás a sentirte como un niño deslumbrado y sorprendido.

¿Cómo me había convertido en escritor? ¿Qué eventos decisivos incidieron en mi vida para terminar así? ¿Cuánto obedecía a eventos azarosos, cuánto a circunstancias sociales y familiares ajenas a mí, y cuánto a mi voluntad o decisión? Ese conjunto de interrogantes y otras parecidas emergieron de repente como un nudo que debía desenlazar. Recordaba muy bien que de niño fantaseé con ser astronauta o aviador, y que más adelante, cuando tuve alguna conciencia de lo que significaba elegir un oficio, me planteé la posibilidad de estudiar Arqueología en la universidad. Y sin embargo ahí estaba, imaginando mi tercera novela, en la que relataría la historia de un grupo de muchachos, amigos de adolescencia, que se proponían diversas cosas para sus vidas, pero al cabo terminaban haciendo otras muy distintas, uno de ellos convertido en escritor...

Me veía de niño en el dormitorio de la casa familiar, escuchando las risas de mi hermano mayor que se divertía leyendo por las noches; veía a mi madre subrayando libros en el sillón de la salita de televisión; a mi padre que también leía por las noches, recostado contra el respaldar de su cama, aunque de otra forma y por distintos motivos; me veía de adolescente, confundido y asustado, caminando por las calles en penumbras de mi barrio, y también explorando con desconfianza, con curiosidad, con interés, los libros de la biblioteca familiar; recordaba la emoción que me produjeron algunas lecturas de esos años, las primeras que decidí por mi cuenta, fuera de las que me imponían en el colegio; recordaba por sobre todo la sensación extraña que experimentaba al acceder por las palabras a un mundo ajeno que, sin embargo, revelaba mis sentimientos y mis pensamientos más recónditos e íntimos; me veía de adolescente escribiendo mis primeros poemas, imitando con torpeza los versos del único poeta que había leído, y más adelante, tecleando velozmente los primeros cuentos en la máquina de escribir que me regalaron mis padres, fumando un cigarrillo tras otro como entendía que debían hacer los escritores, y contemplando durante las pausas entre párrafo y párrafo la imagen inquietante de la caspa desparramada sobre las teclas de las máquina... Recordaba las dudas, la incertidumbre, el afán y la ambición de nombrar un mundo que imaginaba, que entreveía, pero que estaba lejos de conocer, y que se escurría entre mis dedos como el agua... Conversaciones interminables con conocidos y amigos que iniciaban el mismo camino; el deslumbramiento cada vez que daba con un autor que alimentaba mi asombro y me hacía experimentar sensaciones nuevas, columbrar mundos todavía inexplorados.

Tomé notas durante días. El personaje se dibujaba ante mis ojos cada vez con mayor claridad. Veía ahora sus titubeos iniciales, la sutil combinación de circunstancias y azares que desembocaban en su decisión; la mezcla de arrojo, ingenuidad e ignorancia que lo impulsaba a continuar; combinadas en oscura amalgama distinguía una fuerza poderosa, indomable, al lado de motivaciones espurias, los celos, la envidia, el afán de fama y reconocimiento...

Como a los otros personajes de mi libro, llegó el momento en que debí bautizarlo. No tuve que pensarlo mucho, el nombre surgió de manera espontánea y natural: Ricardo.

Ricardo anhelaba que algún día lo leyeran a él con la misma pasión con que él había leído a otros; quería ser parte de esa historia que iniciaba antes, mucho antes de la escritura; un arte transmitido y reinventado de generación en generación que nacía de las palabras o se valía de ellas, pero que las trascendía y aspiraba a revelar lo contradictorio, esquivo, frágil, grandioso y ridículo de nuestra condición, pues más que a reflejar la vida, la literatura aspira a iluminarla.

Algunos días después, cuando por fin me sentí preparado, Ricardo comenzó a escribir su historia: *Me asombraba la capacidad de mi hermano para perderse en las páginas de aquellos libros, su forma de fruncir el entrecejo o de abrir desmesuradamente los ojos como reacción a lo que leía. Con frecuencia lo hacía por las noches, acostado en su cama, alumbrado con una veladora empotrada sobre el respaldar; en entresueños yo escuchaba sus murmullos y sus risillas.*

Y cuanto más escribía, más recordaba. Luego llegó un momento en que ya no supe si lo que escribía era fruto de mi memoria o de su imaginación. ¿Pero qué importancia tenía? Pues *lo que pudo haber sido y lo que ha sido apuntan a un solo fin.* ¿Quién dijo esto? ¿Dónde lo leí? ¿Fue Shakespeare o acaso T. S. Eliot? Me daba lo mismo. Ricardo continuó escribiendo. No sabía cómo detenerse. No podía hacerlo ni quería.

EL ÚLTIMO POETA

MIGUEL ALBERO

Miguel Albero (Madrid, 1967) ha publicado las novelas *Principiantes* (2004), *Ya queda menos* (2011) y *Lenta venganza* (2012), y los ensayos *Enfermos del libro* (2009 y 2014), *Instrucciones para fracasar mejor* (2013), *Godot sigue sin venir* (Premio Málaga de Ensayo, 2016) y *Roba este libro. Introducción a la bibliocleptomanía* (2017). También, los libros de poesía *Sobre todo nada* (Premio Gil de Biedma, 2011), *Lista de esperas* (2014) y *Volver* (2016).

I

La realidad, como las grandes ciudades, se ha extendido y ramificado en los últimos años. Esto ha influido en el tiempo, el pasado se aleja con inexorable rapidez. Así, de esta guisa, arranca *El perjurio de la nieve,* un cuento largo de Bioy Casares que Gabriel Linaza leyó en la biblioteca municipal de su barrio, a la muy tierna edad de once años. Y no sólo es raro que lo leyera él, sino que lo hiciera en una preciosa edición de la colección Cuadernos de la Quimera, que por alguna extraña razón había llegado hasta Usera y allí hasta su biblioteca municipal, obra de los arquitectos Ábalos y Herreros. Pero entonces Linaza no podía sospechar que la extensión de la realidad iba a afectarle de lleno, y que en su caso iba a estar hecha de ficción, contaminada por ella. O tal vez sería mejor decir que lo que sucedió fue lo contrario a lo afirmado en ese arranque magistral, es decir, que la ficción, al igual que las grandes ciudades, se ha extendido y ramificado tanto en los últimos años que ha terminado por invadir la realidad, incluida la realidad más inmediata para Gabriel Linaza. Y sí, es verdad que en la ficción siguen habitando cómo no seres de otros planetas, sagas interminables con nombres inventados, y hadas y princesas en el muy fecundo terreno de la ficción infantil. Pero no es menos cierto, si se me permite esta forma de argumentar más propia de un recurso judicial, que esa ficción ya no es lo que era, y ahora se lleva mucho eso de la mezcla de géneros, novelas donde el autor aparece como un personaje más, donde la realidad invade esa ficción que debería respetar aunque sólo fuera por mantener las formas, por respetar las lindes de los géneros, que luego en las librerías no saben dónde colocar el producto, se les mezcla el género también a ellos y al final se equivocan. Aunque al menos aquí es el autor el que se incluye en su propia ficción, mientras que en caso de Linaza fue su propia ficción la que irrumpió en su no menos propia realidad.

Pero como esto empieza a parecerse a un trabalenguas, tal vez convenga comenzar por aclarar quién es Gabriel Linaza, al menos para quien escuche este nombre por vez primera, y antes de contarles cómo la ficción se metió en su vida como se te cuela en casa un pariente incómodo, procede describirles su triste devenir previo, pues quizás terminemos por concluir que él mismo jugó un papel no menor en esa desdichada invasión, que a la postre se convirtió en irreversible. Porque Gabriel Linaza quiso ser escritor desde muy pequeño, o al menos esa es la afirmación que le dictó su memoria durante el resto de su vida, una memoria trufada de interferencias como todas, y convertida con el tiempo en una compleja pero muy falsa versión edulcorada de la realidad vivida. Los hechos tercos nos cuentan otra película, la película de unos padres que le reían las gracias al niño —quién no lo ha hecho— y que encontraron no sólo graciosa sino estimulante la ocurrencia de repetir a quien quisiera escucharle una frase que había sacado de quién sabe dónde: *el mundo es un esparadrapo sin tripas*. Este niño es un poeta, repetía su padre también a quien quisiera escucharle, y esa repetición propiciaba a su vez la reiteración por el Gabriel infante de la frase de marras, para delirio y regocijo del respetable.

Y lo que quedó grabado en su muy maleable cerebro de cinco años no fue sólo la frase sino la certeza de que él era un Poeta, un Escritor con mayúscula, y con esa convicción viviría casi el resto de su vida, sin que los hechos, tercos otra vez, lograran disuadirle de semejante convicción, ni aun cuando ya no había nadie que le riera las gracias, ni siquiera que estuviera dispuesto a escucharle ni su frase surrealista ni un más simple y retórico *buenos días*. Muchos años más tarde, Gabriel supo que *espadrapo sin tripas* era una aliteración además de un desvarío, y esa comprobación no hizo sino reforzar su autoestima, algo indudablemente necesario en un momento en el que nadie más parecía profesarle estima alguna.

La convicción inquebrantable sirvió para que Gabriel perpetrara poemas, cuentos y novelas, con mucha mayor velocidad a la empleada por sus dedos en segregar uñas, y tuvo como consecuencia positiva que leyera todos los clásicos de la literatura mundial, que sus padres habían comprado en colecciones de quiosco con cubertería de regalo, y, ya metido en la harina de las palabras, cualquier cosa que cayera en sus manos, bien aconsejado a veces por la encargada de la biblioteca municipal cercana a su casa, por la que alguien que no supiera de su naturaleza ajena a este mundo habría afirmado que sentía algo más que complicidad intelectual. Fue en esa biblioteca donde leería el cuento de Bioy sin saber que la ficción iba a meterse en su vida, sin reparar en ese comienzo genial ni atisbar cuanto iba a sucederle. En el colegio, donde sus ocurrencias surrealistas también fueron jaleadas al principio, se convirtió con el paso del tiempo en un personaje afectado, objeto de burla nada amable por sus nada amables compañeros, pues terminó hablando con un lenguaje irreal sacado de los libros, y con diez años decía que un cuento era *desopilante*, utilizaba el verbo *espetar* en sus conversaciones, o se chivaba al profesor diciéndole que un compañero *le había zarandeado cual buque a la deriva*.

Sus padres intentaron corregir el error incitando a la criatura a desarrollar interés por actividades más propias de su edad, como el fútbol o el videojuego, pero el daño estaba hecho y parecía además irreparable, pues Gabriel sólo atendía monográfico a la llamada de la literatura, así a otros a su edad les da por esnifar pegamento. Con quince años ya había mandado tres novelas a todas las editoriales conocidas del país, siendo su madre quien sufragó abnegada las eternas fotocopias y los inútiles envíos por correo, un poco porque pensaba que tal vez su hijo era el genio que decía ser, y un mucho porque se sentía responsable de esa pasión malsana de la criatura por las letras, *al fin y al cabo se lo hemos inculcado nosotros*, le decía a su marido en esas conversaciones de cama que no preceden a nada bueno, sino más bien a un *buenas noches, si te parece lo hablamos mañana, he tenido un día de perros*.

Costó que el juvenil y ya muy perjudicado por las letras Gabriel estudiara una carrera, pues el ramalazo de ser Poeta con mayúscula implicaba una cierta atracción por la vida invisible, un convertirse en el Rimbaud del extrarradio madrileño, querencia a la que pudo tal vez la genética familiar, tres generaciones de funcionarios de correos por parte de madre, dos de auxiliar

de juzgado por parte de padre, un padre al que la idea de que
su hijo fuera un genio de las letras le entusiasmaba, pero que en
verdad quería que terminara de ingeniero o de registrador de la
propiedad. El entusiasmo se debía a una vocación literaria suya
juvenil que nunca se atrevió cobarde a seguir, quedando la literatura para los expedientes de aplazamiento, juicios de faltas o
recursos de amparo, y el pobre no quería que a su hijo le ocurriera
lo mismo, y por eso fue el letraherido el que dejó precavido de
reírle las gracias, mientras que fue ella, a la que la literatura interesaba de modo muy tangencial, y a la que inquietaban más que
entusiasmaban los delirios poéticos de su descendiente, quien
se convirtió en su principal apoyo. Pero ni ingeniero ni registrador, filología española fue la carrera inevitablemente elegida, al
menos así puede opositar a profesor, pensaba reconfortada su
madre, convencida ya a esas alturas de que su hijo único no iba
a ser Premio Nobel y que lo mejor era darle a la criatura algún
medio para que convirtiera su obsesión en un modo para ganarse
la vida, por modesto que fuera. Gabriel aceptó a regañadientes
seguir con su educación, pues prefería quedarse en casa y no tanto
entregarse a la vida invivible, cuando ya era un mozalbete con
gafas de patillas negras pegadas con celo, dientes muy torcidos
y no muy blancos, y un acné que era ya mucho más juvenil que
adolescente, y convertido a los ojos de todos incluidos los de él
mismo, en el clásico inadaptado al que ahora todos llamarían
friki, tal vez porque conviene utilizar una palabra extranjera para
mentar lo que se sale de la norma establecida.

En sus años universitarios, y tras los rechazos editoriales
que, lejos de disuadirle de su vocación, le confirmaron en la idea
de que él era un escritor adelantado a su tiempo, y por tanto
incomprendido por las actuales y romas generaciones, Gabriel
fue pergeñando su plan, un ambicioso proyecto literario al que
se consagraría en cuerpo y alma, y que concibió con la misma
grandiosidad reservada para el *Ulises* o para *En busca del tiempo
perdido*. El proyecto —a veces Dios escribe recto en renglones
torcidos— surgió precisamente del rechazo, no ya de las editoriales, sino de los premios, el refugio al que Gabriel y la mayoría

de los escritores inéditos acuden ingenuos, la última playa. Y es que antes de embarcarse en su gesta, Gabriel pensó siempre ingenuo que los premios iban a ser su modo de entrar en el mundo literario, pues coligió, ahí sí realista, que su condición de hijo de tristes funcionarios viviendo en una localidad cercana a Madrid sin guía turística ni parque temático, lo convertía en el peor de los candidatos para las editoriales, sin padrino ni mentor, sin enchufe ni derecho a lectura. Su ya reiteradamente referida ingenuidad lo condujo a pensar que los premios eran un territorio abierto donde sólo la calidad primaba, y empezó mandando sus textos a los premios convocados por las editoriales literarias, primero el Herralde, luego el Nadal en novela, primero el Hiperión, luego el Adonais en poesía, cuando aún tenía edad y todavía existía el premio. Los rechazos, que también esta vez eran hermanos del silencio, ni una sola contestación, ni un escueto acuse de recibo, tan solo la constatación cruel de que otro era el que había ganado el premio, podrían haberlo disuadido de nuevo, pero al contrario, sirvieron para configurar su proyecto, definido en una tarde de sol en el patio de su casa, mientras estudiaba las oposiciones a profesor de instituto que iban a procurarle el trabajo alimenticio que su madre tanto quería, para al menos así pensar que no se había equivocado del todo en la educación de su vástago tardío.

Los premios, concluyó solemne bajo el sol de justicia, son una suerte de destilado del gusto literario de una época, mi proyecto, colosal y desmedido (los adjetivos son suyos), será el de NO ganarlos todos, con lo que demostraré que soy un escritor adelantado a mi tiempo, el mejor escritor del porvenir. Y dicho y hecho, pues a ello consagró contumaz los siguientes diez años, tiempo en el que aprobó la oposición y comenzó a nadar en las aguas turbias del presupuesto estatal, dando clases en un pueblo de la sierra madrileña, convertido ya en un friki con todas las de la ley, que ignoraba tanto a alumnos como a profesores, que daba la clase mirando al suelo como si allí estuviera escondida la llave de la sabiduría y que vestía de una forma extraña que era puro desaliño, pues la ropa le interesaba tanto como el fútbol, los videojuegos o el paludismo infantil, es decir, nada. Por no interesarle no le interesaba ni el sexo de sus congéneres, y en esos años no se le conoció mujer ni varón, al menos los testimonios recogidos en la escuela años más tarde por un periodista, así lo sugieren. Un tarado, afirmó tajante un profesor de gimnasia al reportero, sin duda se veía que tenía madera de genio, sostuvo acertada a toro muy pasado una antigua alumna con gafas negras y blanca conciencia.

Para cumplir con su monumental tarea, Linaza decidió que iba a empezar por lo más difícil, y eso no era NO ganar los grandes premios de novela y poesía, sino más bien al contrario, puestos a NO ganar, era mucho más relevante y complejo NO ganar los más modestos. Para que la apuesta fuera verdadera y no una impostura de escritor posmoderno, se propuso escribir siempre pensando en el premio, siempre de encargo, un encargo que él mismo se hacía y que consistía no en escribir un texto para NO ganar el premio, sino en concebir el mejor texto del que era capaz teniendo en cuenta las características del premio, en intentar ganarlo, vaya. Es decir, se adaptaría camaleón a lo que el premio requería, porque era la única forma de que NO ganar el premio tuviera un valor, ninguno tendría mandar un relato erótico a un concurso del obispado de Albacete y NO ganarlo, o una novela histórica a un concurso de haikus y NO salir ni finalista. El resultado de esta tarea colosal es el llamado Archivo Linaza, que celosa e inconscientemente conservó su madre en espera de la llegada de la posteridad, compuesto por una carpeta dedicada a cada premio, donde figura el texto enviado, el resguardo de correos de haberlo mandado en tiempo y forma y un recorte de prensa del ganador del mismo, a veces convertido en dossier de prensa cuando se trata de los premios mayores. El estudio del Archivo Linaza, según se dice en la web a él consagrada de la que más adelante les daremos cuenta, nos revela a un autor excepcional, que, parafraseando al maestro, es más una literatura que un escritor. Dos son los rasgos que sobresalen de esa obra descomunal; el primero es la constancia, como si quisiera cumplir aquello de que en España el que resiste gana; el segundo, la personalidad del autor, disfrazada para cada ocasión, pero que late terca en cada línea, en cada párrafo, aunque en tonos y géneros dispares.

Porque Linaza no cede nunca acomodaticio a la tentación de la faena de aliño, y pone todo su empuje en cada una de la tareas, por mucho que el objetivo sea el *Certamen de relatos cortos carcelarios Conrada Muñoz*, o el no menos relevante *Concurso de relatos isoniomia mujeres y sexualidad.*

Durante diez años diez, Linaza participó en casi seiscientos premios, probablemente en los años donde los concursos literarios en España florecían más, como las grúas o los Cayennes al albur de la burbuja económica, cuando cada ayuntamiento quería tener su premio y que éste estuviera mejor dotado que el de su vecino —el caso era ver quién la tenía más grande, aunque fuera en poesía— cuando las empresas, asociaciones de mujeres con artrosis, fundaciones y clubes de alterne convocaban entusiastas premio tras premio, para regocijo de los escultores de tercera que así colocaban sus inmundas creaciones para ser entregadas en una velada con champán y autoridades. Y lo hizo investigando y presentándose a cuanto premio se convocaba, armado de una web donde encontraba las convocatorias y alarmado porque en un momento pensó que su proyecto era tarea imposible, cada año aparecían nuevas, como si los premios tuvieran que crecer a la par que las urbanizaciones en la costa, en un proceso de metástasis que no parecía tener fin. El objetivo final, el que vislumbró en esa tarde de sol en el patio de su casa, era publicar un libro que fuera la síntesis de todos ellos, que recogiera su trabajo infinito, un libro llamado *A pedido, SIN encargo* y decorado con una faja roja donde figurara el siguiente lema: *El único autor que NO ha ganado todos los premios literarios en lengua española.*

Y hemos dicho que dos son los rasgos principales de la obra de Linaza, porque junto con el tesón, hay un hecho notable que debe resaltarse; pese a utilizar lenguajes distintos, a veces más simples si el premio lo requería, a veces más complejos si pensaba que así iba a gustar más al jurado, en todos, en todos y cada uno de ellos, de la poesía al cuento, de la novela al ensayo, dos temas aparecen siempre, para mostrar esa fuerte personalidad escondida, y es que, las obsesiones de todo escritor, ya los sabemos, se repiten como la Historia. Uno de esos temas es el incesto, el otro la miopía. Y es

verdad que no es difícil que aparezcan en una novela de cuatro-
cientas páginas, pero que hasta en los concursos de aforismos, en
los de poesía carcelaria o de tema taurino, estén tratados ambos
asuntos, sin duda llama poderosamente la atención y revela una
personalidad fuera de lo común. Una personalidad que por cierto
serviría de tesis doctoral para mucho psicoanalista, pues Linaza
era miope y de los severos, y al tener a la miopía como obsesión
estaba reflejando una experiencia personal, cumpliendo bienman-
dado el dicho que reza que toda literatura es autobiografía. La otra
de sus obsesiones era como hemos apuntado el incesto. *La miopía
es la tara que te impide ver que no es necesario buscar el sexo fuera, pues
el mejor lo tienes en casa.* Esta máxima, presentada al concurso anual
de aforismos Ciudad de Écija, serviría sintética para ilustrar cómo
era capaz de introducir ambos asuntos en un palmo de terreno,
así hay quien hace juegos de palabras con una sola.

II

Una vez decidida la tarea que iba a dotar de un sentido a su
existencia, los primeros meses fueron de incertidumbre, porque
al elegir los premios supuestamente más fáciles, el temor de ganar alguno y que el proyecto entero se viniera abajo le impedía
dormir por las noches. Por ello respiró aliviado cuando NO ganó
un concurso de poesía que el charcutero de su barrio, que hacía
ripios en sus ratos de ocio, convocaba cada año, y cuyo premio
era un surtido de embutido como para ganar un concurso mundial pero esta vez no literario sino de colesterol. Y respiró porque
el año anterior lo había ganado un compañero de curso que era
analfabeto funcional, pero para su suerte, su poema, que era una
oda al salchichón donde ponderaba su papel secundario, escrita
con un lenguaje accesible, y donde, cómo no, se hablaba de miopía

e incesto (les ahorro aquí la transcripción de los versos) no fue considerada por el jurado, compuesto por el propio charcutero y un sobrino dentista.

Y así, salvados los escollos primeros, Linaza prosiguió incansable su tarea hercúlea, jaleado porque en ningún caso ganaba premio alguno por ignoto que fuera, señal de que su literatura seguía estando adelantada a su tiempo, por mucho que el propio tiempo fuera a su vez transcurriendo con su ritmo habitual y que, como recordaba Bioy, el pasado se alejara con enorme rapidez. Durante diez años diez, y en las horas que debería dedicar a corregir exámenes o a preparar clases, sin apenas dormir, con las gafas empañadas del sudor y los dientes igualmente torcidos y aún menos blancos, Linaza fue cumpliendo tenaz su proyecto con la seguridad del que está tramando una gran obra, novelas históricas, poemarios, libros de cuentos, cuentos sueltos, greguerías. Aunque él nunca lo supo, el proyecto estuvo a punto de fracasar en Murcia, en otra tarde de mucho sol, con el jurado del Premio de Novela Ciudad de Murcia reunido en su sesión plenaria con no fecha pero sí hora de caducidad, pues esperaba puntual y generosa la cena con derecho a atracón, el mejor argumento para haber aceptado formar parte de semejante cuadrilla.

Al jurado habían llegado preseleccionadas seis novelas, aunque todos daban por hecho que ganaría una, al punto de que estaba ya redactada el acta, en la que se alababan «el uso de una prosa ágil y poco convencional» y «el ritmo trepidante que atrapa al lector desde la primera página», expresiones que curiosamente aparecían con mínimas variaciones en el acta del año anterior. Y hasta ahí todo bien, porque esa novela no era a Dios gracias la enviada por Linaza. El problema surgió porque uno de los miembros del jurado, catedrático de literatura con prestigio ya muy deteriorado (el catedrático y el prestigio) al que antiguos compañeros de remotas juergas invitaban a estos jurados para procurarle algún ingreso y conseguir de paso que los dejara en paz el resto del año, estuvo a punto de dar al traste con lo planeado, y otra vez de paso arruinar el proyecto Linaza para siempre. Como la reunión para el paripé de la deliberación era a las seis y el catedrático había llegado a Murcia por la mañana, nuestro personaje aprovechó la misma para hacer un recorrido de bares con un viejo amigo de la universidad, rematado con una comida donde no se bebió el agua de los floreros porque floreros no había. Al llegar a la reunión, instalado en una fase de su ebriedad donde la corrección política quedaba excluida, y tirando suicida piedras contra su propio y ya muy frágil tejado, interrumpió al presidente, que estaba dando la bienvenida a los presentes con la solemnidad del caso, para afirmar que no estaba dispuesto como cada año a dar un premio previamente cocinado, y que la única novela digna de recibirlo era la de Linaza, que con el título *Dioptrías*, era también por cierto la única que se había leído, aunque este último hecho se cuidó muy mucho de compartirlo con el jurado. A continuación, con la voz y el vigor conferidos por los incontables chupitos de pacharán, pasó diligente a desgranar las bondades de la novela, y terminó su parlamento con una breve pero también solemne soflama que era una apelación a la conciencia del jurado.

—Estaremos defraudando a los escritores de verdad, cercenando el talento de quienes se presentan a calzón quitado a premios como este, si somos capaces de darles la espalda y elegir una novela mediocre de un amigo de no sé quién. Yo desde luego no pienso hacerlo y confío en que ustedes tampoco.

No sabemos si la soflama tuvo un poder de convicción que no había disfrutado el catedrático ni en sus mejores años de profesor, o si alguno de los presentes había practicado también sin moderación el almuerzo con sobremesa, el caso es que inició una agria discusión, pues el primero en sumarse entusiasta a las tesis del catedrático fue el ganador del premio del año anterior, que, con lágrimas en los ojos suscribió emocionado todas y cada una de sus palabras, ante la mirada de estupor de alguno de los presentes, pues tan cocinado como iba a estar el de ese año estaba el del año precedente, y si no de qué iba a haber sido él el ganador, algo que perfectamente sabía el interesado pues a quien debía el favor era precisamente a los presentes, que no eran para él ni mucho menos desconocidos, más bien compadres, amigotes, o, en el mejor de los casos, deudores de favores pasados.

Ya lo ven, a veces las grandes obras de la creación pueden frustrarse por factores externos, un exceso de pacharán estuvo a punto de dar al traste con el trabajo de más de diez años, pero para suerte de Linaza, al final se impuso la cordura, o si prefieren el criterio de los sospechosos habituales, y en una cerrada votación donde el presidente del jurado y también de la Diputación tuvo que hacer valer su voto de calidad, ganó el de la prosa ágil y ritmo trepidante, y finalmente todos firmaron el acta ya previamente redactada, y el catedrático perdió así uno de los pocos lazos que le quedaban con el mundo de las letras y se ganó a cambio una resaca monumental, pues celebró su derrota con el resto en la cena, bebiéndose alegre esta vez sí el agua de unos hermosos floreros con calas que decoraban el salón principal.

Pero si ni el azar ni el pacharán sin hielo lograron tumbar el gran proyecto Linaza, fue el propio Linaza el encargado de dinamitarlo, muy a su pesar y muy al final, o si prefieren la terminología de periodista deportivo, fue el propio Linaza el que lo llevó a naufragar en la orilla. Después de haber conseguido NO ganar en el conjunto de los premios del país, Linaza se había reservado para el final lo aparentemente más fácil, los premios gordos, los que están ya dados sin duda, aquellos donde a veces aparecen los libros y las abonadas reseñas incluso antes de que se haya reunido el jurado. El Planeta y el Herralde, a los que Linaza había mandado iluso sus novelas juveniles, eran la traca final, el fin de fiesta con red. Pero a pesar de ser los más fáciles, nada causó mella en el semblante esquivo de Linaza, que abordó ambos proyectos con la misma intensidad que el Premio de Haikus Separa-páginas o el de Cuentos Culinarios Restaurante Miraflores (CCRM).

Para el Planeta estudió a fondo los precedentes y advirtió sagaz dos cosas; la primera, que la mayoría eran lo que ya venía a denominarse como thriller histórico, esto es, narraciones policíacas acontecidas en algún momento del pasado remoto y en algún lugar a ser posible exótico. Y así, entre párrafos sobre el Renacimiento o Bután, con profusión de datos fusilados de algún manual o de la mismísima Wikipedia, se sucedían crímenes horrendos que alguien también sagaz terminaba por resolver al final de la trama. La otra característica era que los ganadores eran famosos, entendido esto como que la fama, ya fuera en literatura, o mejor aún en un *reality* o en cualquier otro formato televisivo, precedía al premio, de manera que el nombre, famoso en sí, fuera un reclamo para vender, la razón por la que los lectores acometieran la compra de semejante bodrio. Linaza desistió de una primera idea de apuntarse a Gran Hermano seiscientos, patrocinada ese año por Seat, y se concentró en la parte estrictamente literaria, si no se había convertido en japonés para NO ganar los concursos de haikus, tampoco se iba a volver famoso para NO ganar el Planeta, fue el razonamiento impecable que él mismo se procuró.

Su novela, *Mi amante, mi hermana*, estaba ambientada en la época de los Medici, y los protagonistas eran una pareja de detectives que llegaba a la conclusión de que los crímenes no eran obra de la propia familia como sostienen los libros de Historia, sino debidos a una serie de intoxicaciones alimenticias cuyo origen era la miopía congénita de todos ellos, que no les permitía ver la fecha de caducidad de los yogures — quizás porque entonces no había yogures o no llevaban fecha de caducidad — y terminaban palmando como chinches. Linaza dejó reposar el libro un año para mandar a la vez, en acto simbólico que ponía fin a su proyecto, esa novela y la del Herralde, que le costó casi un año de intenso trabajo. Para ésta adoptó una voz claramente sudamericana, porteña para más señas, pues pensó que convenía más a sus fines, haciendo una suerte de pastiche entre Piglia, Pauls y Caparrós, con el tema de fondo de un empresario español corrupto que hace su fortuna en Argentina después de estafar a medio mundo en España en el boom inmobiliario, y un ritmo de narración que lo podría haber firmado Bolaño, o del que algún crítico despistado diría que era un remedo de la prosa de Bolaño. Esta vez el título, X, no contenía ni incesto ni miopía, pero el argumento se ocupaba de saldar esa laguna insoportable de forma exhaustiva.

Y cuando todo parecía que iba a salir bien, cuando Linaza tenía encargada ya la faja roja para el libro que iba a consagrarlo como el escritor del Porvenir, o de lo porvenir como a él le gustaba decir, sucedió lo imprevisto, o más bien lo inverosímil. Imprevisto e inverosímil pero simple, Linaza se equivocó al mandar las novelas y envió al Herralde la que estaba destinada al Planeta y viceversa. Nada grave, pensaría un observador externo, primero porque él no se había dado cuenta, y segundo porque nada distinto ocurriría, al fin y al cabo era todavía más difícil, dentro de la imposibilidad, ganar el Herralde con una novela como *Mi amante, mi hermana*, y casi imposible ahí ya dentro del imposible metafísico, ganar el Planeta, con *X*, aunque la verdad es que lo difícil era que cualquier novela enviada lo ganara, ya fuera *Cien años de soledad*, o *El principito*, pues el premio estaba apalabrado desde hacía meses. Y la sorpresa imposible saltó en el Planeta, donde ya hasta los libreros conocían por su distribuidor el nombre del ganador. Aquí no hubo catedrático ebrio ni sobremesas con pacharán, sino la decisión del jurado de darle un giro al premio, una vez supieron consternados, la misma mañana de la entrega, que si concedían el galardón a la novela que ya estaba en imprenta sufrirían un pleito por plagio que tenían todas las de perder. Y como ya nadie salvo los frikis se presenta al Planeta, porque todo el mundo sabe que está cocinado y hasta servido, consumido y digerido con Almax, y la novela finalista perpetrada por una periodista del corazón era tan mala que hasta al jurado le daba vergüenza, decidieron hacer de la necesidad virtud, y elegir, por una vez y desde luego sin que sirviera de precedente, a una novela que fuera literaria de un autor desconocido. La novela escogida fue *X*, el autor, Gabriel Linaza.

A partir de entonces, ya conocen ustedes la historia, sobre todo si les digo que la novela apareció firmada por Gabriel Usera, que así pasó a llamarse Linaza por un empeño del director de marketing de la editorial, que pensó que su nombre no era comercial, y que había transigido a duras penas con que se premiara a un bodrio literario, pero impuso su criterio en cuanto al nombre, tomado del barrio que lo vio nacer, así apelamos a su origen humilde y tal vez vendemos más en los Hipercores, fue el argumento simple pero eficaz con el que convenció a sus superiores. Linaza acudió ya muy tocado a Barcelona tras la llamada de la editorial para que estuviera presente en la velada, rezó a todos los santos para que resultara finalista y no ganador, lo que al menos le permitía concluir con honrilla su proyecto, y directamente enmudeció cuando lo llamaron al estrado como ganador y el *speaker* pronunció triunfal su frase de presentación: ante ustedes el que va a ser el referente de la gran literatura en español de las próximas décadas. O bien porque quiso ser fiel a su proyecto, o bien porque se le cruzaron los cables, Linaza recogió el premio y habló de *Mi amante, mi hermana*, en lugar de *X*, lo que la crítica interpretó aguda como la gran *boutade*, que dejó por cierto patidifusos a los muy encorbatados asistentes al evento, como si hubiera sido un toque de humor fino de un escritor del porvenir. Cuando el periodista *speaker* le preguntó cómo se sentía un escritor inédito ganando el Planeta, Liaza apeló precisamente a su condición de escritor futuro.

—Tengo una obra monumental escrita, que abarca todos los géneros, si está inédita es por voluntad propia, a los escritores del futuro no nos importa publicar en lo que dentro de unos segundos será pasado inmediato.

Aquí los encorbatados aplaudieron, a algún compañero de profesión se le atragantó de la risa el gin-tonic copa balón con pepino chino, y cualquiera habría identificado a las agentes literarias en la sala sin conocerlas, porque se les abrieron los ojos al oír la expresión *obra monumental*, a dos incluso se le movieron en círculo las pupilas en el interior como a la nunca suficientemente ponderada Marujita Díaz, y más de una salió corriendo hacia el despacho para ir preparando un contrato.

En el tren de vuelta a Madrid, a Linaza le acompañaba un asistente de Planeta que le iba desgranando lo que iba a ser su vida en los próximos doce meses, firma en El Corte Inglés de Úbeda, presentación en la Semana Grande, desayuno con Ana Rosa, mientras Gabriel, ajeno a su calendario de Miss Universo sin pareo, iba contemplando quedo el abismo de la meseta castellana como quien contempla vacío el mismísimo abismo del universo. En ese tren viajaban tres agentes que iban a Madrid a intentar ficharle, dos que se encontraron pidiendo un bocata chicle en el bar y fingieron no verse, y una tercera con la que la primera se cruzó en el pasillo y a la que propinó sin ser vista un rodillazo nada involuntario, era preciso ir eliminando rivales lo antes posible. Al llegar, Linaza pidió a su asistente que lo dejara en paz unas horas, se encerró en la ducha de su casa con agua muy caliente, y cuando llamó al timbre la primera de las agentes, que había echado por el hueco de la escalera a la que ya tenía la pierna maltrecha por el rodillazo, la invitó a entrar y le anunció envuelto en un albornoz que alguna vez había sido blanco, que firmaría un contrato con ella si esperaba diez minutos en el bar de abajo. En esos diez minutos, Linaza se vistió, guardó tres mudas limpias en una bolsa de plástico del mismo Corte Inglés donde ya NO firmaría libros y salió por la puerta de su casa, una mañana fresca y con nubes, con la firme voluntad de desaparecer de la faz de la tierra, o al menos de la faz de la tierra donde alguien pudiera reconocerle como el ganador del Planeta.

III

Con su espantada con mudas limpias termina la primera parte de la vida de Linaza, la que acabó convirtiéndolo en un escritor de éxito y ya de paso en un fenómeno de masas. Su desaparición, que incumplía varias de las normas incluidas en las bases del Planeta, duró seis meses, en los que en efecto NO firmó libros en unos cuantos El Corte Inglés, donde ya se habían programado eventos de presentación. Los responsables de la editorial no daban con él, y contemplaban con estupor pero también con enorme satisfacción, que la sonora ausencia traía a cuenta, pues creó un aura de misterio que hizo que el libro se vendiera como churros, porras o palmeras de chocolate, mucho más probablemente que si hubieran visto a su autor balbucear sin gracia unas palabras en un acto, o contestando torpe y con la mirada perdida a algún periodista. Es el Pynchon español, decían perspicaces los más leídos, está en un psiquiátrico, un nuevo Leopoldo María Panero con dientes y sin hermanos, proclamaban entusiasmados los marginales, era un mero negro, se equivocaron al darle el premio, sostenía decidida Ana Rosa en su programa, con la convicción del que sabe y muy bien de lo que habla.

El reinado de Miss Universo que es el Planeta, dura como la corona con bikini un año, justo hasta que hay otro que lo gana y que reemplaza religiosamente al anterior en las firmas del Corte Inglés, con igual dedicación y similar estupidez y a veces, si hace falta, con bikini y pareo, que aquí lo único que cuentan son las ventas. Pero no hubo que esperar ese tiempo, porque a los seis meses Linaza apareció. Y aunque ese fue un dato que tanto la editorial como el interesado se cuidaron muy mucho de revelar en este caso para mantener el misterio, como el profesor ocultó en Murcia su lectura parcial de los finalistas, mucho misterio no había. Linaza había estado todo ese tiempo encerrado en una pensión de buena muerte en la ciudad francesa de Poitiers, escondido sin salir a la calle, sobreviviendo a base de baguettes y camembert adquiridos de saldo en un súper cercano, con los ahorros agotándose día tras día y los alumnos encantados recibiendo clase por un sustituto con suerte. No había hablado con nadie desde el día del premio, no había comunicado por supuesto al colegio su ausencia, tampoco a sus padres, había cogido un tren y después otro y se había detenido en Poitiers como podía haberlo hecho en Brest, el único objetivo era salir de España, con la sola sana ambición de que lo dejaran en paz para siempre.

Los primeros días, encerrado en esas cuatro paredes con papel pintado y un único cuadro espantoso de una marina con tormenta, Linaza contempló muy de cerca la idea del suicidio, su gran proyecto literario se había venido abajo, toda una vida dedicada a un afán que al final carecía de sentido, y él convertido en ganador del premio que representaba todo lo que detestaba en literatura. A esos deseos siguieron otros mucho más precisos definidos de forma negativa, consistentes en no tener ganas de nada, como si se hubiera desfondado para siempre, como si el fin del proyecto vital supusiera la llegada de la nada con nada, del vacío sumado al vacío. Se pasaba los días mirando bobo la pantalla de la televisión sin sonido, tirado en la cama, descuidando y muy mucho su higiene personal, al punto de que cuando bajó una mañana al súper casi no le dejan entrar por confundirlo con uno de los *clochards* del barrio. Pero llegó un día en el que algo cambió, debió de ser un arranque de lucidez, o tal vez la constatación de que se estaba quedando sin blanca, o por qué no una combinación astral de ambas circunstancias, y Linaza se duchó por fin, no se puso el albornoz porque no se lo había traído y en la pensión no ofrecían semejante complemento con escudo, y decidió regresar a España.

Y es que de pronto Linaza empezó a verle todas las ventajas al asunto, había ganado el premio más cuantioso con una novela literaria, podía vivir un tiempo de la literatura y dejar por fin el instituto, ¿qué había de malo en ello?, ¿no era una bendición en lugar de una condena? Sí, es verdad que su proyecto de NO ganar todos los premios literarios era ya un proyecto frustrado, pero esa frustración iba acompañada de una buena suma de dinero, la más cuantiosa en el mundo literario, si hubiera ganado el del charcutero estaría igual de frustrado pero además sin un duro, obligado a ir a ese instituto que tanto le espantaba. Además, en esa novela había dado lo mejor de sí mismo, sí, es verdad que el tema era la crisis, el fin de la burbuja, que el protagonista era un zafio constructor de medio pelo que se aupaba a lo más alto con las peores artes, pero bajo esa envoltura había una prosa rica, un sinfín de referencias literarias y de citas, un mundo que era el suyo, esa era una novela por la que podía dar la cara. Porque si hubiera sucedido al revés, esto es, si hubiera ganado el Herralde pero con la novela destinada al Planeta, entonces tendría un premio sin duda más literario, sí, pero con una novela comercial que era una obra sin duda menor, pues estaba destinada a un premio comercial, una novela que, aislada de su Gran Proyecto, confundiría al público sobre sus verdaderas ambiciones, una novela a la que la crítica fulminaría sin piedad. No, definitivamente no debía de avergonzarse, nada malo había en lo que acababa de pasar, al contrario, podía ser la ocasión para convertirse en el escritor reconocido por todos que siempre quiso ser. Volvamos pues a recoger el botín, esa debió ser la instrucción que se impartió a sí mismo, utilizando el nos mayestático al que un premiado de semejante calibre tenía sin duda derecho.

Y así, cuando ya los periódicos lo situaban en una playa brasileña, otros hablaban de una operación de cirugía estética para hacer su rostro irreconocible, Linaza se presentó en las oficinas de Planeta, con sus gafas de culo de vaso recién limpias, su cuerpo serrano de meses de camembert y una camiseta gastada y sin mangas de Calzados Pradillo. Vengo a por mi cheque, le dijo garboso al portero de la entrada, necesito la pasta, añadió seco al ver la mirada de coña sin matices del empleado, que no había reconocido a la gran estrella de las letras españolas, al mejor escritor del porvenir. Los meses siguientes fueron meses de promoción, los ejecutivos de la empresa decidieron que se concentraría en seis meses lo que habían previsto para todo el año, y con ese programa Linaza se desayunaba firmando libros en Jaén, alegrándose en público de estar en Écija, almorzaba con periodistas en Écija donde obviaba hacer cualquier mención al lugar para no meter la pata, y por la tarde presentaba su libro en El Corte Inglés de Sevilla de la calle Sierpes, con un público entregado para ver al que ya todo el mundo conocía como el mayor friki de nuestras letras. Porque, terminado el misterio Linaza, la realidad Linaza se reveló como un amuleto para la promoción por puro disparate, convertido en evento, viral lo llamaban ahora los periodistas, aunque al principio todo saliera tan mal como para aventurar el mayor de los desastres y el único virus que se veía venir era el de la gripe. Y es que Linaza decidió, con el mismo tesón con el que había construido durante años su gran obra, el Archivo Linaza, que iba a limitarse escueto a contestar con monosílabos, que no iba a comentar nada de su novela porque la novela ya lo decía todo, y que terminaría cada una de sus presentaciones con la frase *el mundo es un esparadrapo sin tripas*, como si quisiera vengarse de su ocurrencia infantil, frase que era también la que escribía como única dedicatoria en todos y cada uno de los libros que le sometían a firma, en lugar de los más tradicionales *para Paula con cariño* o *desde el afecto para Rafael*. Eso sí, el personaje vendía pero tenía sin duda efectos colaterales, las cenas y comidas programadas con periodistas y otros escritores de cada localidad terminaban casi siempre mal, porque Linaza seguía usando el monosílabo como eje de la conversación y mirando al techo, como si en cada uno de los techos de los restaurantes se encontrara la solución a los problemas de la humanidad. Nunca la encontró.

Porque el personaje que Linaza se había construido para la ocasión, que por cierto se parecía bastante a su propia persona, era así, un tipo más raro que diez perros verdes, vestido siempre con una camisa esta vez amarilla de la que había comprado cinco ejemplares en El Corte Inglés de Murcia aprovechando una firma allí, y que añadía como rasgo distintivo una dipsomanía cada vez menos incipiente, pues bebía compulsivamente cuanto le sirvieran, no teniendo el alcohol ningún aparente efecto sobre su locuacidad, más allá de terminar abotargándolo hasta que los monosílabos generosos daban paso al silencio más espeso. Y es en este ámbito donde Linaza fue cambiando más a lo largo de esas semanas de viaje interminable, pues mantenía firme y hortera la camisa amarilla, mantenía recio y vago los monosílabos como respuesta tipo, la firma con esparadrapo incluido, pero bebía cada vez más, no ya ahora lo que le procuraban sin pedirlo sino lo que él exigía, al fin y al cabo soy un escritor laureado, tráeme un whisky, le decía al camarero estupefacto recién terminado el desayuno.

Así pasaron los seis meses de promoción, que iban a ser recortados pero finalmente se mantuvieron, pues el desastre se tornó la mejor estrategia comercial, todo el mundo quería ver al friki del que no paraban de hablar en las redes sociales, había colas en las firmas de libros, clases del colegio enteras que acudían a la presentación y se hacían un *selfie* incluso años antes de que esta modalidad de autorretrato se pusiera de moda, todos querían acercarse a apreciar la camisa amarilla, a ver si era verdad que las gafas de culo de vaso estaban tan llenas de mugre que parecían de sol. Para muestra un botón sin ancla, lo sucedido en la presentación del libro en Zaragoza, en lo que muchos podrían denominar como una performance, y que explica mejor que nada el éxito de ventas de la novela y la consagración de Linaza, si no como escritor, sí como fenómeno mediático. A falta de mejores ofertas culturales —la crisis no perdonaba— un colectivo de arte urbano convocó en las redes sociales a los zaragozanos para que acudieran a la presentación con el argumento de que tocar a Linaza daba buena suerte, que un breve roce con la camisa amarilla podía procurarte una semana de bienestar. La ocurrencia fue de uno de los más gamberros del colectivo, que pensaba que Linaza era lo mejor que había visto en años como icono pop. Y prendida la mecha, el fuego iba a alcanzar proporciones desmesuradas, de esos que en verano queman nuestros bosques y no hay quien lo apague ni con el mejor de los bomberos.

Cinco mil personas y no una menos, según estimaciones de la policía y no de los organizadores, se llegaron al Corte Inglés como si en lugar de presentarse el libro de Linaza empezaran las rebajas, y los responsables de la editorial tuvieron que llamar a la policía para proteger a Linaza y no sólo para que los contaran, alarmados porque todos y cada uno querían tocar a Linaza como si fuera el brazo incorrupto de Santa Teresa, y cabreados porque sólo una parte, no menor todo hay que decirlo, quería comprar la novela. Algunos se acordarán porque la noticia salió al día siguiente en toda la prensa, y desde entonces en cada uno de los actos no faltaba la policía nacional, ni un número elevado de fans que quería tocar a toda costa a Linaza. Los de Planeta barrieron para casa como era de esperar, anunciando en cada plaza que cualquiera que acudiera a la presentación podría tocarlo, pero sólo si previamente había adquirido un libro, es decir, si hacía la cola prevista para la firma, donde daban números como en el supermercado del mismo Corte Inglés, y así podías coger el tuyo, irte mientras esperabas al supermercado porque ya te llegaba el turno para la pescadería, y volver con la lubina fresca a tocar a Linaza antes de comprarte el boleto de la primitiva, por supuesto sin salir del Corte Inglés, y ver si en efecto daba buena suerte. Linaza tuvo que multiplicar las firmas, aunque para suerte esta vez suya, muchos se contentaban con tocarlo sin que les firmara el ejemplar, que más valen cinco minutos de buena fortuna que una primera edición firmada por un friki con camisa amarilla.

Seis meses o mejor cinco meses y tres semanas duró la historia, porque en la última gira de promoción algo cambió radicalmente, de nuevo Linaza daba un giro sin que nada avisara a la concurrencia o a él mismo de su inminencia, instalado en la celebridad parecía querer despistarnos con sus mudanzas, aunque eran más bien reacciones espontáneas de un escritor perdido y no estrategias para confundir al personal. Y es que en Santander, tumbado sobre la cama del hotel que esta vez no tenía una marina como decoración sino arte rabiosamente contemporáneo producido a granel por un artista local, y viendo sin sonido la televisión como ocurrió en Poitiers pero esta vez un programa de cocina español, Linaza se levantó de pronto de un salto y decidió que quería disfrutar el dinero, que ya estaba bien de ser un *pringao*, fue la expresión que se dirigió a sí mismo con solemnidad y vehemencia, un dinero que honradamente se había ganado y que le permitiría vivir sin tener que hacer nada que no quisiera. Nada. Esto de la vida de escritor famoso es un coñazo, añadió en su discurso dirigido a su misma persona, hay que conocer a gente nueva que no te interesa lo más mínimo, nadie tiene el mínimo interés por la literatura, qué coño escritor famoso, rico a secas, eso es lo que él era ahora, rico y ocioso es lo que tenía que ser, sin que nadie aporreara la puerta de su habitación cada mañana para despertarlo, sin tener que saber qué iba a hacer cada día, los ricos ociosos se definen precisamente porque hacen lo que se le cantan las pelotas, añadió utilizando sus conocimientos de las expresiones argentinas, no lo que les manda la muy forzadamente amable chica de prensa de la editorial.

Con la camisa amarilla puesta, se fue directo a una de las tiendas más caras de la capital de Cantabria, de soltera también Santander, de donde salió vestido de negro Armani impecable, pantalón, camisa y hasta calzoncillos, y peinado con gomina también adquirida allí cerca, se dirigió decidido al casino de la ciudad que tanta fama tenía, donde jugó pródigo a la ruleta durante dos horas, invitó generoso a tres copas a una desconocida que en realidad era una profesional del alterne, y terminó feliz en la cama con ella, perdiendo, en esa misma noche iniciática, 20.000 euros y la virginidad tanto tiempo y tan celosamente conservada, esta segunda no por el mismo precio sino por uno mucho más modesto. Y es que ya saben, a veces la Historia se acelera, decenios de calma chicha se vienen abajo en segundos y de pronto todo es zozobra, nada es ya lo que era. Y por ese proceso de aceleración histórica, en la presentación de Santander, lo mismo que en la de San Sebastián, quien fuera a ver al hombre de la camisa amarilla se encontró con otra persona, que hablaba sin parar de literatura, mezclaba a Lacan con Corín Tellado, y parecía más ahora sí una versión con dientes de Leopoldo María Panero que el monosilábico ganador del Planeta, pero eso sí sin ninguna gana de ingresar en manicomio alguno, Mondragón estaba cerca pero no era ese el lugar escogido como residencia, más bien Madrid y sus múltiples atractivos nocturnos, este nuevo Linaza sí quería vivir la vida invivible, nada de quedarse en casa escribiendo, ahora tocaba por fin vivir.

Y así se puso punto final a la promoción de X, el reinado de Linaza llegaba a su fin, un reinado que había conocido la ausencia, es decir el exilio, unos años de bonanza en los que el pueblo, es decir Planeta, adoraba a su rey porque pensaba encarnaba los valores por los que tanto habían luchado, y un final extraño donde el monarca, cansado de sí, iniciaba una deriva que en este caso no llevaba consigo la abdicación ni el magnicidio, porque era reinado con fecha de caducidad, el cansancio coincidía con el fin de fiesta. Terminado el programa, con los ejecutivos de Planeta más despistados que si Paolo Coelho hubiera escrito un novela buena, Linaza se despidió de ellos con un muy sentido hasta nunca, regresó feliz a su casa diminuta, tiró eufórico toda su ropa y los muebles que pudo acarrear a un contendedor vecino, e inició radiante su nueva vida, una nueva vida que incluía, en un futuro cercano que nunca llegó, una operación para corregir su miopía, otra para hacerse un implante capilar, y una tercera para pegarle a los mismísimos laterales de su cabeza romana las dos orejas que ahora eran de un soplillo sin excusa, de una predisposición si tacha al aleteo.

IV

Y entonces, en ese vuelco constante en el que se había convertido la vida de Linaza, apareció de improviso en esa misma vida una persona, que se iba a hacer inseparable en los meses siguientes, y que en realidad tendremos que llamar personaje, pues no era otro que el protagonista de su novela X, un empresario sin el más mínimo escrúpulo que hace su fortuna al calor del boom inmobiliario, estafando a unos, timando a los otros, sobornando a quien se tercie. Secundino Fernández, ese era el nombre del protagonista, y ese fue el que apareció en la vida de Linaza para no marcharse por una temporada, como un mal herpes, adherido a su persona pero además haciendo daño, pegado a ti pero no precisamente para bailar contigo una canción de las más lentas.

Pero para entender cómo se produjo ese hecho en apariencia imposible, habrá que empezar por afirmar que el mundo es complejo y el mundo editorial es ya de una complejidad suma, y que esas complejidades a veces producen errores, casi siempre motivados por la improvisación, en muchas ocasiones por la necesidad, en no pocas por la estupidez. Y quizá convenga añadir que ese mundo editorial vivía en esos días histérico la consolidación de su crisis, el momento en el que hasta la propia palabra crisis parece estar en crisis, porque al fin y al cabo crisis sugiere temporalidad, indica que va a superarse, si hablas de crisis matrimonial es que todavía puedes arreglar el asunto, si hablas de fracaso es que tu mujer ya se ha llevado a los niños a casa de su madre en el pueblo. Y aquí esa crisis empezaba a ser estructural, un cambio de paradigma, sentenció enérgico uno de los directivos en el enésimo congreso en el que el sector se lamía las heridas y vislumbraba el futuro color de hormiga. Los libros digitales, Amazon, la crisis económica, *you name it*, añadió otro para demostrar sus conocimientos de inglés, queriendo explicar luego que todo ese cóctel daba lugar a la tormenta perfecta, las librerías se cierran, los suplementos culturales desaparecen, ya nadie prescribe libros aunque cada vez se escriben más, ya nadie los compra, y mientras seguimos editando como si esto fuera una fiesta, pero ya no lo es, hace ya un tiempo que dejó de serlo.

Es en este contexto de apocalipsis donde las editoriales se compraban entre ellas como los peces de tu pecera se comen entre sí, donde hay que situar la aparición de Secundino en la vida de Linaza, pues esas mismas editoriales depredadoras cada vez contrataban a ejecutivos más agresivos, para quienes las ventas eran el único faro, el objetivo por el que estaban dispuestos a matar a su madre y por mucho menos que por un plato de lentejas, que están muy caras y ya no las ponen ni en los menús. Y situado el contexto general, el particular de Linaza era el que sigue: terminada la gira de Miss Planeta, coronada la nueva, una periodista de magazine de tarde con pelo ondulante al que alguien le había escrito una novela rosa de muchas lágrimas y muy pocas faltas de ortografía, Linaza volvió reincidente a desaparecer del panorama literario, pero esta vez no para irse a Poitiers a convertirse en *clochard* o a observar horrendas marinas en una pared con papel pintado, sino para sumirse borrego en las profundidades sin luz de la noche madrileña, bien abrigado eso sí por el importe del premio que era mucho más que generoso.

Pero esa nueva desaparición no implicó que rompiera del todo el hilo umbilical fino pero potente que lo unía a la editorial, que uno no deja suelta a la gallina de los huevos de oro, para que otros anden recolectando la cosecha. Porque el contrato que el premiado firmaba al ganar el Planeta lo obligaba a publicar su siguiente novela con la misma editorial, no fuera a ser que te gastes todos tus dineros en promocionar a un friki y luego cuaje, y los éxitos posteriores se los lleve la competencia, hasta ahí podíamos llegar. Por eso, y dado que ya conocían el paño, es decir a Linaza, y ese paño les estaba aportando buenos ingresos pero no mucha tranquilidad sobre su futuro, los ejecutivos de la editorial citaron al artista en la sede, y una vez allí lo condujeron al despacho más solemne para transmitirle las noticias, empezando claro está por las buenas. La novela había sido un éxito rotundo, empecemos entonces por ahí, las ventas habían ido muy bien, superando generosas la media de los últimos años pese a la crisis del sector, eso era sin duda lo más destacable, el punto de partida de lo que podía ser una larga amistad con aprovechamiento mutuo e ingresos generosos, a eso se le llama un buen comienzo.

Eso sí, para examinar el porqué de esta un agradable sorpresa, los directivos habían encargado una encuesta entre los lectores, en la que muchos confesaron que habían comprado la novela porque compraban siempre el Premio Planeta y sólo el Premio Planeta, otros afirmaron sin rubor que se habían decantado al ver al estrafalario personaje que la había escrito, la mayor parte reconoció sincera que la habían adquirido porque se la regalaban por puntos en el híper y como ya tenían el juego de cacerolas y las jarras de cerveza con el escudo del Madrid, habían pensado que no estaba de más tener al menos un libro en casa. Y luego estaban por supuesto los que la compraron con el único propósito de tocar de paso a Linaza y ganarse la primitiva, esos eran legión. La mayoría afirmaba sin embargo siempre sincera no haberla acabado, el lenguaje era demasiado complejo, la historia enrevesada, las citas literarias imposibles, en lo que sin duda no era la tónica habitual del premio. Un coñazo, vaya, anotó rotunda una señora en el apartado de comentarios, para dejar clara su opinión al respecto. Y es que, no lo olvidemos, X era la novela destinada a NO ganar el Herralde y NO el Planeta, lo suyo fue un accidente, y si las ventas fueron bien no fue porque a la gente le había gustado la novela, ni porque un crítico literario afirmara también rotundo que por fin el Planeta dejaba la bazofia y optaba por la excelencia literaria, sino porque Linaza se había convertido como ya anunciamos en un fenómeno viral, había ya varias webs dedicadas a él, o más bien a descojonarse de él, gente por la calle con camisetas amarillas con el lema *el mundo es un esparadrapo sin tripas*, marcas de esparadrapo utilizando la frase de reclamo, y las tripas de todos revueltas de la risa cada vez que lo veían en televisión, salvo las de sus muy arrepentidos padres, a los que Linaza no había tenido la deferencia de ver ni de llamar desde la entrega del premio, tan solo les había mandado una cesta de

Navidad en pleno octubre y sin una mera nota explicativa. Y por darles un dato más, sólo uno, de la dimensión del fenómeno Linaza, el video más visto en YouTube en los últimos seis meses era el que nos mostraba al poeta completamente borracho quedándose dormido en la feria del libro de Madrid, caseta 256, tarde de principios de junio de mucho calor, con una multitud que se acercaba para tocarle el brazo y largarse corriendo sin comprar el libro. Hubiera sido genial que por megafonía anunciaran la cosa como le habría gustado a Linaza. *Esta tarde, en la caseta 256, el gran escritor Gabriel Linaza NO firmará ejemplares de su novela X.* El caso es que el libro era ya un fetiche y la gente lo compraba como se compra un trozo del Muro de Berlín, y así da igual que en verdad sea de Berlín o de Moratalaz porque lo relevante es lo que representa, tampoco tienes que leerte el tocho de X, con ponerlo en tu librería junto a la Enciclopedia del Postre basta, que igual se le pega algo y termina sabiendo a dulce.

Y expuesto el contexto general y el particular de Linaza previo a la cita en la editorial, deberemos informar consternados que nuestro protagonista llegó casi una hora tarde a la reunión, como si hubiera adquirido ya todos los vicios que se le suponen al artista bohemio. Con el pelo largo, esta vez despeinado y no engominado, vestido del nuevo negro Armani pero sin lavar y mostrando despreocupado unos muy evidentes síntomas de descomunal resaca, se presentó en las oficinas y pidió una cerveza bien fría, sin importarle que fueran todavía las diez de la mañana. Seis personas trajeadas le esperaban disimulando su mal humor, entre ellas Melissa Corrales, que era quien había tenido el dudoso honor de ejercer de carabina o acompañante involuntaria y remunerada en la mayor parte de la gira de promoción, testigo de primera mano del cambio experimentado por el autor. Estaba también Vanessa Cifuentes, por seguir con los nombres importados, que sería la responsable última de la aparición de Secundino en su vida, la encargada de la cuenta Linaza, es decir, de que Linaza fuera para la empresa una fuente de ingresos y no de problemas. El grupo se completaba con un ejecutivo de ventas, otro de prensa, uno del departamento jurídico para meter miedo y otro simplemente para hacer bulto. La reunión fue breve y duró casi lo que tardó Linaza en beberse dos cervezas no tan frías como hubiera deseado.

—Estamos aquí para felicitarte, Gabriel, eres uno de los premios Planeta más vendidos, has conseguido revertir la tendencia, has devuelto las ventas a las épocas gloriosas, y por ello debo decirte que estamos muy orgullosos de ti en la empresa.

Quien así hablaba era el ejecutivo de ventas Mariano Zomeño, encargado de ejercer de policía bueno y de mostrar con un *pointer* unos gráficos hermosos en una enorme pantalla, donde se apreciaba y de qué manera la progresión de ventas de X comparada con las últimas ganadoras del premio.

—Eres un autor de éxito —remató Vanessa, visto que Linaza no hacía más comentario a la sesuda explicación que pedir la segunda cerveza, pues la primera no había conseguido eliminar balsámica los efectos de la resaca—, y queremos que sepas que cuentas con todo nuestro apoyo para seguir siéndolo.

—Te recuerdo, eso sí —terció ominoso Jacinto Lamela, muy bien trajeado y con un reloj tamaño sartén en su muñeca—, que el contrato que firmaste incluye un libro más con nosotros, nuestra intención es que no sea el único, pero tu próxima novela debe salir en Planeta...

—Y queremos que sea pronto —añadió coordinada Vanessa, en lo que parecía una coreografía bien ensayada. Y mientras esa coreografía se desplegaba pavo real de forma armónica, Linaza iba mirando en derredor a medida que cada uno hablaba, con una evidente cara de paisaje oculta tras unas gafas más negras que su conciencia—. Hay que aprovechar el tirón mediático —prosiguió convencida la rubia ejecutiva—, eres algo así como un fenómeno...

—Sí, un fenómeno de feria —interrumpió Linaza abriendo la segunda lata— como la mujer barbuda o el hombre elefante.

—Pensamos —continuó Vanessa sin dejarle terminar— que lo ideal es sacarla a finales de año, pero no mucho más tarde; ¿qué te parece? Por cierto, ¿es verdad que tienes muchas novelas inéditas como contaste en la entrega del premio? Sería bueno ir echándoles un vistazo, aunque pensamos que esta tiene que ser un poco más comercial, ya me entiendes, más para todos los públicos, podemos leer las que tienes y elegir la más adecuada, así lograremos consolidar tu éxito, luego podremos sacar ya obras más exigentes, porque nos las comprarán aunque no las entiendan, una vez consagrado todo vale.

Ahí se produjo un silencio incómodo, breve pero interminable, en el que los participantes en la reunión se miraban los unos a los otros esperando la respuesta de Linaza, que no levantaba la mirada de la mesa mientras jugaba con su lata semivacía.

—No voy a publicar ninguna novela más —respondió al fin—, ni con vosotros ni con nadie, así que no creo que incumpla el contrato, porque me lo he leído bien e implica que si publico otra novela tiene que ser con vosotros, pero no me obliga necesariamente a escribirla, si no publico nada más, y ese es el caso, queridos amigos, nada os debo. Iba a añadir me debéis cuanto escribo, pero no entenderíais la broma —esto último lo dijo Linaza mirando al abogado y trazando algo parecido a una sonrisa—. Muy buenos días.

Y dicho lo cual, le dio un último sorbo a la cerveza y dio por terminada ésta y la reunión, levantándose con cierta torpeza de la silla y saliendo sin mirar atrás del despacho, sin ver las caras primero de estupor y luego ya de cabreo indisimulado de todos los presentes, estaban acostumbrados a lidiar con los caprichos de los escritores de la casa a los que la crisis había tenido el sano efecto de bajarles los humos, pero lo de Linaza les dejaba descolocados, al fin y al cabo el resto se las daba de intelectuales con derecho a Premio Cervantes, pero ninguno quería no vender, y ese parecía ser el caso de Linaza.

Y entonces fue cuando surgió la idea, en una de esas sesiones de aquelarre que llaman pomposos tormenta de ideas, aunque lo único que allí se escuche sean gilipolleces y no llueva ni en primavera. Tomó la palabra Vanessa, para que se viera que ella era la que estaba al mando, la encargada de dar órdenes que para eso era la que más cobraba de todos.

—Ya me estáis proponiendo soluciones, si hace falta lo secuestramos o le partimos las piernas, pero el tarado este tiene que publicar con nosotros sí o sí y este mismo año, es un filón, si no hay más remedio le pedimos a un negro que nos escriba un thriller y se lo pasamos a la firma en una de sus noches de borrachera.

Y en efecto eso hicieron, la tormenta se quedó en nubecilla sin truenos, porque a todos les pareció una idea brillante, para que vas a procurarle ideas a la jefa con el riesgo de que te insulte en público, si ella ingeniosa ya tiene una que se estrelle solita, al menos no te echará a ti vengativa por haberla sugerido. Y dicho y hecho, uno de los empleados menos pudorosos se fue con un contrato firmado al local de alterne donde Linaza era asiduo, y aprovechó la hora de cierre del garito y las muchas horas felices que había disfrutado el insigne autor para pasarle a la firma un contrato donde autorizaba a publicar su novela *Y*, que se adjuntaba, el contenido del adjunto ya se encargarían ellos de rellenarlo religiosamente. Linaza, con la voz pastosa de los mejores días pero sin perder el control, hizo pausadamente como si firmara buen alumno el documento, aunque no escribió nada sobre el papel, y luego ya menos pausadamente lo agarró y lo rompió en pedazos, para terminar, ahí ya con la rapidez de un rayo, por partirle un vaso de los de tubo y todavía lleno en la cara al portador del mensaje, con el consiguiente alboroto inicial, abundante derramamiento de sangre y consabidos puntos de sutura.

Fue entonces cuando Vanessa, presa de la desesperación, tomó osada, sin necesidad de convocar una junta o pedir consejo a sus colaboradores más cercanos, la decisión disparatada que iba a hacer entrar la ficción en la vida de Linaza. Y es que no se le ocurrió mejor idea para convencer a Linaza de escribir una novela, que hacer aparecer en su vida al protagonista de *X*, Secundino Fernández, luego recordó que había visto algo parecido en una película, o en una serie de televisión, donde el recurso por cierto funcionaba. Su bonus anual y su puesto de trabajo peligraban, así que estaba dispuesta a hacer lo que hiciera falta, mandarle a dos contratados a que le partieran las piernas era en efecto otra de las opciones, pero esta le pareció más sutil, o si prefieren, ya que estamos en lo que estamos, más literaria. Contrató a un amigo actor en paro fruto de la crisis para que ejerciera el papel, creó incluso una entrada de Wikipedia por si a Linaza le daba por *googlear*, donde se contaba quién era Secundino con todos sus pocos pelos y las muchas señales que Linaza había descrito en su novela. Y luego, una vez perfilada su estrategia, convocó a Javier Pascual, es decir a Secundino, y le dio las instrucciones precisas. Su objetivo, infiltrarse en la vida canalla en la que andaba metido Linaza, presentarse como Secundino y conminarle por las buenas o por las malas malísimas a que escribiera una segunda parte de *X* que en efecto ya disponía de título: *Y*, adivinen cómo tenía pensado Vanessa titular la tercera y última entrega de la serie.

Para Javier Pascual cualquier trabajo en esos momentos era bueno, mano de santo vaya, y no le hacía ascos a nada, si le hubiera encargado el de partirle directamente las piernas sin necesidad de pasarse por un personaje de novela también habría accedido, que el hambre acecha, la intemperie es muy dura, y al fin y al cabo él había estado en la Legión antes de decantarse, en mala hora, por el mundo de la farándula, el teatro, ya sabes, las series de televisión, los anuncios de yogures de extra si es que se tercia. De hecho, le estaban ofreciendo el papel de su vida, acostumbrado a los secundarios, a ser el que lleva la lanza, el camarero del bar, el desgraciado que muere en la primera escena. Secundino era el protagonista de la novela, eso sí que era un papel, ¿dónde hay que firmar?, era la pregunta que por supuesto no formuló porque eso implicaba mostrar un nerviosismo poco acorde con su nuevo papel. Esto es pan comido, le dijo muy convencido a Vanessa en su despacho, pensando feliz en la paga que se avecinaba, llevará su tiempo pero tienes al hombre adecuado, añadió gallito como si ya estuviera representando el papel, y de hecho eso mismo y no otra cosa estaba haciendo, ganándose ya veloz el jornal en la misma entrevista de trabajo, que uno es torero hasta cuando baja las escaleras del metro.

V

Y así fue como Secundino entró en la vida de Linaza, y espero que entiendan el cataclismo que puede suponer para un autor semejante cosa, esto es, que un personaje aparezca en tu vida, cuando precisamente te dedicas a la ficción para hacer más soportable esa misma vida. En mi caso tengo más fácil hacerme a la idea y tal vez el lector pueda compartirla sin dificultad, sólo pensar en que Linaza pueda presentarse en mi casa un mañana de otoño en versión camisa amarilla o de negro zaino, se me abren las carnes, casi me dan ganas de dejar de escribir en este preciso instante, para no hacer todavía más doloroso ese encuentro improbable. Y apareció de forma paulatina, porque para evitar un rechazo inicial y visto que el acercamiento directo no había resultado la mejor de las opciones, con efectos colaterales graves que no cubría el rácano seguro médico de la editorial, Javier, al que tendremos que llamar a partir de ahora Secundino para no volvernos locos, decidió que era mejor optar por un enfoque más sutil. Y así, sin desvelar su identidad, ni la real ni la ficticia, se acercó una tarde al mismo local de alterne de nombre Serpiente´s, clientela fija no toda ella reptil y copas de garrafón de a quince euros, donde Linaza gastaba con fruición, nocturnidad y sólo cierta alevosía, el dinero tan merecidamente ganado en el premio. Se sentó junto a él en la barra, en lo que parecía ser su barra fija de todas las tardes, y lo invitó a una copa, Planeta proveía, y ahí empezaron a hablar un rato, repitiendo la operación todos los días de la siguiente semana, hoy me invitas tú, mañana te invitó yo, qué tal, otra vez por aquí, parece que somos ya de los fijos, ¿no? Terminaron medio amigos, de esos amigos de barra que lo son mientras dura la barra y lo que consumir en ella, departiendo cada tarde y hablando de la mar y de los peces, sobre todo de los peces.

Cuando ya se había ganado su confianza, sin tener que aportar ningún dato sobre su persona — tampoco Linaza le comentó que era escritor y mucho menos Premio Planeta—, Secundino, un día en el que iban por el tercer gin-tonic en copa muy balón con marcas de ginebra desconocidas hasta hace cinco minutos, decidió atacar, una decisión en la que no debió jugar un papel menor el hecho de que Vanessa le llamara cada día para presionarle, es hora de entrar en acción, basta de prolegómenos que me vas a salir por un ojo de la cara.

—Mira, Gabriel, tengo algo que decirte, te va a resultar extraño pero quiero que me escuches con atención.

Linaza levantó las cejas lo poco que la ya bastante desarrollada borrachera le permitía, y miró con atención, esa atención que se le requería por su compañero de barra, como si lo viera por primera vez, como si acabara de percatarse de una presencia humana en su mundo inmaculado.

—Tú dirás, seguro que me vas a contar ahora que eres un ejecutivo de Planeta para recordarme mi contrato, ¿verdad? Joder con el pavo, cada vez los mandan más tontos.

—¿De qué? —preguntó Secundino fingiendo lo mejor que podía la sorpresa, al fin y al cabo las tablas de los escenarios dan para mucho—. ¿Me ves a mí pinta de ejecutivo de nada?

Y dicho lo cual, ante la falta de respuesta de Linaza, pensó que era mejor pasar a la acción, sin duda resultaría mucho más efectiva que las palabras. Sacó su cartera de la chaqueta, de ella una tarjeta, en la que se podía leer Secundino Martínez, empresario, y se la entregó a Linaza como si fuera la placa del FBI que le enseñas al narco con el que llevas intimando una temporada, y casi en el mismo gesto hizo lo propio con un carnet de identidad bastante bien falsificado para la ocasión. A Linaza se le atragantó el gin-tonic, volvió a mirarlo de arriba abajo, y comprobó con espanto que la persona que tenía al lado respondía casi al milímetro a la descripción del personaje que él había creado, era bajito tirando a enano, calvo de solemnidad, gastaba gafas de culo de vaso Duralex, tenía la voz aguardentosa del que ha bebido en su vida mucho y mal, y fumado más y peor, iba vestido con esa mezcla de chulo puta con posibles y lector ávido de revistas de moda, y lo que era más grave, tenía una única ceja que no había conocido la depilación ni por medio de los anuncios televisivos.

Aquí habrá que aclarar que Secundino había tenido sus dudas a la hora de construir el personaje, su idea inicial era la de disfrazarse para parecerse lo menos posible al Secundino de la novela, pues había leído la *Historia universal de la infamia* de Borges y recordaba el caso de Tom Castro, *el impostor inverosímil*, que logra hacerse pasar por alguien precisamente por no guardar ningún parecido, la convicción es lo que cuenta, la sugestión en el otro le hará creérselo. Pero finalmente llegó a la conclusión de que era mejor seguir fielmente el guión del libro, ayudado por dos cosas; la primera, que no pensaba que en este caso la fórmula borgiana triunfaría, porque Linaza estaría más bien sugestionado para no ver en él al personaje de su novela que para verlo, y la segunda y fundamental, él era bajo, calvo, miope y cejijunto, luego sólo tenía que añadir el vestuario para dar el papel sin problemas, es más fácil pasar por príncipe de Dinamarca si eres nórdico joven y apuesto que nonagenario, esquimal y rengo.

—Comprenderás que no me haya gustado nada tu libro. —Con esta frase Secundino se aventuró a empezar el discurso ensayado antes de que Linaza pudiera articular palabra—. Pero nada de nada. Lo peor es que me avisó un enemigo, uno de esos tipejos despreciables que se dicen estafados por mí, yo que no he hecho sino contribuir a la riqueza de este país. El Planeta te retrata, Secundino, me lanzó a la cara, y no supe ni de lo que estaba hablando, yo lo único que leo son los balances de mis empresas, no he leído en toda mi vida un libro ni de los de autoayuda. Pero cuando mi secretaria me contó una mañana que había leído una novela donde yo era el protagonista, bueno, una versión terrible de usted, debe ser un acreedor, me dijo Florita, ahí ya no tuve más remedio que hacerme con un ejemplar. Y créeme, Linaza —por primera vez se dirigía a él por su nombre—, créeme que esto no va a quedar así, mis abogados están pensando en las acciones legales correspondientes, aunque yo soy más partidario de arreglar las cosas a las bravas, ya me conoces, en eso de la crueldad en el libro das un retrato bastante exacto, alguno diría incluso que te quedas corto.

Aquí Secundino paró seco el discurso, dio un sorbo largo al gin-tonic, y se quitó muy despaciosamente la chaqueta para dejarla sobre la barra, y dejar de paso al descubierto lo que tenía todo el aspecto de ser una pistola que llevaba apretada sobre la braqueta, si no fuera porque era de juguete igual se pegaba un tiro en el escroto sin darse cuenta. Y como sucediera en la reunión en la sede de Planeta, llegado ese punto se produjo un silencio incómodo, un silencio en el que la borrachera de Linaza marcaba los tiempos, estaría soñando, seguiría allí ese tipo tan igual a su personaje, es verdad que acababa de ver su nombre en un DNI, le podía estar a él pasando esto, quién era esa rubia junto a la barra, juraría que la he visto antes. Porque Linaza, que lo había leído todo, había leído muchas de las ficciones tan de moda donde el autor se colaba en la narración, pero que se le colara a él en la realidad un personaje suyo, no sólo no formaba parte de sus lecturas, sino que tampoco entraba en sus planes. Claro que esta no es una reflexión que Linaza hiciera entonces, la borrachera es muy enemiga de la reflexión pausada, en ese momento más bien su mente se turnaba no entre la realidad y la ficción y sí entre la vigilia y el sueño, igual estoy soñando, igual no lleva una pistola, igual esa ceja que no son dos me la estoy tan solo imaginando.

—Wilfred, bonito, haz el favor de ponerme otra copa, que todavía no estoy lo suficientemente borracho —y sin dejar de mirar a su compañero de barra—, y ponle otra a mi compadre, que parece que también la necesita.

Y dicho lo cual, se puso a hablar con Secundino del último partido de la Champions, con la voz ya perdida, como si la conversación anterior no hubiera ocurrido. Secundino, en un alarde de contención muy del método del Actor´s Studio, pensó que era mejor dejarlo estar, dicho quedaba, si en ese momento sacaba el tema de la novela cantaría mucho, lo dicho quedaba en efecto dicho, ya habría ocasión de rematar la faena, sobreactuar es la peor de las recetas, tratar de soltar de corrido tu parte del guión es error de principiante y de los de manual, y las horas de vuelo que uno tiene deben servir para algo. O quizás lo que le ocurrió es que estaba también él ya bastante borracho y en el fondo le había cogido el punto a charlar con Linaza de cualquier cosa, le caía bien, era un tipo de una pieza, y le daba pereza ponerse a hablar ahora de lo que tocaba, hacerse el duro como correspondería a Secundino, seguir con su papel, vaya.

—¿Que no le dijiste lo de la novela?, ¿pero tú eres gilipollas o me estás tomando el pelo? A ver si te crees que voy a estar subvencionándote las copas en bares de alterne. O me consigues mañana una respuesta o vuelves al paro de donde no debiste salir.

Como se ve la sutileza no era una de las principales virtudes de Vanessa, presionada ella a su vez por sus jefes, las ventas del último Planeta habían caído en picado, tenían cuatro thrillers históricos en el mercado que no se comían un colín, estaba claro que no daban con la tecla, ni con lo más granado de la novela policiaca noruega habían salido del hoyo, ni con el porno blando tan de moda de una muy agraciada escritora danesa habían conseguido remontar, al parecer el porno era demasiado blando y la danesa demasiado danesa para el gusto de los españoles. La competencia les ganaba todas las partidas, la nueva Isabel Allende, que era como habían bautizado en la fajita roja a una escritora casi chilena de prosa empalagosa, escribía igual de mal que la primera pero además no vendía. El heredero de Paolo Coelho, otra definición escrita en la misma vitola para retratar a un esta vez italiano y no brasileño que trufaba la autoayuda con la psicología barata si es que eso no es mezclar el agua con el agua, era tan imposible como el original pero no entusiasmaba ni a los lectores menos exigentes. Y la vida sexual inventada de Napoleón, que había escrito un negro de la editorial pero firmado el presentador del concurso de televisión de más éxito del momento, no había entusiasmado a los lectores, que seguían puntuales viendo el concurso cada tarde, pero por alguna extraña razón que tal vez tenía que ver con su carácter ágrafo, no habían picado el anzuelo de libro. En fin, que necesitaban a Linaza como agua de mayo, poco importaba que fuera febrero e hiciera un frío de perros, seco y gris.

Así que Secundino acudió a su cita diaria con el Serpiente´s esa tarde con la presión de tener que obtener un resultado concreto, como el actor que se juega el futuro profesional en la representación de esa velada, o puerta grande o enfermería, nada de vuelta al ruedo o división de opiniones. Aunque su estrategia pasaba más bien por marear la perdiz, porque Vanessa era impetuosa pero no siempre inteligente y había pactado con él un salario por día y no por resultado, y esa fórmula de pago favorecía cuca la idea de ir poco a poco cumpliendo con el cometido, no fuera a ser que volviera en efecto al paro como ella presagiaba. Pero estaba claro que le tocaba darle alguna buena noticia, había llegado el momento de ofrecer resultados.

—No te preocupes, jefa, mañana le saco una respuesta, lo tengo a punto de caramelo, esta es una misión complicada pero si alguien la va a sacar adelante soy yo.

—Mira, Linaza, mi paciencia se ha agotado —le soltó a bote pronto esa tarde nada más llegar al local, mientras les servían la primera—, ayer no quise insistir pero necesito que hablemos, esto no puede quedar así.

—Tú dirás —contestó Linaza sabedor ahora de que en efecto lo del día anterior no había sido un mal sueño—, encantado de ayudarte en lo que pueda, ahora bien, te juro que no sabía de tu existencia, es una casualidad, nunca tomo a personas reales como modelos para mis personajes.

—¿Una casualidad? —interrumpió cabreado Secundino, y a continuación empezó un breve monólogo que había preparado a conciencia en casa fabricado con interrogantes, de esos que en teatro uno declama mirando al público con los ojos bien abiertos y la mejor de sus entonaciones—. ¿Acaso has conocido a muchos Secundinos?, ¿acaso hay muchos Secundinos Fernández que sean presidentes de la promotora inmobiliaria más prestigiosa del país?, ¿acaso hay muchas promotoras llamadas Mi Ladrillo?, ¿me estás tomando el pelo?, ¿te parece prudente tomarle el pelo a un tipo como yo?, ¿crees que si le tomas el pelo a uno de los de mi calaña te vas de rositas?

—Ahora mismo vuelvo, voy a cambiarle el agua al canario —fue todo lo que se le ocurrió decir a Linaza, sin contestar a una sola de las preguntas formuladas, y procedió a irse de verdad al baño para mear tal y como había anunciado, pero también y sobre todo para buscar en su móvil por Google el nombre de Secundino y comprobar que, además de alguna que otra entrada referida a la novela, había una entrada de Wikipedia que lo describía como persona y no como personaje, como persona con biografía muy similar a la del libro, pero persona al cabo. ¿Le estaría pasando realmente esto a él?

—Como también te decía ayer, mis abogados están con el tema legal. Me parece que una querella por injurias es la propuesta que va ganando enteros, aunque calumnia también hay, me atribuyes delitos muy alegremente.

Javier soltó de corrido el parrafito en cuanto Linaza volvió del tigre, se sabía bien el papel, y también sabía que este momento de la actuación era clave, o se ganaba el favor del público y ya su personaje resultaba creíble, o iban a empezar a patear con estruendo, es decir, en su caso, a partirle un vaso en la cara, hay momentos en toda actuación que son cruciales, si te los ganas, te perdonarán los lapsus y las morcillas, si no los convences, ya puedes luego remontar y convertirte en Laurence Olivier el resto de la función, que en el mejor de los casos se habrán marchado antes de que ésta termine.

—Habla con la editorial —contestó Linaza con cara de preocupación pero también con cierta seguridad o displicencia—, pero te advierto que ellos tienen más abogados en nómina que escritores, a mí que me registren, en el mundo de la ficción uno se toma sus licencias, y si da la casualidad que te llamas igual que uno de mis personajes yo no tengo la culpa, cámbiate el nombre, si tienes tantos abogados no te resultará difícil.

Aquí Secundino dudó, la desfachatez de Linaza podía obligarle a rescatar el papel de matón, pero finalmente optó por seguir con lo previsto, aunque dejando alguna amenaza de regalo muy propia de su personaje, no se podía dejar amedrentar porque sus bazas eran el poder de convicción que puede tener un chorizo profesional acostumbrado a la muerte por encargo, si ahora flaqueaba estaba perdido, si se dejaba comer un palmo de terreno, regresaría al paro sin remedio, y no hay nada mejor que una alternativa chunga para que uno dé lo mejor de sí mismo.

—No te preocupes, que a abogados cabrones a los míos no les gana nadie. Pero Florita, que es más lista y menos interesada que todos ellos juntos, me sugirió algo que empieza a gustarme más. Al fin y al cabo los abogados sólo iban a conseguirme pasta, y este es un asunto de honor, de los que yo no resuelvo con abogados, para eso tengo a unos amables ciudadanos del este de Europa igualmente profesionales que me hacen siempre un trabajo limpio y medido. —Secundino miró entonces a Linaza para comprobar en su rostro aterrado que el argumento funcionaba—. El daño está hecho —prosiguió seguro ya de tener la presa agarrada por el cuello— y la manera de arreglarlo es utilizar el mismo instrumento con el que lo causaste. Escribe una segunda parte, me da igual si la públicas en Planeta o en la editorial que te dé la gana —esta frase era vital para el éxito de la operación— y ahí vas a contar la verdad y sólo la verdad de Secundino, porque me voy a encargar, personalmente, de describírtela con pelos y señales, para que no te falte ni una coma, si he sido el protagonista de una novela de éxito pero siendo un cabrón o lo que es peor, un botarate, ahora quiero volver a ser protagonista pero salir como soy, o si me apuras, un poquito mejor de lo que soy, que a todos nos gusta salir guapos y que los defectos se queden para casa.

VII

Lo que sucedió a partir de esa noche iniciática debería ser estudiado por las escuelas de escritura creativa, esas que hoy son legión, esas donde te enseñan a escribir como Bukowski sin necesidad de machacarte el hígado, o donde puedes convertirte en un poeta surrealista y del 27 por el módico precio de seiscientos euros, con diploma acreditativo incluido, eso sí, tras cumplir religiosamente con todos y cada uno de los módulos, superar las pruebas selectivas, haber realizado al menos tres trabajos de campo, una visita guiada a la Biblioteca Nacional y una excursión colectiva donde se deben verter lágrimas de emoción contenida a la mítica casa de Aleixandre, tan dejada por las instituciones como por la propia familia. Sí, sin duda lo sucedido daría para más de un taller, o para alguna sesión del Oulipo sin el indeseable resultado de castigarnos con una novela sin una letra o con una sola, esos ejercicios tan divertidos para quienes los practican como intragables para quienes tienen la osadía o la estupidez de acometer su lectura.

Y lo atractivo del taller sería la fórmula, un autor y uno de sus personajes escribiendo una novela mano a mano, interactuando sería el espantoso verbo que la academia utilizaría sin duda para intentar hacer proselitismo, como si Ferran Adrià cocinara un plato mano a mano con una de sus espumas, como si un enorme pedazo de titanio curvo participara en la concepción del siguiente edificio de Ghery. Y sí, ya sé, se les dispara la imaginación, a mí también, Ignatius Riley escribiendo con un resucitado John Kennedy Toole la segunda parte de sus desventuras, donde él se convierte por mor de la influencia del personaje en el autor, en un tipo esbelto y guaperas, un triunfador nato que tiene que sacarse las pretendientes de encima. O Lolita escribiendo con Nabokov la novela de su senectud, donde, ajada esta vez, ella seduce a un efebo con piruleta, o el mismísimo Samsa colaborando con Kafka en una segunda parte en la que aparece como insecto volador, puestos a cambiar de piel y seguir siendo insecto, al menos que te den alitas para ver la realidad desde arriba. En fin, los talleres serían de aúpa, por una vez dan ganas de apuntarse, uno en el que Shakespeare compone una tragedia con el conjunto de sus personajes más notables, pagando cada uno religiosamente la cuota de inscripción, perdonen soy Otelo, me han dicho que se ha abierto la matrícula para un nuevo curso para el fin de semana, el taller de los martes me pilla fatal, es el día que tengo pilates y no me lo pierdo por nada del mundo.

Y sin duda algún artista contemporáneo habría pagado por documentar ese proceso, porque además de tener la extraña particularidad de escribir a cuatro manos, y que uno de esos coautores fuera un personaje creado por el otro, con los inevitables conflictos existenciales que esa mezcla provoca, la misma suerte de contradiós que produjo las vacas locas, lo llamativo era el lugar del llamémosle taller creativo, porque no sucedía en los locales de la escuela ni en la casa de Aleixandre, que tendremos que volver a calificar como abandonada a su suerte, que alguien por lo que más quiera haga una casa museo de una vez, donde no falte por lo más sagrado una tienda de recuerdos, sino en la barra del Serpiente´s, entre balonazos de gin-tonic con goles por la escuadra y sobredosis de quicos de las que arruinan cualquier aparato digestivo. Hasta ese lugar más cinematográfico que literario se llevó el portátil Linaza y allí empezó ese ejercicio creativo genial, en el que *Y* dejaba atrás las citas literarias y los guiños a obras maestras de la literatura occidental de su predecesora para convertirse en una hagiografía de Secundino Fernández, con lenguaje básico y directo, bromas las justas y trama desenfrenada.

Desde esa primera noche, Linaza llegó a la conclusión, probablemente muy influenciado por el tipo de vida que llevaba, una vida donde la alimentación se limitaba a gin-tonics y a los quicos que Wilfred servía generoso para acompañarlos, de que Secundino era de verdad el personaje de su novela, que sí, que existía la posibilidad que él hubiera leído algo de Secundino en las noticias y hubiera calcado sin querer al personaje, por qué no, las fuentes de la inspiración son insondables, y tan centrado estaba en la consecución de su proyecto vital —recordaba ahora esos años como de un frenesí productivo irrefrenable— que era posible que tal cosa hubiera sucedido, pues utilizaba cualquier material a mano para sus libros, desde luego no se acordaba de haber tomado el personaje de la realidad, pero tampoco se acordaba de muchos de sus libros, ni del título ni del argumento, ni de las caras ni nombres de ninguno de los personajes. Y desde ese convencimiento accedió a su disparatada idea de escribir una segunda parte, con la única condición de que el lugar de trabajo fuera el Serpiente's, a eso no iba a renunciar. En ningún momento pensó que se trataba de una maniobra de Planeta, cuando tenía suficientes indicios para atar cabos, cuando esa era la hipótesis

más fácil de creer, cuando cinco minutos antes le había partido
un vaso en la cara a un ejecutivo de la editorial que pretendía
aprovechar su borrachera consuetudinaria para endilgarle un
contrato. En tres palabras, se dejó llevar, y lamentablemente hoy
no podemos preguntarle por qué, no nos contestaría, más bien
guardaría elegante un respetuoso silencio.

Habrá que decir en su descargo que le pilló el gusto a volver a
escribir, al fin y al cabo era lo que había hecho toda su vida, o mejor
dicho, que tenía mono de escribir, síndrome de abstinencia, vaya,
y estar allí, en la barra, con su portátil, le añadía a su nueva vida
lo mejor de la vieja, lo único de ella que merecía la pena, y eso le
condujo a no hacerse demasiadas preguntas. Y además habrá que
recordar que tenía una gran experiencia en escribir a pedido, un
pedido que no le hacía un personaje sino él mismo, pues se había
adaptado camaleón a todos los perfiles de los premios literarios
para intentar NO ganarlos, pero NO ganarlos con todas las de la
ley, nunca en verdad desde las primeras novelas más infantiles
que juveniles había escrito sin tener un mandato. Sin duda algún
exegeta del porvenir, si es que Linaza hubiera terminado por ser
el escritor del porvenir que pretendía, habría encontrado en esta
característica de su obra un complejo infantil provocado por el
sistema educativo, empeñado en encargarles composiciones a los
infantes sin dejarles que su imaginación se expanda, hoy toca escribir sobre las vacaciones, mañana una descripción de tu casa, para
el fin de semana quiero una poesía sobre el amor en primavera.
En fin, a veces no ser escritor del porvenir tiene sus ventajas, y
desde luego no tener exegetas es una de ellas. El caso es que nada
le costaba este ejercicio, optar por el tono de la novela que era la
destinada a ir al Planeta, y contar ahora las gestas de Secundino
recuperándose de la crisis, viviendo aventuras de todo tipo, solidario y atractivo, colaborando con una ONG en África, donde
rescataba a niños de lugares inhóspitos, se peleaba contra la muy
corrupta policía local y enamoraba a las enfermeras más escultu-
rales. Esta segunda novela iba a tener en efecto el tono típico del
Planeta pero con Secundino como protagonista, y en ella nuestro
héroe iba resolviendo astuto una serie de crímenes que se sucedían

en distintos lugares del mundo, siempre con su ONG, siempre conquistador, defensor del bien, noble adalid de las causas más justas, mientras lo escribo me estoy imaginando algo así como un anuncio de colonia de hombre, con protagonista con barba de tres días y camisa caqui, una mezcla entre *Indiana Jones* y *Memorias de África*. Por arte de magia el Secundino macarra, binguero y muy pero que muy capaz de vender a su madre por una contrata, se había convertido en una suerte de James Bond con implante capilar, era el más alto, el más guapo y más noble, el más elegante, el más distinguido. Lástima que el alcohol en dosis inmoderadas hubiera entrado en la vida de Linaza para no volver más, porque el rigor de otro tiempo aquí se convirtió en disparate, ni siquiera las escenas guardaban una lógica temporal, y lo mismo un día tenía tres mañanas con aventuras distintas, que una tarde era lluviosa y fría ahora y bochornosa y clara cinco minutos después, pese a ser enero y no mediar fenómeno meteorológico desconocido.

Al propio Secundino le encantó la experiencia, ahí se metió en su papel como nunca se había metido en ninguno de sus trabajos anteriores, al punto de que cuando se levantaba por la mañana se sentía Secundino y no Javier, y se sorprendió a sí mismo una tarde hablándole a su madre por teléfono con el tono de voz que le había dado al personaje, y sólo se dio cuenta tras escuchar a su madre preocupada, ¿te pasa algo, Javi? Te noto súper raro. Otra tarde su novia de entonces le afeó la conducta en público por agarrarse la zona genital por encima del pantalón con un gesto que emulaba a una suerte de pinza, un gesto que aportó a la caracterización porque, aunque no aparecía en la novela, lo consideró muy propio de Secundino. Alicia, que así se llamaba la afortunada, pensó por su parte más bien que se había vuelto a equivocar al elegir pareja, después de salir seis meses con un alcohólico ahora había escogido a un camionero, deja de tocarte los huevos, cualquiera diría que tienes ladillas, le soltó en voz alta en una cafetería del centro para regocijo del respetable. Mientras tanto Vanessa, impaciente y más Vanessa que nunca, le iba pidiendo cuentas, cómo va la cosa, tráeme un capítulo, al menos el arranque, necesito pruebas de que la novela avanza o empiezo a considerar la opción de partirle las piernas y de paso de partírtelas a ti, así encontrarás trabajo en papeles de tullido. Pero Secundino se negaba, aduciendo, siempre astuto como su personaje, que era mejor dejarle trabajar, mucho mejor eso que pedirle que le grabara parte del texto en un *pendrive*, sin duda eso podía despertar sospechas. Vanessa tragó, pero le insistió en algo que podía levantar muchas de esas sospechas, nada más y nada menos que se mantuvieran en la trama las escenas de incesto, que recuerden era una de las señas de identidad de todas las obras del Gran Archivo Linaza, junto con la miopía. Y no se trataba de un capricho de la muy agresiva ejecutiva, la encuesta que en su día encargaron señalaba concluyente que esa parte del libro, tórridos encuentros amorosos de Secundino con su hermana mayor, era la que más había interesado a los lectores, en muchos casos llegaron a afirmar que era la única que les había interesado, que se saltaban el resto para volver a encontrar otro de los episodios de fraternal lujuria.

—Mira, Vanessa, esto es una locura, va a terminar por descubrir el pastel. Si se supone que el libro está escrito como una *apologia pro vita mía* porque me ha disgustado el anterior, ¿cómo voy a poner lo del incesto?, ¿no ves que no va a colar?

La verdad es que al actor en paro no le faltaba razón, ahora que tenía bien ganado a Linaza, ahora que todo marchaba sobre ruedas, esta imposición podía dar al traste con el proyecto, y él, dicho sea de paso, se lo estaba pasando en grande, no tenía ninguna gana de que terminara.

—Les da morbo, Javier, a los lectores les da morbo, así que ya sabes, que haya mucho sexo, invéntate una excusa, para algo eres experto en el teatro de improvisación, te subo el sueldo si lo consigues, o si prefieres te lo bajo si no lo logras, tú elijes, campeón.

Y para lograrlo, Secundino, es decir Javier, alentado sin duda por la perspectiva de una paga extraordinaria, tuvo que hacer su mejor interpretación, y con ella convencer a Linaza de que trufara las aventuras con encuentros sexuales con su hermana, que tenían lugar siempre en los lugares más extraños, baños de caballeros de hoteles de lujo, descansillos de escaleras de edificios de oficinas, azoteas de edificios públicos, ahí la imaginación del propio Secundino marcaba la pauta. Aquí Secundino optó por la vía directa, nada de meandros que puedan confundirlo, nada de decirlo de refilón, lo incorporo en el capítulo de las imposiciones y a otra cosa, como el aparecer como seductor o el convertirme en un hombre tierno y generoso, lo mejor es no darle mayor importancia porque eso supone levantar la liebre, que pase desapercibido es lo más sabio.

—No me avergüenzo, compañero, nunca me he avergonzado, mi hermana tampoco —fue la justificación de la relación incestuosa, como si una confesión bastara, dicha como quien no quiere la cosa, mientras cerraban el primer capítulo donde por cierto no aparecía su hermana, tuvieron que recurrir a un sueño para incorporarla luego. Y así en cada aventura, en cada una de las etapas de su disparatado devenir, además de un amor en cada puerto, Secundino al amanecer soñaba despierto con uno de esos encuentros, y así al sexo *in situ* y exótico se añadía él casero y prohibido.

—¿Me estás diciendo que esa parte de mi novela era verdad? —preguntó Linaza sin levantar la vista de su pantalla, sin darse cuenta de que eso no podía haberlo leído en ningún periódico, que era imposible que lo hubiera sacado de la realidad.

—Así como te lo cuento, compañero, así como te lo cuento, alguien debió de soplártelo, cuando leí esa parte es cuando más me cabreé al principio, pero ahora ya todo el mundo lo sabe, y mi hermana además ya está divorciada, así que no hay que preocuparse por el qué dirán, yo desde luego no me preocupo. Y como yo me sé la película y tiene su picante, créeme, si te parece te voy contando encuentros reales y tú ya les das forma con esa prosa tan fantástica que tienes.

Así remató confiado la conversación Secundino, incluyendo en la misma un elemento de dorar la píldora al autor para que se tragara mejor el cuento. Y es que el cuento era de casi imposible digestión, ahí Linaza debió de haber dudado, o más bien debió de darse cuenta de que todo era una farsa, pero no me pregunten por qué, tal vez ya estaba metido en su papel de escritor a pedido, pero nada se planteó, más bien se consagró a darle a esas escenas su mejor nivel, no por nada ahora tenía mucha más experiencia sobre el asunto sexual como para poder dotar de realismo a lo que antes era una acumulación de adjetivos sacados de la literatura pero nunca de lo vivido.

Y con esos mimbres y en esa plaza fue tomando cuerpo la novela, con las aportaciones ocasionales de Wilfred y de alguna de las chicas del local, a los que en las fases de mayor borrachera Linaza les leía los párrafos en voz alta, y entre él y Secundino les iban poniendo al día de los distintos avatares que iban sucediendo en el relato. Y habrá que reconocer que muchas veces la opinión expresada por ese público cautivo enriquecía la trama, siendo Doris, una venezolana rotunda y muy lectora, pero sobre todo seguidora fanática de cuanta telenovela pillara en una pantalla, la que más contribuía, se encariñaba de un personaje y le pedía a Linaza que no lo matara, e intentaba constantemente hacer un poco más humano a Secundino, algún defecto debe de tener, ¿no? Ten en cuenta que nosotras tampoco los queremos perfectos. Al cabo de ocho semanas de intenso trabajo, la novela quedó terminada, sólo interrumpido ese trabajo ya definitivamente colectivo por un clásico problema informático, cuando ya llevaban dos capítulos y en plena borrachera Linaza borró sin querer el archivo y hubo de empezar de cero. Pero ni eso sirvió para desalentar a Linaza, desatado ya en su regreso a la escritura aderezado con alcohol, ahora la escribiré mejor todavía, anunció eufórico a la concurrencia, ya me la sé, esto va a ser una obra maestra, proclamó siempre eufórico alzando su copa, era su momento de máximo esplendor, no volvió a vivir uno igual, escritor con público, escritor con coro, mejoraremos el original compañeros, gritó en derredor, dale, Wilfred, sirve otra ronda, ponle a Doris su roncito para que siga inspirada, os voy a contratar a partir de ahora para escribir las siguientes, somos los mejores, esto sí que es un equipo, éxito o muerte, triunfaremos.

VII

El resultado de este proceso creativo sin par es una novela que cualquier lector mediano calificaría de disparatada, alguno más instruido de imposible, y el mismo Linaza antes de introducirse en la vida nocturna, de lamentable. NO, definitivamente NO, el Gabriel Linaza anterior al premio no habría mandado esa novela al Planeta, porque NO lo hubiera ganado, pero NO era esa la manera de NO ganarlo a la que él aspiraba con su proyecto. Ya hemos hablado de las incongruencias, que alguno puede justificar recordando que en el *Quijote* también las había y no por eso la obra deja de ser genial, pero es que aquí jalonaban la novela como si se tratara de una broma, pero de una broma que a nadie le hacia la menor gracia, pues terminabas por no entender nada, o bien Linaza no había hecho suficiente caso a Doris, o bien la borrachera colectiva había impedido que alguien advirtiera los errores, tal vez no querían importunar al genio, que al fin y al cabo era además cliente y de los generosos. Pero lo que resultaba sin duda más inverosímil era la relación de la primera novela con la segunda, pues la prosa no era la misma, el protagonista cambiaba tanto como si de pronto en la segunda parte del *Quijote* el hidalgo fuera en verdad un esquimal vestido con pieles, como si en lugar de Rocinante condujera un Porche Cayenne negro con tapicería de cuero, y como si sustituyendo a Sancho Panza, Don Quijote tuviera como compañero de viaje a un masajista tailandés en paro aficionado a los tatuajes. Quedaría, eso sí, el asunto de los molinos de viento, como única ligazón entre la de 1605 y la de 1615, como en Y seguía habiendo escenas de incesto igual que en X, aunque supongo que si cambias tanto a los personajes ya no se llamaría incesto en sentido estricto, porque si uno de los hermanos que era blanco pasa a ser negro y la otra cambia tanto como si una piedra se mutara en tostadora, la familiaridad, que es la base misma de lo que llamamos incesto junto con el sexo, sería una familiaridad tremendamente poco familiar, y el sustantivo y su carga para muchos condenable, perdería su mismo sentido.

A Vanessa sin embargo el producto final le gustó mucho, tal vez porque el tiempo apremiaba y le había prometido a su jefe una novela pronto, y con ese entusiasmo de haber logrado su objetivo le dio un cheque generoso a modo de finiquito a Javier-Secundino, y recibió la palmadita en la espalda de su superior, sabía que eras un crac cuando te contratamos, fueron las hermosas palabras de efusiva felicitación, mandadla a imprenta cuanto antes, necesitamos revertir la situación, no vendemos ni un cromo. Y con esas prisas nadie en verdad leyó la novela, o si la leyeron nadie en la editorial se atrevió a decir que el emperador estaba desnudo, tal vez porque asumieron que si X había vendido tanto siendo un bodrio intelectual cargado de metaliteratura, por qué no iba a vender una enloquecida historia de aventuras de un mismo personaje que ahora era otro, con unas escenas de sexo que ocupaban capítulos enteros, igual a la gente le entusiasmaba y salvaban la editorial de paso y por el mismo precio.

El lanzamiento se programó para fin de año, con la intención de que fuera el libro de las navidades, el regalo obligado en cada familia en esas entrañables fiestas para sustituir a las cestas de navidad que ya las empresas no regalaban a sus empleados ni aunque hubieran trabajado dieciocho horas al día. Mientras tanto, Linaza siguió con su vida imposible y echó de menos a Secundino, pero se quedó con un hábito adquirido en su presencia, esa buena costumbre de llevarse su portátil, ahora que se había acostumbrado a escribir en la barra, cada día añadía leña a una suerte de fuego consistente en unas memorias de todo lo que le había sucedido desde el premio, una confesión torrencial y cargada de acidez que desgraciadamente se ha perdido, sabemos de su existencia porque continuó con sus sesiones de lectura para el público cautivo aunque en esta ocasión no aceptara sugerencias, pero el texto no ha llegado hasta nosotros. Escribía y bebía sin parar, o más bien escribía febril sin parar un rato, paraba de golpe con una sonrisa en la boca como sí acabara de terminar la *Odisea*, le daba ansioso un trago al gin-tonic, y retomaba otra vez febril la escritura, así que diremos para ser precisos que escribía y bebía de forma consecutiva pero imparable.

Y como era de esperar, pues había sucumbido al engaño y le había pasado la novela a Planeta para quitarse el muerto del contrato, pero no por ello había cambiado su aversión a las giras de promoción, en principio se negó a participar en ninguna presentación pese a ser conminado por los ejecutivos planetarios, de manera que la campaña de lanzamiento empezó como había comenzado la del Planeta, con el autor desaparecido y con noticias en la prensa que hablaban de sus múltiples adicciones, otras afirmaban que ahora vivía en una isla del Caribe, o que estaba preso en Belice tras haber matado a un chulo en un prostíbulo. Ya ahí, cualquier observador avezado habría deducido sagaz que la cosa no empezaba bien, porque pese a esas noticias, la novela no se vendió prácticamente nada en las primeras semanas, y eso que en algunas librerías había pilas enteras con un cartel en el que el responsable de marketing había incluido la foto más friki que encontró de Linaza, en los gloriosos tiempos de las camisas amarillas, de los tocamientos con premio y de las dedicatorias con esparadrapo. Pero Linaza no estaba preso en ninguna cárcel exótica, la verdad más prosaica pero no menos triste nos informaba que seguía instalado en el Serpiente's, formando ya parte del mobiliario, y la única conexión con la realidad de los rumores era que había incorporado a su dieta de quicos y gin-tonic la cocaína, ofrecida inicialmente por un cliente y luego ya suministrada regularmente por Wilfred, que era además del amable camarero sobre cuyo hombro llorar tus penas, el *dealer* del local, rey discreto del menudeo reptil, y si le ponías un par de billetes en la mano al pedir la copa, esta vez los quicos venían con premio.

Vanessa tuvo que volver a recurrir a Javier, que seguía sin encontrar ocupación fija, porque tendremos que reconocer que nunca había tenido tal cosa, quien con no pocas ganas y por un módico precio regresó al Serpiente's a convencer a su ahora amigo de participar en la promoción, es un favor que te pido, compañero, con esto quedamos en paz, pero tienes que involucrarte personalmente, o nadie va a creerse este cambio, ya sé que no te gusta la promoción, pero sin ella esto no va a funcionar, te prometo que a partir de ahora dejo de darte la brasa, o más bien dejamos ya la parte literaria y nos quedamos sólo en amigos, la verdad es que hace tiempo que no me lo pasaba tan bien. De nuevo el cortejo se prolongó un tiempo prudencial de una semana, todo para que Javier pudiera cobrar un poco más y disfrutara de nuevo, por qué no decirlo, de los encantos del lugar, probablemente si a él le dieran el Planeta estaría haciendo lo mismo que Linaza. Cuando Javier vio que la paciencia de Vanessa se agitaba y esta vez de golpe, pues pésimas noticias de ventas llegaban cada día a la editorial, le comunicó orgulloso que Linaza había aceptado participar en la promoción, aunque la verdad es que ya el primer día, y después, eso sí, de unas cuantas consumiciones, Linaza había transigido siempre y cuando Secundino es decir Javier lo acompañara, y se fueran juntos de copas después de cada presentación, solos y sin toda esa caterva de escritores mediocres de provincias con los que acostumbraban a juntarle en cada plaza. Javier-Secundino trasladó diligente esas condiciones a Vanessa, incluyendo las suyas que eran como ya habrán adivinado de tipo estrictamente monetario, tendrás que pagarme bastante porque tengo programada para las semanas siguientes una gira por el Alentejo con mi compañía y me va a costar un Congo encontrar sustituto. Vanessa dudó por un instante entre mandarlo a la mierda o descojonarse por lo de la gira portuguesa, nunca había oído nada igual, pero como el jefe ya le había llamado tres veces ese día preguntándole por Linaza, accedió.

—Os quiero ver a los dos el martes que viene en Lugo, voy a pagarte lo que me pides, pero te hago directamente responsable de nuestro autor estrella, yo te pago pero tú haces de escudero y me lo controlas para que no llegue muy borracho a las presentaciones, en la gira del Planeta terminó fatal.

En esas circunstancias y con mucha expectación acudió Linaza con su escudero de pago a la primera de las presentaciones programadas con su presencia. No así a la sesión de prensa de la mañana, para enorme cabreo de Vanessa y de todo el equipo de la editorial. Linaza insistió en que Secundino lo acompañara en la mesa principal, pero finalmente accedió a estar sólo con quien la editorial había previsto, convencido sobre todo por su nuevo amigo, quien le insistió en que el encanto del personaje se perdería si lo veían a él, y Linaza, tras echarle un vistazo, no pudo sino estar de acuerdo. El ambiente estaba bastante caldeado y no sólo por su ausencia en la rueda de prensa, que la encargada del papelón de enfrentar a los periodistas había justificado ingeniosa por una indisposición alimentaria, ante las risas nada disimuladas de la concurrencia. Y es que no sólo las ventas fallaban clamorosamente, las críticas, que habían empezado a salir, eran terribles, alguno incluso se había atrevido a decir que las dos novelas no estaban escritas por el mismo autor, bodrio fue un sustantivo empelado alguna vez, lamentable el adjetivo más usado entre los que se dignaron a reseñarla, este no es mi Linaza, proclamó el crítico que tanto había valorado la primera, el que la había calificado como el único Planeta que vale la pena, aquí hay gato más que encerrado, remató para sembrar la duda.

Pero el efecto misterio no fue esta vez el deseado, si la campaña sin Linaza había sido un desastre, la que empezaba con él iba por el mismo camino, la presentación fue un fiasco, la editorial no había encontrado un escritor de mínima talla que lo presentara, al final fue un conocido periodista de televisión el elegido, que no había leído la novela para su suerte. Linaza se presentó muy pero que muy borracho —su escudero Secundino lo acompañaba solidario en la ebriedad—, pero esta vez a nadie le hizo gracia esa circunstancia, antes tan jaleada, ni sus silencios mirando al tendido, ni su atuendo, ni sus gafas de culo de vaso. Un impresentable, comentaba alguno de los asistentes, este gilipollas no sé quién se cree que es, añadía otro, en medio de murmullos, y ni siquiera alguna ocurrencia de Linaza —como la de dirigirse a su presentador diciendo yo a ti te conozco, eres uno de los de Gran Hermano, ¿no? Al natural tienes todavía más pinta de degenerado— sirvió para mejorar la cosa. Vanessa, sentada en primera fila, contuvo la respiración, pero fue entonces, en el instante en el que terminaba el acto, mucho más breve de lo previsto, y sacaban casi de mala manera a Linaza para que no asistiera al inevitable vino español que a continuación se servía, cuando la ejecutiva se dio cuenta de que todo iba a ser un desastre, que ni la novela, ni el autor, ni su propio puesto en la empresa tenían ningún futuro. Y para confirmarlo se suspendieron las presentaciones posteriores, el libro duró apenas unos días en las mesas de novedades, y Vanessa unas semanas más en la empresa, pues cuando preparaba la promoción de la última de sus apuestas, una escritora lituana de literatura infantil, el gran jefe la llamó una mañana para darle las gracias por su trabajo y comunicarle sin mucho protocolo que prescindían de sus servicios.

—Estoy seguro de que encontrarás otro empleo, eres muy buena, pero necesitamos renovar la plantilla, ideas frescas, esto está muy feo y no nos está permitido el error. Muy buenos días.

Javier se enteró del despido de su aliada en la empresa cuando fue a cobrar sus dineros y a preguntar por las próximas fechas de las presentaciones, pensando que ya tenía resuelta la vida por una temporada, y se encontró con una patada en el culo, un aquí no tenemos ningún contrato tuyo y además esa señora ya no trabaja con nosotros, y una despedida nada amable que le indicaba que no querían volverlo a ver ni en pintura. Es un pena que la gira del Alentejo fuera un invento y de los malos, porque al menos le habría mantenido entretenido durante unos meses. La conclusión de esta muy fracasada segunda incursión de Linaza en el mundo de la edición es que el personaje había dejado de ser viral, por utilizar el adjetivo tantas veces empleado en su primera aparición, a la gente ya no le hacía gracia, había ganado mucho dinero, ya no era un friki sino simplemente un escritor alcohólico y acabado, otros frikis, mucho más frescos, recién salidos del horno que los produce incansablemente, le habían sustituido en el favor popular.

Porque la viralidad tiene ese defecto, es un fuego de artificio muy eficaz, TOCA A LINAZA, y todos como un solo hombre a tocarle a Linaza la camisa amarilla, pero tiene muy mala vejez, te quemas como el propio fuego de artificio, te queman, te sacan del hoyo, te encumbran y te devuelven al mismo hoyo pero ahora con cara de tonto, ¿a mí?, ¿me estáis haciendo esto a mí?, pero si yo soy el que más descargas tenía, el de la canción del verano, soy una estrella, la gente me adora. Anda, chaval, baja de la nube y vuelve al andamio, que de la música ya has vivido lo suficiente. Y sí, tendremos que reconocerlo aunque nos duela, además la novela era mala de solemnidad, mala mala, ni siquiera los pasajes eróticos hicieron que el público la leyera, pero ni la mejor novela habría tenido una oportunidad, lo relevante era que el autor que la escribía había dejado de ser un personaje para convertirse en una piltrafa, y nadie apostaba por él, ya no interesaba a nadie.

VIII

Y después de *Y* no llegó *Z*, eso ya lo intuyen, más bien empezaron los años más tristes para Linaza, perdido definitivamente del mundo, o mejor dicho ausente, porque cuando ya nadie te busca no estás perdido, simplemente no estás. El único que se preocupó por su devenir fue Secundino, y no por solidaridad o compañerismo sino porque en lo que le iba a suceder a continuación, Secundino experimentaría ese sentimiento tan terrible llamado mala conciencia, culpa, si prefieren una sola palabra para mentarlo. Cuando acudió al Serpiente's para lograr que se involucrara en la promoción de la novela, y en su muy breve participación en la muy breve campaña promocional, en su último servicio pagado por Vanessa antes de volver al nunca bien remunerado teatro experimental, Secundino advirtió que Linaza había cambiado, ya no era el mismo, algo se le había roto por dentro. Seguía aferrado a la barra, al gin-tonic y a su ordenador portátil, los tres elementos que centraban su existir, pero le notó la mirada más perdida, la frase más loca, hablaba sin parar como nunca lo había hecho, o se quedaba sin decir palabra sin venir a cuento, como si la euforia de los tiempos de redacción colectiva hubiera dado paso directo al desvarío. Wilfred, en una escapada al baño del escritor insigne, fue quien le comunicó preocupado que nuestro hombre había entrado en el muy desenfrenado consumo de cocaína, que a él mismo, consumidor habitual desde hacía años, empezaba a resultarle excesivo.

—Se está pasando, amigo, se está pasando, yo se lo digo pero pasa de mí, tal vez si tú le dices algo te hace caso, no creo que tenga mucho más conexión a la realidad, si le has convencido para que escriba una novela igual le convences de que se modere un poco, para mí que va a acabar mal.

Después de la fallida primera y última presentación, nadie de la editorial volvió a llamarlo, le habían ingresado en su banco el anticipo de esta segunda novela, infinitamente inferior al del premio, al punto que parecía más bien una propina, y su relación contractual así como personal quedaba finiquitada, y después de la abrupta salida de Vanessa, que se marchó sin despedirse tras salir del despacho del gran jefe, nadie se volvió a poner en contacto con él, ni un mal periodista buscando un artículo, ni una productora de televisión de las que busca frikis en las esquinas, para que participara en un concurso de saltos de trampolín o de cocinar arenques con queso. Con su familia el vínculo estaba roto, los intentos de su madre por contactarlo habían sido en vano, y tanto ella como su marido, enfermo entonces de un cáncer de próstata que iba a llevarlo a la tumba en poco tiempo, lo dieron por perdido, les había dolido y mucho su comportamiento, cuando por fin podían presumir de tener un hijo escritor lo que habían perdido era al propio hijo, y tenían que mentir a sus vecinos que advertían que el insigne autor no había aparecido por casa de sus padres desde el premio. Ya volverá, le decía él dolido a ella, no te preocupes, el éxito cambia a las personas, pero el fracaso los devuelve a lo que eran.

Pero de momento la profecía paterna no se cumplía y Linaza no volvía a ser lo que era, mientras su contacto con la realidad iba debilitándose por momentos. Su rastro se perdió durante un par de años, y el que pudo vagamente reconstruirlo fue Secundino, que acudió una noche al Serpiente's, cuando ya habían pasado otro par de Premios Planetas más por nuestras tristes vidas, un poco por ver a los viejos amigos y un mucho porque sentía curiosidad por saber qué había pasado con Linaza. Pero en el Serpiente's no estaba Linaza, la barra vacía de su presencia y de su portátil parecía un erial, sí estaba Wilfred acumulando trienios, y él fue quien le informó desolado del deterioro evidente de Linaza en los últimos tiempos, llevaba más de seis meses sin pisar el local, en parte porque ya no era una persona bienvenida, el dueño había tenido que echarlo en dos ocasiones y en la última le dijo muy claramente que no quería volverlo a ver por ahí. Y a esa información añadió otra también preocupante, que fue la que haría que el interés de Secundino creciera y terminara convirtiéndose en mala conciencia, algo que ligaba el devenir de Linaza con el suyo, algo que enlazaba la deriva de Linaza con la aparición en su vida de un personaje creado por él.

—En los últimos tiempos —añadió Wilfred sirviéndole una segunda copa, era la hora feliz y la casa proveía— se volvió medio loco, decía que se le aparecían personajes por todos lados, si entraba un cliente y se sentaba a su lado, lo miraba raro y a mí me decía que era el de tal o cual novela, que había venido sólo para amenazarle.

—¿Personajes? —inquirió Secundino sabiendo muy bien de lo que hablaba, al punto que estaba él mismo interpretando uno, al menos por unas horas más y esta vez sin que nadie le pagara.

—Sí, de sus novelas —aclaró Wilfred mientras aclaraba también un vaso—, como si lo que sucedió contigo fuera lo normal, como si todas las personas que conociera fueran personajes de alguna de sus novelas, claro que no se ponía con ninguno a hacer una segunda parte como contigo, porque en realidad no lo eran. Debió de ser la coca —concluyó terminada también la limpieza—, aunque eso parece más bien una reacción de ácido, el caso es que se volvió medio majara, muy violento también, a mí me dio mucha pena porque le tenía cariño, pero al final era realmente insoportable.

Y es que en esos meses donde la dieta de gin-tonic y quicos se enriqueció con un nada moderado consumo de cocaína, Linaza entró en una espiral diabólica. Apenas dormía, encadenaba juergas de hasta tres días con resacas imposibles, y en efecto empezó a ver alucinado cómo la ficción, su ficción toda ella y no sólo Secundino, se apoderaba invasora de su vida, entraba en su vida sin pedir permiso, en una metástasis que parecía no tener fin. Y así, si se cruzaba con alguien por la calle, inmediatamente lo identificaba como un personaje de la novela que en su día remitió al premio Primavera, es igual, el mismo calzado, la misma nariz que allí citaba como la candidata ideal para ser receptora en una lluvia de gafas, el mismo corte de pelo a la taza. Y si llegaba un cliente o un chica nueva al Serpiente's, su descripción era la exacta a tal personaje de esa otra novela enviada al premio Azorín, con sus mismos rasgos, y no hacía falta que les preguntara sus nombres, no es que no se atreviera, eran ellos, eran ellos que aparecían ahora como venganza en su vida, dispuestos a arruinársela, estaban allí para eso, habían acudido allí con ese solo propósito. Sentado en la barra, cuando aún llevaba su portátil como compañero ideal —lo perdió en una de sus juergas para no recuperarlo nunca—, abría el archivo correspondiente de la novela, e identificaba todos y cada uno de los rasgos de la persona en el personaje que él había creado, con una absoluta coincidencia, con la seguridad, ya instalado en el delirio, de que eran ellos, que como Secundino invadían la realidad, que como él querían pedirle algo.

Fue ese día cuando Secundino le confesó a Wilfred que él en realidad era un actor, Javier es mi nombre, Javier Pascual, añadió estrechándole la mano, como si el cambio de personalidad requiriera una nueva presentación formal, y fue ese día cuando el germen de la mala conciencia se instaló en él para siempre, la culpa, la maldita culpa, no iba a dejarlo ya en paz.

—Este pobre hombre se ha vuelto loco por mi culpa —le confesó a Wilfred ya cuando mediaba la tercera copa, ésta ya de obligado pago—, en mala hora acepté ese encargo, y sí, yo noté también que estaba fatal, de hecho cuando escribió aquí la segunda parte, por cierto, podrías poner una placa o algo en el local, ya estaba mal, lo de tragarse que yo era el Secundino de su novela lo indica, y no es que yo sea mal actor, cuidado, que no lo soy, pero cualquiera en su sano juicio se habría dado cuenta del tongo.

Y fue Javier, ahora ya no tiene sentido seguir llamándolo Secundino pues había dejado de ejercer como tal, quien buscó a Linaza hasta dar con él gracias a un amigo que trabajaba en la policía. En esa caída ya sin red, Javier estaba seguro de que Linaza habría tenido algún altercado con la ley, y en efecto, un incidente sucedido hacía un mes lo situaba en Valencia, el incidente había ocurrido en un prostíbulo de la costa a las afueras de la ciudad, Linaza había sido detenido en eso que viene a llamarse técnicamente una riña tumultuaria, y había pasado la noche en comisaría. Hasta Valencia se desplazó Javier para averiguar que se había pasado casi tres meses viviendo en ese prostíbulo, hasta que ocurrió ese altercado en el que él jugó el papel de activador, una bronca clásica con unos rusos con muy pocas ganas de hacer amigos, lo sorprendente es que siga con vida, le confesó rotundo el camarero, pensé que lo mataban a palos aquí mismo, si no es por un loco que salió en su defensa y se enfrentó a ellos, yo creo que lo liquidan. La paranoia de Linaza iba en aumento, al parecer pensó que los rusos eran una banda que él sacaba en una novela policiaca ambientada en Marbella, y que le habían estado buscando vengativos para saldar cuentas con él por las descripciones jocosas que de ellos hacía.

Pero en Valencia Javier no encontró a Linaza, su rastro se perdía allí, y durante casi seis meses no supo nada de él. Después, otros dos episodios similares, el primero en Murcia, siempre en un prostíbulo y siempre como protagonista su paranoia, que encontraba personajes propios en la vida real, esta vez atacando al parecer él a un pobre cliente que pensaba era un asesino a sueldo de otra de sus novelas policíacas —deberían convocar sólo premios con trama pacifista si es que existe tal cosa— y el segundo en Málaga, con el escenario de siempre —a este paso podría acabar escribiendo una guía del sector— y en esta ocasión una pelea en la que recibió dos puñaladas y terminó en el hospital. Al final, en un proceso que estaba más que cantado, y a través de la misma fuente, llegó la noticia terrible pero quizás también inevitable, Linaza había sufrido un brote psicótico en un club de alterne de carretera en Galicia, y había sido ingresado en un psiquiátrico cercano a La Coruña. Hasta allí se fue a verlo Javier, unos meses más tarde, y se encontró ya con la última mutación de Linaza, de todas las que en estas líneas les hemos ido describiendo. No habría más. Primero el Linaza adolescente y Poeta en ciernes, luego el Linaza friki con proyecto literario y vital, más tarde el Linaza premiado y amarillo, luego el Linaza de negro y de bares, un pasito adelante el Linaza encocado en el Tour de España de los locales con lucecitas de colores y por fin el Linaza loco, enfermo y silente, como si hubiera al fin alcanzado la serenidad además de la locura.

Y es que el Linaza del psiquiátrico era un ser absolutamente ensimismado, que no decía palabra alguna, que miraba fijamente al interlocutor durante unos interminables instantes, como si le estuviera suplicando ayuda, para luego, y seguramente tras comprobar que nada podía ese interlocutor hacer por él, volver a su ensimismamiento, ajeno al mundo exterior. No respondía a preguntas, no respondía a estímulo alguno, y se pasaba las horas moviéndose sobre una silla como si se balanceara, a veces acompañando el balanceo de una suerte de canturreo que se parecía bastante a una letanía. Javier confesó lo que llevaba tiempo queriendo confesar, le dijo con solemnidad que él no era Secundino, que todo había sido una maniobra de la editorial, le pidió perdón con lágrimas en los ojos, le advirtió que nadie le perseguía, que la ficción no puede meterse en la realidad, que debía salir de ese silencio, volver a escribir, cuidarse, que él le ayudaría, que estaba dispuesto a ayudarlo. Pero era demasiado tarde y por eso las lágrimas eran lágrimas muy sentidas, porque Javier sabía que de nada servían ya, ni las disculpas, ni la confesión, ni el ofrecimiento de ayuda, pues a ninguna de las tres les prestaba el más mínimo interés, el mismo que le prestaría a una tormenta tropical o al estallido de una granada de mano a veinte metros de distancia. Apenas estuvo allí tres horas, y regresó en coche mucho más rápido de lo que había ido, como si el acelerador o la carretera tuvieran la culpa, con la decisión, tomada mientras veía a los otros locos en el patio una vez que se despidió de Linaza, de que no volvería a ser actor, que era su condición de actor la que le había llevado a aceptar ese trabajo, que nunca más aceptaría ningún encargo, ni se subiría a un escenario, ni grabaría un programa de televisión. Nunca. Se acabaron los castings, se acabaron las llamadas a los amigos para que le dieran un papel por mínimo que fuera, se acabó la vida bohemia y absurda. Se acabó.

Es verdad que antes de tomar la decisión tampoco trabajaba ya nada, la escasez había dado paso a la abstinencia, puede ser que por la crisis, también, por qué no asumirlo, porque siempre había sido de los malos malos, de esos actores cuya vocación a prueba de bomba no puede ocultar una irremediable falta de talento, al punto que tendremos que decir que el de Secundino fue su mejor papel, el único protagonista, aunque el éxito había venido esta vez más de la predisposición del público a creerse la historia —la locura incipiente de Linaza— que por sus propios méritos. Pero no es menos cierto, y disculpen que vuelva a utilizar en este mismo texto está fórmula de argumentación tan propia de los documentos que formaban parte del trabajo del padre de Gabriel Linaza, que una vez que tomó la decisión, madurada en ese regreso donde perdió su antigua profesión y todos los puntos del carné de conducir, se liberó de la carga de ser actor en paro, ahora ya no era actor. Y desde entonces, como si esa carga fuera la culpable de todo, la responsable de su mediocridad, todo mejoró para él, se puso a trabajar de camarero, puso un restaurante después gracias a una herencia inesperada, y trasladó a los fogones y a la gestión del negocio toda la pasión que antes dedicaba a las tablas, pero esta vez con mucho éxito, terminó además encontrando al amor de su vida, que no tuvo que afearle la conducta porque ya no practicaba la pinza ni en los días de nostalgia interpretativa. Así que podemos decir que la última mutación de Linaza trajo consigo la mutación de Javier, un nuevo Javier era el que salía de ese manicomio para no volver más.

En su estancia gallega, Linaza tuvo también la visita de algunos frikis de la literatura que creyeron haber encontrado el mismo caldo de cultivo que en su día hallaron en Leopoldo María Panero, primero un poeta loco, ya tenemos al Artaud nacional, y ahora un ganador del Planeta loco, fantástico, sólo nos falta un buen cuentista loco, uno de literatura infantil majara y un ensayista chiflado y ya tenemos un equipo de baloncesto literario, ponemos de entrenador a Althusser y que empiece el espectáculo. De esa época es la última imagen que de él tenemos y que puede encontrarse fácilmente en YouTube, es verdad que no es de las más veces visitada, mucho menos que las de los niños que se caen por la ventana o la de ese inevitable coreano de dos años que toca el piano con las orejas. Se trata de una NO entrevista, que quizás por ese NO que la precede podría haberle hecho gracia al Linaza anterior, una NO entrevista donde Julio Villarejo, director, fundador y casi seguro único redactor y lector de la *Revista Márgenes* hablaba de literatura con Linaza. Aunque aquí el verbo es inexacto e induce a error, porque el único que hablaba era Villarejo, mientras que Linaza, a cada una de las preguntas que le formulaba el periodista (es posible que aquí tampoco el sustantivo sea acertado) respondía guardando otra vez un respetuoso silencio, tras esa mirada inquisitiva inicial que era su tarjeta de presentación en sociedad. A mitad de entrevista, transcurridos veinte minutos de monólogo con pausa de Villarejo, éste mira a la cámara y con la tensión del que está anunciando un descubrimiento trascendental para la humanidad, exclama demudado que acaba de percibir algo colosal, y es que Linaza abre un poco más los párpados cuando quiere decir sí, mientras que los cierra también de una forma casi imperceptible cuando quiere decir no. A continuación, y con un frenesí que puede obedecer al entusiasmo del descubrimiento, o más probablemente al uso excesivo de psicotrópicos, Villarejo inicia demente una rueda infinita de preguntas, sobre la literatura rusa, sobre el endecasílabo, sobre la reproducción en cautividad del lirón careto, *you name it*, que diría el ejecutivo del mundo editorial. Una entrevista en la que Linaza ejerce profesional el papel de frontón y el entrevistador, médium o exegeta, va anunciando al mundo y supongo que a la posteridad las respuestas de Linaza, nunca le ha gustado Bolaño, lo presentía, no es partidario del realismo sucio, ahí me sorprende, aprueba sin fisuras el aborto terapéutico, me parece que estoy encontrando, queridos amigos —esto lo grita ya más que lo afirma con un hilillo de espuma corriéndole distraído por la comisura de los labios—, un alma gemela.

IX

Fue a través de Javier como supe yo del paradero de Linaza y cómo también, ya que él no iba a hacer ese viaje de la ficción a la realidad, decidí yo transitar el mismo recorrido en sentido contrario, y meterme en la muy propia ficción para ir a verlo. Porque si Javier puede en la ficción decidir dejar de ser actor sin que nadie se rasgue las vestiduras, si Linaza cambia de ser hasta cuatro veces a lo largo de unas pocas páginas, torna el amarillo por negro sin pedir a nadie permiso, ¿por qué no puedo yo decidir convertirme en un personaje de mi propia historia?, ¿o es que vamos a tratar ahora a personajes y autores por distinto rasero?

Antes de que eso ocurriera, Javier consagró los meses siguientes a intentar recuperar la figura literaria de Linaza, como una manera de rendirle homenaje y también de paso de lavar su mala conciencia. No volvió a verlo al manicomio, pero sí contactó con su madre, quien entonces iba y venía desde La Coruña, aunque en esos tiempos se ocupara más de su marido enfermo que de su hijo desquiciado. Doña Encarni ya se había jubilado anticipadamente para atender a su marido, y fue la que le habló del llamado Archivo Linaza, que ella guardaba en casa como el que guarda un tesoro, la que le contó cómo había sido su infancia, sus primeros pasos en el mundo literario, el esparadrapo, los premios, el instituto, la biblioteca. Se vieron varias veces en una cafetería, las suficientes para que la madre de Linaza viera que las intenciones de Javier eran buenas, que no era otro tarado como Villarejo dispuesto a sacar tajada de su hijo enfermo. Claro que Javier no le contó sus verdaderos motivos, no le dijo que él se sentía culpable por la locura de su hijo, que le había contratado la editorial para hacerse pasar por un personaje. Pensó, con buen criterio, que semejante confesión no la iba a predisponer a su favor, se limitó a decirle que se había hecho amigo de Gabriel después de que ganara el Planeta, y en eso no mentía, y que quería reivindicar su figura como escritor, lejos de todo el lío mediático que su personaje había provocado en su día, aunque al pronunciar la palabra *personaje*, le saliera un rictus imperceptible para el observador ajeno. Doña Encarni lo invitó a su casa, y le entregó con lágrimas en los ojos como quien entrega a una sobrina su vestido de novia para que lo use, los archivadores antes blancos y hoy casi amarillos que contenían el Archivo Linaza, nombrándolo sin saberlo albacea literario de su hijo extraviado.

Porque en efecto Javier encontró otro afán después de haber tomado la decisión de cortarse la coleta de actor, algo que servía para encauzar su mala conciencia, algo que le permitía estar en paz consigo mismo y de paso ayudar si no a Linaza, que ya no tenía el pobre mucho remedio, sí a su obra. *El último poeta*, así decidió bautizar a nuestro autor, y así se llama por cierto o más bien porque él le puso ese nombre, la web (elultimopoeta.com) donde fue colgando toda la obra de nuestro desdichado protagonista, una vez que constató desolado que ninguna editorial quería publicar los libros, y tras pedirle formalmente permiso a Doña Encarni. Ni siquiera Villarejo quiso publicar nada en la colección de nuevos autores que la *Revista Márgenes* regalaba con cada suscripción, y que ya contaba con más de veinte títulos. La causa real es que no había tales nuevos autores sino heterónimos del propio Villarejo, que por algún lado tenía que dar salida a su logorrea y grafomanía desbocadas, aunque en el correo de contestación a Javier adujo mentiroso pero agudo, que la mejor literatura de Linaza era la que ahora mismo segregaba con sus silencios, que sus silencios incluían una infinita variedad de matices que sólo él era capaz de interpretar, y que estudiaba publicar algún día una obra llamada *El mundo encriptado*, con todo ese material imprescindible, pero que no quería publicar nada del Linaza anterior a la locura, pues ese Linaza no era más que un escritor cegato y lleno de complejos sexuales, por cierto como el noventa por ciento de los que publican ficción en nuestro país, remató para que se viera que su rechazo era definitivo y que además conocía muy bien a sus contemporáneos.

Sólo algunos de los *groupies* de Panero, de esos que le publicaban libro tras libro con versos que un escritor también agudo definió como perfectamente intercambiables, le quitas uno de un poema y lo cambias por otro y no pasa nada, lo mismo que por cierto sucede con Juan Ramón Jiménez, ahora que no nos oye nadie, o al menos que no nos escucha Zenobia. Se dirigieron al albacea en vida, es decir a Javier, y le ofrecieron publicar un libro de versos, una antología de todos los que había mandado a todos los premios del país, en una colección sobre poesía y locura que estaban preparando. A Javier le pareció que eso era hacerle un flaco favor a Linaza y optó entonces por publicar toda su obra en la web, el Archivo Linaza entero, con toda la documentación procurada por Doña Encarni, para que los lectores y estudiosos del Porvenir pudieran tener una fuente directa del escritor que entonces ya sería del pasado. Y es que Javier —la mala conciencia es una fuerza poderosa— llegó a pensar de verdad que Linaza era en efecto el último poeta, así lo describe en la portada de la web «aquel que ha tenido la ambición de llevar a cabo un proyecto de literatura total, abarcando todos los géneros, el último que se ha reído del sistema, el último que ha vivido la vida invivible de los poetas malditos, el último que decidió dejar de escribir como los Bartleby de Vila-Matas, el último que ha escogido el silencio como la mejor forma posible de expresión literaria».

«Es más una literatura que un autor», concluye Javier, tomando la frase de Borges sobre Quevedo, frase que yo mismo he empleado en estas líneas, ayudado en su muy vana tarea proselitista por un amigo suyo profesor de literatura, al que el fenómeno Linaza había cautivado y amenazaba con escribir un largo ensayo sobre él. Hasta la fecha la amenaza no ha sido cumplida, pero al parecer ha reunido más de doscientas mil fichas —el dato es suyo— en las que compara a Linaza con escritores de todos los géneros y afirma que línea por línea (defensa-centro del campo-delantera) no ya ningún autor sino ninguna literatura occidental (no conozco las literaturas orientales, alega para matizar la hipérbole) puede medirse con nuestro campeón, sólo le falta añadir que si alguno opina lo contrario que me lo diga en la calle si tiene huevos, para demostrar que no se anda con chiquitas. La verdad es que ignoro de dónde habrá sacado Javier a este exegeta, tengo miedo que resulte ser él mismo como Villarejo, desde luego el tono recuerda mucho a Javier en modo Secundino, sólo le falta la pinza, pero si ese personaje existe voy a tener que dedicarle un cuento a la mayor brevedad, sólo hay algo que pueda superar al inconmensurable Linaza y es un exegeta tarado del mismo Linaza.

Pero toda esta fase de promoción frustrada tuvo lugar mientras Linaza estuvo en el manicomio, donde las visitas terminaron prohibiéndose por indicación de su madre y por el escándalo provocado por la NO entrevista de Villarejo, que no se emitió en ninguna cadena de televisión pero se colgó en internet y abrió una vez más con fuerza el debate de los límites de los medios y cerró también con fuerza y para bien el acceso de frikis a ver al último de su especie en cautividad, como si los gorilas sueltos pagaran religiosamente su entrada al zoo para ver a Copito de Nieve, el gorila blanco, y tirarle cacahuetes como hacían todos los escolares. Cuando yo decidí entrar en escena, ya muy cerca del final de mi historia, Linaza ya no estaba en La Coruña, el manicomio se había terminado para él y para bien. Fallecido su padre, su madre decidió consagrarse a su cuidado, y visto que era el ser más inofensivo del mundo, le dejaron llevárselo a casa, ese silencio con mirada de auxilio no podía hacer daño a nadie, y no fue a la familiar en Usera sino a la que ellos llamaban la del pueblo, situada en Riofrío de Riaza, provincia de Segovia. Doña Encarni recordó su infancia, y sabedora de que en los pueblos están mucho más acostumbrados a lidiar con la demencia, ella adoraba de hecho al loco del pueblo de entonces, tan inofensivo como Linaza ahora, decidió vender la casa de Madrid que le recordaba demasiado a su marido e instalarse con Gabriel en Riofrío. Allí lo libraría de las visitas incómodas, y allí consagraría sus últimos años de vida a cuidar a su hijo, con los remordimientos por haber alentado su carrera literaria aflorando cada rato, nunca debimos reírle las gracias, le soltaba a quien quisiera escucharla, debimos evitar que se dedicara a la literatura, habría sido un estupendo funcionario de correos como sus abuelos, apuntaba maneras.

—Si es que los escritores están *toos* mal —le recordó sagaz una vecina nada más llegar—, acuérdate del Mariano de Sepúlveda que terminó por tirarse de una azotea como si fuera un cantante de rock, yo no sé qué les dan, algo debe haber en los libros que no sienta bien.

Y también allí fue donde acudí yo a verle un verano, informado por Javier de su paradero y utilizando su nombre como contraseña, necesitaba conocer a Linaza de una vez para poder terminar su propia historia con propiedad, que no sólo los escritores de novelas históricas necesitan documentarse para perpetrar sus fechorías. Doña Encarni me había contestado muy amable al teléfono, tenemos pocas visitas y nos viene bien que venga alguien, pero no se haga muchas ilusiones. Mi hijo, ya le habrán dicho, no dice palabra, pero si quiere puede acompañarlo en uno de sus paseos, le encanta caminar, y yo ya estoy muy mayor para seguirle el ritmo, cuando viene Javier se lo lleva él tan a gusto. Y eso hice, hace apenas dos años, en un día soleado caminé con Gabriel Linaza unas dos horas por el monte cercano a su casa, tras saludar a su madre que me lo entregó como quien deja a su hijo para que salga de excursión con el colegio, con mucho más alivio por librarse de él un rato que preocupación por lo que pudiera ocurrirle en su ausencia. No tenga cuidado, me dijo para corroborar esa impresión, usted dele la mano y él lo guiará, hace siempre el mismo recorrido, el mismo, llueva o nieve, y el día que no sale lo tengo en casa como un bicho enjaulado, sentado en la mecedora moviéndose sin parar desde la mañana a la noche. Antes de darme la mano, Linaza me dedicó una de esas miradas tan suyas ya aquí descritas, breve esta vez, como si al escrutar a su interlocutor ya no albergara la esperanza de que fuera a devolverlo a la vida, pero aún tuviera un resquicio de duda, así obra el enamorado que busca en cada rostro que ve, esa cara de la que se enamoró un día, un solo día, y pese a saber que ya no va a encontrarla nunca, fija un instante la vista en quien con él se cruza, ¿y si es ella?, ¿y si fuera ella esta vez? Fue breve pero intensa, punzante, y luego ya miró hacia el suelo para no volver a cruzar sus ojos con los míos.

Durante ese paseo silencioso, con la naturaleza ocupando con sus rumores el espacio previsto para la conversación, tuve la extraña sensación muy literaria de estar acompañando a Robert Walser, el escritor suizo que se recluyó en un sanatorio mental y cuyos paseos son descritos en un libro por Carl Seelig. Extraña sensación por el silencio de mi acompañante, ante la incertidumbre que ese silenció le genera a cualquiera, qué estaría pasando en ese instante por su mente enferma, me preguntaba, aunque la expresión en el rostro, que más bien se parecía bastante a la serenidad, me estaba dando ya una respuesta. En mi caso, a esa sensación se añadía la no menos extraña circunstancia de estar paseando con uno de mis personajes, y de experimentar por tanto un sentimiento de culpa parecido al de Javier, al fin y al cabo era yo el responsable de haberlo llevado hasta allí. Aunque he de confesar, y en esta confesión puedo estar además reconociendo una frialdad o egoísmo de los que no soy consciente, que en las dos horas estuve esperando también alguna frase, algún gesto por su parte que me permitiera cerrar con propiedad y altura el relato de su triste existir, puede que en verdad, seré sincero, me interesara más mi propio relato que la suerte de Linaza. Pero nada dijo en el trayecto, como tampoco cuando al finalizarlo me llevó de la mano —él siempre a mí y nunca yo a él— hasta un banco situado a la entrada del pueblo, donde vimos juntos una muy espectacular puesta de sol. Allí, sentado a su vera, esperé en vano esa frase, una confesión, algo que sirviera no sólo para redondear mi historia sino para darle sentido a su vida, no sé, tipo *la poesía ya es sólo un arma descargada del pasado*, o *he dedicado mi vida a una quimera y Dios me ha castigado privándome del habla*, o *el silencio es hoy la mejor manera que tengo de gritar*. Nada.

Me despedí de Doña Encarni sin demasiada educación, sin aceptar quedarme a cenar como me sugería, venga cuando quiera, le tengo mucho aprecio a Javier, se ha portado muy bien con nosotros, ya sabe, él es quien más aprecia la obra de mi hijo, le estaré eternamente agradecida. Además, viene a menudo y me trae bombones y se lleva siempre de paseo a Gabriel, así que sus amigos son nuestros amigos. Ni siquiera le contesté con un retórico estamos en contacto, por supuesto no me identifiqué como el autor que había creado a ese personaje, y no sólo porque eso implicaba quitarle a ella el papel de madre, sino situarla también en el nivel de criatura de ficción y no de persona real, con el descoloque emocional que puede suponer enterarte ya mayor de semejante condición, como si me lo comunicaran a mí ahora y tuviera que vivir con ello. Dije adiós buenas tardes cuando ya eran más bien noches y me fui, arrepentido de esa incursión en la vida ajena pero propia, que había resultado sin duda más fuente de frustración que de inspiración, más un estorbo que una esperanza.

Fue Vanessa Cifuentes, la persona de la que yo menos lo esperaba, quien terminó castiza por dar el cierre a la historia de Linaza y por resumir de paso la esencia de su pensamiento, una tarde esta vez de invierno en la que se encontró en el VIPS de López de Hoyos con Javier. Aunque lo preciso sería decir que fue él quien la encontró a ella, sentada sola en la cafetería con lo que parecía ser un copazo de algo con tónica entre las manos, muy deteriorada respecto a la última vez que se vieron, el pelo revuelto, sin rastros de maquillaje y con una sudadera gris vieja en lugar del muy clásico traje chaqueta de sus no muy remotos tiempos de ejecutiva agresiva. Pero los años de paro no pasaban en balde y Vanessa había abandonado ya la fase en la que aún tenía esperanzas de volver a encontrar trabajo, muy superada la inicial de regresar a la cima y ya muy instalada en la de la cuesta abajo sin freno y con muchas copas, sin red y con pocas fuerzas. Javier tomaba café con una amiga cuando la vio hablando sola y se acercó a su mesa.

—¿Cómo estás, Vanessa? Me alegro de verte. —Vanessa ni siquiera se levantó para darle dos besos, pero sí le recetó una mirada similar a la que Linaza le dedica siempre al recién llegado y le dijo moviendo la copa con la mano de forma circular para apurar al hielo:

—Hola, Javier, qué gusto verte, yo estoy de puta madre, ya sabes, pero incluso en los días peores aguanto porque conozco el antídoto, y tú por cierto también, el mundo es un esparadrapo sin tripas.

Y Javier, de pie, parado allí en ese VIPS lleno de señoras con el pelo esculpido en laca, merendando tortitas con los nietos enchufados a su pantalla, no pudo sino asentir.

—Tienes razón, Vanessa, tienes razón. El mundo es un esparadrapo sin tripas —y al pronunciarlo él y sonreír, en ese mismo instante, como si obedeciera a una suerte de simetría poética, Gabriel Linaza, agarrado a la mano de su madre anciana en la sierra de Ayllón, esbozó feliz algo que se parecía mucho a otra sonrisa, permitiéndome a mí cerrar su historia con su propia cita, con esa frase que fue el principio de todo, con el mismo barro del que vinieron todos y cada uno de sus múltiples lodos.